百鬼夜行
百鬼夜行｜卷10｜
食人鬼
笭菁 著

百鬼夜行—卷10—食人鬼

（※本故事內容純屬虛構，如有雷同，純屬巧合。）

目次

楔子

帶著點醉意，男人踉踉蹌蹌的走出了輕軌站。

冬日的晚風襲來，雖說酒後體熱，但這低溫還是讓他打了個寒顫，想起來他的外套好像放在餐廳裡了。

喝得太多了，他深吸了一口氣，扶著欄杆走下樓梯，這裡離他家只有五分鐘距離，但他現在頭暈得厲害，而且超想睡覺。

才走兩步，天空中竟緩緩飄落白色雪花，他錯愕又驚喜的仰頭，在路燈的光圈下，可以瞧見雪花片片紛飛，好不浪漫！他緩緩吁了口氣，白煙自口裡冒出，原來現在溫度這麼低了啊！

好吧！他索性找一旁的椅子坐下，拿出手機就打回了家。

「喂，我在車站，妳過來接我！」

手機那頭是一陣沉默，接著是嘆息。

「聽見了沒啊！下雪了，我好冷，過來接我啦……」

「你又喝酒了是吧？這麼近也要人接？」

「我外套放在店裡了，好冷……我走不動了。」他帶著一點撒嬌，再加一點不悅，「不要這麼囉哩叭唆的好嗎！妳說這些廢話時，都走過來了。」

「你——」對方似是還想說些什麼，但男子直接切斷了通話。

唉呀，其實現在的溫度很舒適啊！他仰起頭，因酒精而暈眩的腦子感到輕飄飄的，任雪花落在發熱的臉上身上，反而有種舒爽感。

只是他不知道，在這荒僻的深夜中，不只有他一個人在這車站。

角落裡有一雙眼睛正凝視著他，看著車站上方的燈光關閉，電扶梯停止運行，連鐵門也都拉下，僅存值班室正在做最後整理後，視線重回到了醉酒的男人身上。

「那你爲什麼要囉哩叭唆？你說那些廢話的時候，不也已經走回家了。」

咦？男人倏而正首，他狐疑的看向前方，他前面其實就是寬廣的停車場，但這深夜末班車時分，根本沒有其他人啊。

「誰？」他有點吃力的站起，起身時膝蓋還軟了一下，皺起眉梭巡了一圈，沒人啊！

而且他的正前方，是堵牆啊！

「天氣這麼冷，你看起來……很溫暖。」聲音再度傳出，男子很確定是來自正前方！

他緊皺起眉，緩緩的往前走去，左手邊是他剛走下的樓梯，現在車站已經關閉，樓梯與牆邊的縫隙，或許正躲著某人。

「什麼人啊!?不要惡作劇好嗎？搞什麼東西！」他碎唸著，不耐煩的嚷嚷，「下雪了，冷得很，什麼我很溫暖？」

「喝了這麼多酒，血液裡都是酒精，身子發著熱呢！」那聲音又笑了，「吃起來，應該很溫暖。」

男子渾渾噩噩的腦子沒有辦法消化那些話語，他聽不懂或是沒聽進去，他現在只好奇，到底說話的人是躲在哪裡啊？

他走到了樓梯下，打直右手往前一推，推到了那堵因低溫而異常冰冷的牆面。

朝左一瞥，才發現樓梯與牆面是嵌在一起的，中間並沒有縫隙。

欸……男子用掌心在牆面上拍拍打打，這裡根本沒有地方躲人啊，眼前這道牆上面就是車站了，這麼寬這麼嚴實的地方，聲音到底是從哪邊來……啊！

他倏地抬頭往上，總不會是上面吧？

那東西以自然趴伏的姿態，趴在垂直的牆面上，距離近到男子無法看清那是什麼玩意兒，因爲「它」幾乎就在他的鼻尖前！

但是，能趴在牆上不受地心引力影響的東西，就不可能正常啊！

「哇啊！」他嚇得踉蹌向後，打直的右臂在瞬間感到一股刺痛。

刺痛之後，就是手部與身上一股濕熱，摔在地上的他定神一瞧，看見的是自己右手肘關節以下已消失，鮮血如注的噴在自己身上與腿上。

而那自牆面躍下的「東西」，正咬著他的右手肘，大口豪邁的撕咬下上頭的肉——

「哇啊啊……啊啊……」男人嚇得放聲嘶吼，「救命——有怪物！哇啊啊——」

打著橘傘的女人小跑步奔進了車站的範圍，這時間早過了末班車，弟弟能坐的地方都是在出站後的座椅區！她快步的跑過去，卻沒有看見應該坐在那兒的人影。

「明城？」她有點狐疑，是還能跑到哪裡去？「明城？」

她筆直的往前跑，跑進了停車場範疇，深怕遺漏了哪個角落，還怕弟弟躺到哪台車底下了……可是再怎麼找，都沒有看見該有的身影。

大雪紛飛，幾乎在瞬間就蓋住了大地，女人不安的站在停車場中，深夜的靜寂，以及空中漫過來一絲詭異的腥氣，讓她更加不安。

「明城？明城——」

第一章
超市的攔截

擰緊眉心，看著上方大電視螢幕裡的實況新聞，梁紫葶手都揪了緊，不敢相信又有一具屍體。

「這是第幾具了？」同事大毛幽幽的問。

「第四具。」梁紫葶毫不猶豫的回答，「又是支離破碎，殘缺不全。」

「確定？」大頭芳回頭狐疑的問，「有人傳出來了嗎？」

「嗯，我有朋友在現場，跟之前的屍體是一樣的，內臟幾乎都不在了。」現場一片低氣壓，又是那個「食人鬼」凶手。

「食人鬼」是媒體為這個連續殺人犯起的名字，在最近兩個月來，連續發生了殘忍詭異的命案，最初的案子是在某間小套房裡，男子數天沒有出現，屋內又散發出臭味，致使鄰人報警，結果警方破門而入時，人是死了，但死無全屍。

死狀並不是一般人想的被分屍或是開腸剖肚，而是真的要用「支離破碎」來形容！死者的確是被分屍，因為總有軀幹與身體不相連，但問題卡在：連軀幹都不存在，尤其內臟更是幾乎一個不剩。

除了心與肝，剩下的脾肺胃腸膽，沒有一個內臟殘留，聽說惹得當場就有警察差點沒把胃給吐出來。

接著第二具發生在一處公園的偏僻角落處，屍體散落在草地中，是因為野狗叼著一部分的手掌在外啃食才被發現，死狀一樣悽慘；第三具在死者自己的反鎖的房間裡，鮮血四濺，血跡斑斑，但卻沒有留下任何跡證。

媒體在此前，就爲這個連續殺人犯起了個響亮的名號：「食人鬼」。

爲什麼不叫開膛手傑克？因爲這個凶手不僅僅開膛啊，消失的器官與肢體完全遍尋不著，殘餘的屍體上甚至還有齒痕，這豈是分屍犯？這就是「食人鬼」！

「今天的是在鐵路旁，但是……很遠啊！」小張看著地點，「那邊挺偏鄉的吧！」

「非常鄉下，山裡，而且還是個小站。」同事開了口，「我老家就那範圍！」

第四具屍體，在鄉下小站的停車場裡被發現，殘缺的屍塊被扔在鐵路站上方屋頂，由於當晚氣溫過低且下雪，在屋頂被凍成血塊的屍體始終沒被發現，是幾天後天氣轉暖，血液從屋頂往下滴落時才被發現。

「作案地點跨度也太遠了吧？本來以爲都在首都，但現在跑出一個偏鄉……這個殺人犯足跡這麼廣嗎？」

「都說像被野獸啃食，會不會根本不是人爲？」

「嗄？這聽起來就更可怕了！」

同事們紛紛討論起來，近期這個「食人鬼」真的搞得人心惶惶，夜晚越來越少人敢出門，就怕不小心成爲「食人鬼」的獵物。

梁紫葶走回自己座位，她調出自個兒做的地圖，把最新命案的位置標上去，還眞的毫無邏輯可言……之前都發生在首都圈，大家也都認定凶手住在這兒，結果現在搞了一個六小時外車程的小鎭，嘖。

該不會是貨運司機？或是任何交通類的職業，才有這麼大的跨度？

「喂，妳很認眞耶！」大頭芳溜到她身邊，「妳是不是想做這個新聞啊？」

「對，非常想。」梁紫葶毫不掩飾自己的企圖，「在這個監視器遍佈的年代，還有什麼大案子能追？」

「妳是記者啊，梁紫葶，不是警察。」大頭芳笑了笑，「入錯行了妳！」

「就是想要報件大的啊！不然幹嘛當記者！揭露不爲人知的事實眞相啊！」梁紫葶說得義正詞嚴，看向身邊一眾同事，「難道你們就喜歡在網上抄抄新聞就好了？」

「話不是這樣說，現在全民皆記者，民眾的速度都比我們快，找他們要新聞當然最快啊！」大白嘆了口氣，「這是時代的問題，我也覺得能報條大新聞很好，但是，但是……妳眼睛不必這麼亮，我有但書的！」

梁紫葶勾起微笑，她不要什麼但書，她只要知道那種報導眞相的心是一樣的就夠了。

「但是妳找條非高危險性的吧？這個太危險了，沒一具全屍，還有被撕咬的痕跡。」大頭芳搖了搖頭，「而且現在什麼線索都沒有，妳連要找凶手都有困難吧！」

大頭芳說到重點了！現在連警方都沒辦法掌握「食人鬼」的線索跟行蹤，她就算眞的想揭開這位連續殺人狂的面紗，也得先知道從哪裡找起啊！

「其實……」斜對面ＯＡ桌的女孩聲如蚊蚋的開口，「有沒有可能……不是人……」

辦公室氣氛立即低迷，每個人都往瘦弱的新人身上看去，新來一個月的小檬，削瘦虛弱，卻有著一副超厚重的眼鏡，梁紫葶每次都擔心那眼鏡能把她鼻梁給壓斷。

「妳覺得眞是野獸啊？」大東端著咖啡走回來。

小檬搖了搖頭，臉色比平時更蒼白了點，「我就覺得……給他起名的人起得挺對的。」

「起名？食人鬼？」大頭芳順著話說道，轉了眼珠子，「別告訴我，妳覺得眞的是食、人、鬼。」

後面幾個字她加重了音調。小檬縮起雙肩，微幅的點了點頭，「……總之不是人。」

同事們悄悄交換眼神，這麼嚴肅的談亂怪力亂神的事情喔？大家忍下笑意，儘管心裡覺得扯，但還是不好去拆小檬的台；不過梁紫葶就不這麼認爲了，對現在的她而言，有任何訊息她都接收！

她即刻走到小檬身邊，親切的想要多一點說法，「妳爲什麼這麼認爲？」

小檬有點緊張的看了她一眼，面有難色的皺起眉，覺得自己似乎不該說的低下頭。

「說嘛！不管說什麼都沒關係！我只是想知道不同的看法。」梁紫葶給她打了強心針，「再奇怪都沒關係。」

小檬用力做了個深呼吸，「就是食人鬼，不是人，也不是野獸，是那、個。」

大頭芳翻了個白眼，還眞的說是鬼喔！

「爲什麼會這麼認爲？死者支離破碎，身上又有齒痕，如果說是野獸的話……」

「我看得見……那個。」小檬囁嚅的打斷了梁紫葶，「就新聞畫面現在看過去，也是不乾淨的。」

看得見……梁紫葶倒抽一口氣，連大頭芳也都不淡定了，她一改態度的站起身，「妳陰陽眼嗎？」

「不不不不算，但就是太不乾淨的東西是感覺得到的！」小檬緊張的搖頭加擺手，「那個是一種非常非常邪惡的東西，我就算隔著螢幕，每次看都會全身發毛！」

哇……這答案眞是出人意料，現在這個恣意行凶的「凶手」是個鬼嗎？怪物，對，應該可以說是怪物吧！

「那妳能知道平時這個怪物在哪裡嗎？」組長倒是嗅到了機會似的，「如果可以找出牠在哪裡，說不定眞的能做期新聞！」

小檬聞言卻嚇到了，整個人慌張的跳了起來，「我我我我不知道，我沒辦法分辨！對不起……我……我去洗手間！」

她連看都不敢看大家，轉身就離開座位，逕往廁所衝去。

梁紫葶哪有這麼簡單放過她，但現在逼著她也沒用，小檬原本就是極其不願分享這件事，畢竟是有點扯。

一屋子六、七人靜了下來，面面相覷。

「走這條很邪啊！」大白主動提出意見。

「那就邪到底啊！我們就先用這種靈異的方式去說，不當正式報導。」組長即刻做了決定，指向了梁紫葶，「梁紫葶，這新聞妳的了！」

大頭芳點扼腕，「我也想……」

「妳想什麼，妳想就幫幫梁紫葶吧！」組長指向了她，「好歹生出點有點閱率的玩意兒啊。」

「是！」梁紫葶雙眼熠熠有光，看著一公尺外的大頭芳，「少不了妳的，這事情我一個人也做不，妳得當我後援！」

大頭芳這才揚起笑容，拳頭朝自己心口敲敲，再指向她，沒問題。

「那麼，我先去跟小檬再聊聊。」梁紫葶趕緊轉身，「別跟來，她會嚇到的。」

「呿，當記者膽子小成那樣！」大東莞爾。

「新人嘛！還不知道人間險惡。」大白也坐了下來，嘴角的笑帶了一抹苦澀，「那食人鬼見著那些官，還得黯然失色咧。」

梁紫葶輕快的朝著洗手間去，對她而言，找到誰是「食人鬼」是當務之急，如果能知道「他」現在在哪裡，就更好了！

男人推著一整車的生活用品在超市過道中走著，取下一瓶罐頭時，驀地從從裡頭伸出一隻腐朽的手，也抓握住了罐頭，不想讓他取下似的。

男子無視的將罐頭往推車裡放，才往前推了兩步，又決定把罐頭放回去，改取旁邊那一瓶；如果有人這麼執著於那個罐頭，沒必要跟他們搶，搞得把執念帶回去就不好了。

擦身而過的女孩偷瞄了他一眼，跟朋友開心的私語著，有沒有覺得那個男的很像電玩裡那種憂鬱冷面王子？

闕擎沒心思理會小女孩們的青睞，現在他比較在意的，不是這超市裡有多少兄弟們，而是有多少跟蹤他的「人們」。

之前也就兩位便衣跟著他，始終低調，爲什麼今天他有種被萬人盯的感覺？似乎整個超市有一半以上的人都在監視他。

「你們要順便幫我結帳嗎？」

排隊結帳時，他突然轉身問了排在身後的男人。

男人身形高大魁梧，一看就知道是有在鍛鍊的人，他倒也不閃不躲，打量起闞擎來。

「好。」他大方的回應，掠過闞擎，到他前方準備爲他結帳。

闞擎默默的環顧四周，一堆人眞的是不隱藏了，全都明目張膽的望著他，擺明了就是爲他而來。

「出動這麼多人，是不是有點誇張？」他幽幽的說著，「我家醫院外的道路旁，沒有那麼多地方讓你們停車。」

「哼，沒有人說要跟你回去吧？」男人大方的與他交談，「等等就要請你跟我們走一趟了。」

喔，闞擎心底略慌，其實他有猜到這最糟的情況，否則這群人不會如此大膽，但他不能面露懼，誰先慌，誰就輸了。

「我沒空，而且你看我買了不少生鮮物品，得趕著拿回家冰。」闞擎從容的應付，「剛好我也還是懂一點法律的，想用哪條讓我走一趟，得好好想想喔！」

「這麼嚴肅做什麼，也就是喝個茶，天這麼冷，去喝個咖啡吧。」彪形大漢掛著微笑，但他全身的肌肉都很緊繃，「哪兒都不去，就旁邊的咖啡廳，一杯咖啡的時間。」

結帳人員有些不解的望著他們，但還是盡自己本分的唸著促銷口號，然後開始進行結帳，閒事莫管。

「可以更乾脆點……哪兒都不去，等等我在旁邊整理這些東西時，你們把該說的說一說。」

男子似笑非笑的望著他，什麼都沒說，但眼底藏著的銳利已經否決了這個提議。闕擎心知肚明，等等的SOP會是什麼：他無需整理物品，就會被人粗暴的把東西扔進袋子裡，整袋拎走，出了超市只怕就隨意往垃圾桶扔去，基本上他也不會進那間咖啡廳，這樣體格的男人們會突然從四面八方湧來，架著他往已經開好車門的車子走去，他會被壓上車，來到他們認爲的「咖啡廳」。

一旦進去要想再出來，那可就麻煩了。

「有話好好說，我不想把場面弄得太難看。」闕擎也沉下了語氣，「你們這幾年派了幾撥人跟著我，心知肚明。」

他下文沒說的是，這幾年派來跟監他的人，不是意外身故就是失蹤，現在沒有一組是好好的在這世界上的。

男子微笑的嘴角略僵，卻散發了怒氣。他知道！隊裡沒有人不知道這件事！但凡派去跟監這個男子的兄弟，沒有一個是健在的，就爲了這樣一個看起來瘦弱乾癟的男人，犧牲了多少兄弟？他不理解，所有人都不理解。

但是命令就是命令，所以他們爲了不要增加無謂的傷亡，這一次派出了整整一隊。

「一共是一千三百二十元，刷卡嗎？」店員制式的回應著，緊張的略嚥了口口水。

男人遞出信用卡，「我可以把這個當作威脅嗎？」

「隨便，我是陳述事實。」闕擎說得悠哉，從男人身後擠過去，從外套口袋裡拿出了環保袋準備盛裝。

他的一舉一動都讓附近其他人相當緊張，尤其在他擠過男人身後時，感覺有的人手同時都按在後腰上準備掏槍了！緊接他捧起整個籃子朝整理區去時，好些人都邁開了腳步，門外的身影移動，看來也是預防他跑出去。

不過，闕擎卻眞的只是抱著籃子來到整理區，好整以暇的把購買的物品放進環保袋裡。

「出什麼事了？爲什麼非得要動這麼大的陣仗？」闕擎喃喃說著，「你們跟了我這麼多年，也只是觀察吧？我最近也沒做什麼大事——」

噢，上一次遇到報喪女妖的事嗎？半夜時分報喪女妖到他的醫院外頭嚷嚷，附近沒有鄰居也沒人檢舉，那時跟蹤他的人也不在，他也沒惹出什麼事……如果是那個因為山崩而被掩埋的小鎮？那是天災吧？總不會因為他去過就推到他身上是吧？

「聊聊就知道了。」男人心平氣和的說著，「我們也只是奉命辦事，你跟上面的事我們不明白也不需要明白，就是把你帶去聊聊。」

聊聊，闕擘禁不住笑了起來，這種情況他見得還少嗎？從小到大，但凡有警察或當局要找他「聊聊」，一般都沒什麼好結果；不是出不來，就是得沐浴大量鮮血才能走出來。

「我來到這個國家後，沒有惹任何人、任何事，我就是安分守己的過我低調的生活，如果真的覺得有任何事跟我有關的話，不如先去找找那間叫『百鬼夜行』的夜店，我是無辜的。」闕擘一把將袋子拎起，從容的將籃子放回籃子區，「真要提我就拿證據跟逮捕令來，沒有就別煩我了。」

他昂首闊步的走出超市，在超市裡的人趕緊跟出，那陣仗也引起了許多人的注意，但人們其實不太願意管閒事的。

一步出超市，外頭果然也已經有多位壯漢蓄勢待發，很快的他四周已站滿，成合圍之勢。

但與他攀談的壯漢舉起手示意大家不要衝動，正進出超市的人們也不由得往他們這邊望過來；闕擎放慢腳步朝著停車場走去，他也不想要引起動靜，所以離超市越遠越好，盡量不要牽連到無辜者。

「你不在乎那間醫院了嗎？」壯漢在身後突然朗聲一問。

闕擎戛然止步，握著袋子的手緊了緊。

「什麼意思？」他仍舊目視前方，他站在車與車間的路上，正前方也有人正倒退走著，望著他。

「平靜精神療養院，那不是你的東西，你是怎麼奪過來的？你本不該是繼承者，上一代的死亡非常有問題，所以我們警方必須調查。」男人沉穩的說著，「這樣的理由非常正當，我們必須請你配合調查。」

「我有遺產繼承權，甚至是唯一繼承人，過程全部合法，而且也有律師公證，有意見的該不會是一堆旁系再旁系吧？」闕擎搖了搖頭，「他們注意到那間精神療養院是個金雞母了嗎？」

「糾紛我們不管，我們只是要請你配合調查。」

「那就來調查吧，到醫院去，看要什麼文件我都能給，你們刁難我醫院也不是第一次了。」闕擎重新邁開步伐，這個威脅不到他。

不過那幾個想要醫院的旁系，的確是個麻煩。

「我們會直接查封醫院，先把病人全部挪走，然」

闕擎倏地回過身，「你說什麼!誰准你們封醫院的!?」

見到闕擎動怒，壯漢倒是相當滿意，他兩手一攤，「查你們也不是第一次了，只是這次嚴厲了點……怎麼了，裡面果然藏不可告人的事對吧？」

這也就是他們想要一探究竟的原因。

闕擎默默握拳，精神療養院裡的人，一個都不能移動，那些在世人眼中的精神病患者，其實身上不是與惡魔共存，就是擁有特別能力，他甚至還利用那些人的身體，封住許多只要離開就會作亂的魔物。

一旦移出精神療養院，不熟稔的醫護，具誘惑力的惡魔，遲早外頭會血流成河，一發不可收拾。

「我是爲了你們好，只要你們對醫院出手，後果絕對不是你們能承受的。」

闕擎嚴肅的說著，「別老盯著我不放，我沒有傷害過你們任何人。」

「是嗎?」男子眼神冷了下來，「我們的兄弟呢?」

噢，闕擎略挑了眉，那也不能怪他，畢竟身爲一個「良民」，總是被警方二十四小時跟監，他偶爾也是想反抗一下的。

他們太礙事了。

「聽起來好像官壓民耶！你們哪個單位的？要逮補他有逮補令嗎？要封一間醫院也要有相關流程跟文件吧？」劈里啪啦的聲音突然從旁邊傳來，女人踩著高跟鞋舉著手機就走了過來，「最近醫療報導組沒有收到任何違規醫院的消息吧，你們醫院都有定時過檢嗎？」

「做什麼！不要拍！」壯漢們紛紛以手擋臉，對於這突然冒出的程咬金很是氣惱，「放下手機！」

「身爲一個記者，探查新聞是我的本職，請尊重新聞自由喔。」梁紫葶朗聲說道，再度問向闕擎，「喂，先生，你的醫院——」

「都有過檢，三個月前才曾檢查一次，從消防到醫療，全數符合規定，沒有一項違規。」闕擎略低下頭，他也巧妙避開了鏡頭，但回答得很清晰。

梁紫葶的聲音跟動作，也引起了其他人的注意，有些買完東西或是正要進超市的人們紛紛朝這兒看了過來。

「請問您們是哪個單位的？聽起來有很大的權力耶！」梁紫葶直接逼問質問闕擎的壯漢，「這位先生犯了什麼罪？你們打算要將他帶……」

餘音未落，壯漢一個暗示，一群人頓時自四面八方散開，立刻就逃離了現場；梁紫葶沒有追的意思，她依舊待在原地，手機裡其實很昏暗，夜裡的停車場拍不清太多東西。

「沒事了吧！」她瞄向闕擎，他下意識的繼續想閃躲鏡頭！梁紫葶趕緊將手機放下，「不拍不拍，我剛只是爲了嚇嚇那些人。」

闕擎眼見她眞的放下手機，才略微抬首，「謝謝妳。」

「不客氣，我也是剛好遇到，那些人有點過份了。」梁紫葶好奇的朝闕擎走過去，「所以，你眞的有一家醫院。」

闕擎默默一個深呼吸，盡可能的擠出微笑，「謝謝妳幫我解危，但要小心別惹禍上身，就到此爲止吧。」

「我是記者，怕麻煩還能當記者嗎？」梁紫葶又上前一步，打量著闕擎，「他們絕對沒有走遠，在暗處觀察你，等等你上車一落單，他們就會圍堵你了。」

闕擎喉頭一緊，這位記者小姐可能還眞的沒說錯。

「看來逃也沒辦法逃太久……」他朝遠處的黑暗望去，那群警察只怕都在伺機而動吧。

「你眞的犯罪？逃亡？」梁紫葶眨了眨眼，用了逃這個字啊。

闕擎瞥了她一眼，沒作聲，再度半鞠躬道謝後，轉身就要離開，至少得先回到醫院去！

「欸欸！我都說了你一上車就會被包圍，你還走？」梁紫葶冷不防的追上前，即刻勾住他的手腕，「不如先陪我去吃個飯，有什麼事你跟我說，我可以幫你訴諸媒體！」

她又不是傻子。

她在超市裡時就注意到那個神祕氣息的男子了，他一頭深黑頭髮，前髮雖然蓋住了眼睛，但削瘦的臉龐、漂亮的五官，還有充滿憂鬱氣息的舉手投足，實在很搶眼！

精瘦高䠷的身材像花美男，但近看其實又相當性格，最重要的是那份氣質，簡直像二次元裡的貴族公子！

帥哥人人愛，只是連壯漢都喜歡就跨種類了，她留意到超裡有這麼多壯漢非常奇怪，也有人跟著帥哥，直到結帳時她就站在隔壁條結帳通道，對話聽得一清二楚，這太詭異了！

身爲嗅覺靈敏的記者，她聞到了新聞的味道。

所以當然跟著聽著還外加錄音，直到她覺得氣氛緊繃，現場劍拔弩張之際，趕緊來個美救英雄。

「不需要！」闕擎猛然抽起手，「我要的就是安靜的生活。」

帶著點嫌惡的朝車子疾走而去，梁紫葶根本不可能輕易放過，小跑步就追了上前，直到闕擎拉開車門時，不耐煩的轉頭瞪向站在車尾的她——她在做什麼？

動動手指，梁紫葶拍下了他的車子與車號。

「有車號就更簡單了，你猜我多久能找到你的資料？」梁紫葶堆滿微笑，得意的看著闕擎。

他想把她丟到地下室去餵那些惡魔吃算了。

闕擎雙眼閃過殺意，但梁紫葶沒有接收到，而是故做一臉無辜的走向他。

「又不是找你麻煩，我要找的是那些人。」她眼珠子咕溜溜轉著，像是暗示著他，「警察濫用權力擾民，我標題都想好了。」

「跟我扯上關係，是妳會倒楣，我不是在開玩笑。」闕擎義正詞嚴，「我不喜歡跟人類過多接近是有原因的！」

「啊你現在就已經在麻煩裡了！」梁紫葶聳了聳肩，「別硬啦，我送你回去，有記者在他們暫時不敢亂來，你再拖時間，等等那幫人去醫院，可就來不及囉！」

闕擎臉色一凜，是啊，現在當務之急是他必須回醫院！

他重新鎖上門，極度不耐煩的咬著牙問出：「妳車在哪？」

梁紫葶揚起笑容，愉快的轉身走向自己的車子，中途不忘環顧四周，同時把剛剛錄下的東西都先上傳到雲端去。

有記者跟著，諒那些警察暫時不敢怎樣。

讓她送回去，也間接的讓梁紫葶知道了病院的地址了！她輸入地址後並沒有任何反應，只是開車出發而已。

「我叫梁紫葶，記者，我看剛剛那些警察不是一般的警察，便衣……也不像，應該是特殊警察。」車子才啓動，梁紫葶就換了張臉，「能派一整隊特殊警察跟蹤你，你也不是普通人。」

副駕駛座的闕擎抱著一整袋的生活物品，一點兒都不想回應梁紫葶，但是……

「妳對特殊警察瞭解多少？」

「看你想瞭解多少。」她邊說，挑了抹自信的微笑。

「為什麼幫我？」闕擎再問，自動送上門的好處，都是毒。

「魚幫水，水幫魚，我只是覺得你這邊很有趣，說不定有好新聞能報！」梁紫葶說得實在，「我一直想報件大新聞啊！食人鬼的新聞太難追了，我有線索就不會放過！」

闕擎怔了一下，第一次轉頭正眼瞧她，「食人鬼？」

「對啊！昨天又發現一具屍體，這個食人鬼搞得大家都嚇死了，卻完全抓不到他的蹤跡！」梁紫葶留意到闕擎的疑惑，「喂，你不會不知道現在當紅的連續殺人犯吧？疑似把人吃得亂七八糟？」

闕擎默不作聲的正首往窗外看，他哪可能知道！最近被這群特殊警察攪得心神不寧，而且他也不是很想管外面的事，把病院裡的患者都安撫好就好了……不過她說連續殺人犯？就是個犯人，不是什麼眞的鬼。

「希望那些警察挪點心力，去抓那個連續殺人犯吧！」

「就是！再下去都沒人晚上敢出門——呀——」

才在說話，天外驀地飛來一個東西，磅的就砸在了梁紫葶的擋風玻璃上。

她嚇得趕緊踩煞車兼打方向盤，狼狽的靠在路邊停下，抓著方向盤的雙手僵硬得要命，抬起頭完全看不到前方，因爲擋風玻璃上的紅血遮蓋了視線。

「咦？」梁紫葶完全呆愣，她的擋風玻璃上一片血紅。

闕擎才回過神，朝窗外瞥去，車子被逼停在路邊，而路邊卻是雜草，不像是回醫院的路。

「這是哪裡？」他仔細看著不遠處，是樹林啊！「妳爲什麼開到這裡來？不是應該從大路走嗎？我們該會經過車站的！」

「我……我繞後山上來！從後山繞上來一樣會到醫院，我還能多爭取個十幾分鐘跟你聊天啊！」梁紫葶說得理直氣壯，已經拿起手機在拍照了。

天哪！闕擎覺得頭疼，眞不愧是記者，「我下去看看，妳別妄──」

餘音未落，車門打開的聲響傳來，她人已經下去了。

當他沒說。

闕擎小心的跨出車外，因爲車子眞的停得太旁邊，他確定旁邊沒有邊坡或山崖後才下車；梁紫葶已經在錄影了，還對繞到車頭的他比了個噤聲，手機開啓錄影模式，讓闕擎趕緊遠離鏡頭範圍。

「記者剛剛在路上，突然有東西掉落在擋風玻璃上，看起來像是血，或是有人惡作劇……」她邊說，突然原地轉起圈，想拍四周環境，「但這裡是山路，旁邊很像是沒有人。」

闕擎飛快背過去蹲下身子，能閃就閃。

「我們來看一下擋風玻璃上的是什麼……眞的是嚇了記者一大跳！」鏡頭對上擋風玻璃，梁紫葶謹愼的靠前拍攝。

但事實上，只見到一團紅通通的東西，很難辨識出是什麼。

梁紫葶沒敢去碰，只是湊近錄影，再拍照，然後突然收起了手機，驀地向左後方瞥向了闕擎。

「你有帶手機嗎？調靜音喔，震動都不行。」她邊說，一邊衝到後車廂去，沒兩秒搬出了球棒，「我們走。」

「走去哪？」他沉著聲問，眼神卻瞄向了遠處的黑暗。

這裡是平坦的，雜草處只有一公尺，接著就是樹林，伸手不見五指的密林。

「那東西應該是那邊飛過來的。」她壓低聲音與身子，直接往裡頭走去，「我想去看一下……」

她緊握著球棒，左手不知何時已經拿了運動相機，朝著裡頭前進。

不要理她。

闕擎這麼告訴自己，她知道太多，尤其又是記者，他現在最不需要的就是麻煩……讓她進去，那裡面的邪氣站在這裡他就能感受到，渾濁晦暗的氣息來自於極端的情緒，比厲鬼還凶惡的東西在裡頭。

擋風玻璃上的是脾臟的一部分，他見過人們互相殘殺的開腸剖肚，對內臟有番認識。

說不定，這記者心心念念的「食人鬼」，就在裡面。

啪的，梁紫葶回身突然握住他的手，氣音冒出，「喂！你幹嘛，走啊！」

我——闕擎沒來得及開口，梁紫葶粗暴的直接拖著他往裡去！

開什麼玩笑！他才不蹚這個渾水！闕擎反手扭著她的手拉住她，梁紫葶咬著牙硬是沒叫出聲，回頭狠瞪他，張嘴就要喊你幹嘛時——沙沙聲瞬間而至！

喝！闕擎平視著前方，看著從樹林裡走出來的東西，而面對他的梁紫葶此時此刻卻僵硬得不知道該不該正首。

別動。闕擎加重了握著她手腕的力量。

噠噠，足音踏在草地上清晰可見，闕擎看著四足動物渾身是血的走了出來，嘴裡還正在咀嚼一隻手，咬著脆骨的喀吱聲異常清脆——喀！

梁紫葶顫了身子，大腿不自禁的發抖，現在才知道怕……濃重的血腥味順著風傳來，闕擎並沒有閃躲視線，這時候閃已經來不及了。

那是他看過最噁心的東西，那像是好幾個人嵌成一隻動物的模樣，連頭顱都是揉合了好幾個人的臉部拼湊而成，像是一個變態畸形的靈體融合體，就算不帶血都令人看了作嘔。

「牠」走近了他們，闕擎緊盯著對方，他希望能注視著對方的雙眼——就在剎那間，那野獸「站」了起來！

「哇呀！」感受到不對勁的梁紫葶禁不住嚇，尖叫著撲向闕擎。

他被這麼一撞連連踉蹌，同時那頭「野獸」朝著闕擎就撲過來了——他趕緊舉起手，他身上戴著的法器可不是白買的！

『吼——』吼叫聲登時傳來，在觸及闕擎前方三十公分時野獸準確的被闕擎配戴的法器逼退！

但該死的只是逼退而已，牠沒有像一般的魍魎鬼魅般被重傷彈飛！僅僅是被嚇到般的退後數步，然後被激怒的猙獰怒吼，拱起背準備再度攻擊！

「妳走開！」闕擎忍無可忍的把梁紫葶朝旁甩去，她礙到他了！

「哇我不要——」誰知，梁紫葶力大無窮的扣緊闕擎，根本甩不掉！

闕擎只能拖著她往車子旁邊閃，能閃多少就閃——磅！又一聲巨響，從天而降龐然大物，沉重的落在梁紫葶的車前蓋上。

那野獸立即看向車前蓋上的不速之客，毫不戀戰的立刻轉身，沒入了樹林之中。

一隻手冷不防的從闕擎身後伸來，他驚愕的回首，卻看向「梁紫葶」的身影從容的走到他面前，伸手朝抱著他的梁紫葶後腦杓點了一下，抓著他的力道瞬間癱軟，梁紫葶本尊倒了下去。

沒有人要扶她的意思，梁紫葶真的是直接摔上了地。

「你衣服都快被抓爛了！」眼前的「梁紫葶」動手整理起闕擎的衣服，他只感到汗毛直豎。

「阿天？」他狐疑的問著，眼前的女人勾起微笑，像是給了他答案。

「那是什麼玩意兒？居然這麼造次！」

踩爛梁紫葶車前蓋的人從車上跳下，龐然大物，渾身長毛，頂著凶惡的狼頭，闕擎抬首望天，才意識到今晚是月圓。

「布魯斯……」闕擎想都沒想過，看見狼人跟不知什麼東西的阿天，居然是他這幾天以來最放鬆的時刻，「謝謝……」

他一時精神放鬆，雙腳竟禁不住的一軟。

阿天趕緊攙住他，低聲說著沒事。

「小狼會帶你回去，現場就交給我吧……喔。」她挑了挑眉，「你買的東西得記得帶走。」

「誰准許你叫我小狼？」狼人低吼著，沒禮貌的混帳！

闕擎忙穩住身子，到前座取出東西，「剛剛那是什麼？」

阿天歪著頭，調皮樣的聳了聳肩。

「就食人鬼囉！」

第二章
記者目擊者

闕擎是搭乘「狼人特快車」回到家的，他的住所是一間精神療養院，那是他的醫院，也是他的家。

壯碩的狼人一路踩著樹稍，順著後山的樹林回到精神療養院外，爲了不驚動任何人，還很客氣的落在病院外的銀杏林中。

「我就不進去了，今天月圓，我這副模樣會嚇到人。」狼人比畫著自己碩大的狼首。

「謝謝你……」闕擎略頓了會兒，「還不到一年啊！七個月？你手上的事情辦妥了嗎？」

狼人望著他，什麼都沒有說，但又彷彿什麼都說了，點了點頭。

一年前，狼人插手人類的事，照理說該受到懲罰的，但由於他發現了一個混血狼人，必須好好教育，所以他的「上司」給他一年的時間教育那混血孩子，一年後要回來接受懲罰。

狼人沒想說明他也不會多問，匆匆進入病院，外頭的雕花鐵門是緊閉的，他當然有開門的電動鎖，進入後疾步朝下坡路段走去，雖說已經是醫院的熄燈時間，風平浪靜本該自然，但經歷過晚上的事後，他變得極度憂心。

下坡路段後，就是位於左前方那棟七層樓的病院主建物，闕擎邊走邊留意四周，那群特殊警察可別又埋伏在哪兒。

即將要奔到建物前幾秒，細微的足音響起，跟著右手邊跑出了一個身影。

「沒事沒事！」女孩趕緊擺著手，雙手再在頭上比出一個圈，試圖代表OK，「什麼事都沒有喔！」

他疾走的腳步這才停下，看向前方就這麼出現的厲心棠，懸著的心幾乎是在瞬間放下的。

「呼……」無力感再度湧上，他重重的喘了口氣。

「沒事，大家都在睡覺了。」厲心棠趕緊跑過來用氣音說道，主動接過他手裡的袋子。

「……重。」他試圖抓回袋子，不過還是被厲心棠接了過去。

女孩自然的勾過他的手，朝著更裡頭的花園裡去，雖說病棟前的草地也有桌椅，但她想著等等要說話，避免吵到患者比較好。

再往裡頭走有更大片的花園、草地甚至是菜圃，剛經過的兔子籠中，小兔子們也都在睡覺了。

闕擎沒有什麼反抗，就任她拉著朝裡頭去，草地上有許多石桌，其中一張都已經點好蠟燭燈，連茶都備妥了。

「妳什麼時候來的？」

「兩小時前，是阿天說這邊怪怪的！」厲心棠將他按著坐下，「眞的有警察來過，不過我們已經打發掉了，他們什麼文件都沒有，不符合程序。」

「果然來過了嗎？」闕擎眉頭蹙起，果然是同步，一邊去找他，同時又找病院的麻煩，「誰打發掉的？這麼容易？」

「阿天，他假裝成律師把他們處理掉，我在旁邊幫腔錄影。」厲心棠說得很得意，「現在有手機的好處就是什麼事都能立刻發到網上去，他們還是會有顧慮的！」

「別別……千萬不要發上去。」闕擎沉著聲警告。

「我知道！但他們不知道啊！」厲心棠眨了眨眼，「這種事我怎麼會不清楚！就像百鬼夜行裡都是眞的妖魔鬼怪的事，也不能往外說啊！」

對，沒錯……厲心棠果然很能瞭解他的立場。

看著她倒好茶，一邊翻著他買的東西，闕擎只想喝杯熱的沉澱一下，零度的冬天，眞的太冷了。

「爲什麼阿天會知道出事？」闕擎可沒錯過這訊息。

「他說有很令人厭惡的臭味，邪氣跟怨氣都很重，而且還殺氣騰騰！」厲心棠從袋子裡掏出了一個冷掉的便當，「晚餐？」

闕擎點點頭，接過便當擱在桌上，現在放鬆下來後，眞的餓了。

「妳知道最近有個連續殺人命案嗎？叫……食人鬼？」話才剛說，厲心棠一雙眼睛瞪得又圓又大，嗯，她果然知道。

「拉彌亞也在說這件事，她說不像是人類做的！是邪氣很重的邪物，所以阿天才格外留意。」厲心棠略顯疑惑，「你知道奇怪的是什麼嗎？就是在所有魍魎魑魅中，根本沒有『食人鬼』這個東西！」

「沒有食人鬼？食人妖呢？」闕擎打開便當就要吃，餓的時候，冷熱都一樣美味。

「沒有！因爲這種稱呼，很像是專門吃人的妖怪或鬼對吧？但是——事實上不管什麼妖魔鬼怪，本來都會吃人啊！」

咦？闕擎一怔，對啊！

一般亡者殺生嗜血啃肉，甚至吞噬靈魂轉爲厲鬼，而魔物更不必說了，血肉都像點心，更別說……他幽幽的看向厲心棠。

「狼人也吃肉吧？上次跟監我的那兩個警察……」

「小狼吃肉，小德喝血。」厲心棠說得很小聲，「我記得拉彌亞也吃，叔叔只規定店裡不能殺生而已，但離店後……滿地都是食物。」

唉……闕擎想想頭就疼，他能活到現在眞幸運啊！

厲心棠，是他意外偶然遇到的女孩，她是個被鬼養大的孩子。

簡單的說，她家是開夜店的，而且還是在首都R區知名夜店街中、最赫赫有名的「百鬼夜行」！其位於街尾最末端、一整棟裝潢如城堡般的建築物，裡面所有的服務人員都會裝扮成各種妖魔鬼怪的樣子，顧客也都樂於裝扮入場——只是，店裡的妖魔鬼怪，都是眞的！

「是啊，所以不會有專門的食人鬼……」闕擎沉吟著，不管是什麼東西，惡鬼要食人都不意外。

那麼，他剛剛看到的是什麼？

「所以店裡才覺得奇怪，還在猜是不是變異的動物靈，可能受到人類的傷害或詛咒之類的，轉而凶狠！阿天下午留意到這附近有不對勁，拉彌亞又說要重點觀察你這兒，結果你說多剛好，這時蘇珊就打電話給我，說有奇怪的人過來。」

咳——闕擎的菜差點沒梗住，「誰？」

「蘇珊啊！就醫院裡的護理師？」

闕擎狠狠做了個深呼吸，不可思議的看著她，「妳該不會說的是一樓的護理長？」

蘇珊是護理長，是這間精神療養院中，數一數二的元老級人士。

「對對對對！她叫蘇珊啊！」

「妳爲什麼會跟她這麼熟——」不！不對！爲什麼她只來幾次，就連病院都要變成她的地盤了!?

「就上次……」

停——闕擎打直右臂以掌心示意她別說話，他不想聽，眞的完全不想知道了。

「狼人也在搜捕他嗎？所以才剛好幫了我！拉彌亞說得沒錯，我院裡的患者不能受到這種刺激，我也不希望不乾淨的東西進來。」闕擎若有所思的看著整棟療養院鋪設的法器與結界，不知道是不是要再多添購一點？打給姓唐的好了！

嗯……厲心棠倒顯得難以啓齒，「他們只是預防萬一，畢竟我們店裡不得干涉人類的事……」

啊！對啊！闕擎塞入一大口冰冷的飯，「百鬼夜行」的鐵則之一，妖魔鬼怪絕不許插手人類的事情！他們可以接納亡靈，但如果亡者成了厲鬼做亂，他們是不會理會的，因爲那是人類自己的事。

除非，有阿飄白痴到去招惹他們，但顯然沒有。

「你放心！」厲心棠突然搭上他的手，「我會管的！」

「不，妳別忙！」闕擎頭疼得皺眉，「妳這時候不是應該在店裡幫忙嗎？夜店晚上生意正忙，妳應該……」

「我請假了，你這裡有事啊，我怎麼可能坐視不管？」她瞪圓一雙眼睛瞅著他。

闕擎默默再扒了口飯，一旁的視線扎人，這傢伙瞬也不瞬的盯著他不放，「做什麼？」

「你不告訴我嗎？那群人是來幹嘛的？他們可凶了，要來封……檢查你的精神療養院。」厲心棠小心翼翼的湊前，「他們也知道裡面有什麼嗎？」

唉，闕擎重重嘆了口氣，但沒打算回答厲心棠，這件事不關她的事，她什麼都不知道最好。

「還是……跟跟蹤你的人有關？那些都是眞正的警察，所以是國家派的？」厲心棠逕自推敲起來，「上兩個是德古拉吃掉了，再之前是火災救人，那再之前呢？有多少組？」

避開她的眼神，闕擎採取囫圇吞棗模式，先把飯吃光，快閃人爲妙。

「國家盯著你耶，所以也盯上了療養院。」她托著腮，說話間都吐出白煙，「你一個人沒辦法的。」

吃光！闕擎飛快的把便當空盒順手往袋子裡塞，就準備起身回家。

可是厲心棠更快的握住他的手，沒打算讓他走的意思。

「知道的越少對妳越好，妳不會希望有人二十四小時跟監妳吧？甚至是針對『百鬼夜行』？」他只是淡淡撇下一句，「越低調，對妳、對所有人都好，至於我的事，我自己處理就好了。」

他難得溫柔，拂去她肩頭的雪，要她快點回去。

厲心棠沒追上前，她靜靜的站在桌邊，看著削瘦的身影離去，消失在她的眼前爲止。

今天他不在，那一群人的陣仗可不小，他們就是來查封療養院的，上次檢察官時她就在這裡，各項檢查也都沒問題，現在卻能生出詭異名目，說療養院太多指標不合格，而且還說有人檢舉裡面在做非法實驗……他們還帶了正式文件來的。

他到底認識了什麼不得了的人啊？享有警察二十四小時跟監、還有國家體系要找他麻煩？厲心棠搓搓手臂，趕緊跟著他身後往前走，幸好她還有認識另一票也不簡單的人，至少可以讓她放肆的做自己想做的事。

她沒跟著進療養院，主建物可是門禁管制的嘛！她很聽話的一路奔向大門，那兒有一台車已經在等她了！

而車子旁，卻站著一個看起來五官明顯的大眼女人。

「阿天？你這什麼樣子？」厲心棠好奇的打量著，她沒見過這個人咧！

「剛剛跟闕擎在一起的女人。」阿天聳了聳肩，「長得挺漂亮的吧！」

跟闕擎在一起？

「這是什麼意思？他們在一起？」厲心棠這才往門裡外瞧了遍，沒看到闕擎的車！

「嗯，他剛搭這個女人的車回來的，但他們在路上遇到食人鬼了……就那個很臭的東西！」阿天為她拉開車門，「上車吧，妳不冷啊？」

厲心棠蹙起眉，認真的再看了阿天一遍，真的挺漂亮的，長髮加上瓜子臉，輪廓又深邃，還穿著上班族套裝跟大衣，有種時尚專業感……比她成熟很多的感覺。

闕擎喜歡成熟型的嗎？

「為什麼他不開自己的車回來啊？」她坐進車裡咕噥著，「他們遇到食人鬼，那你也看到了嗎？」

「看是看見了，但有點詭異……」阿天準備發動車子，手一彈指，遠遠的就傳來警車的聲音了。

咦？厲心棠緊張的瞪大眼睛，「食人鬼……又殺人了？」

阿天點點頭，淺淺的微笑反而讓厲心棠覺得這女人連側臉都挺好看的！

「所以你知道那是什麼了嗎？」

「不是我們能管的事兒！」阿天發動引擎，「人類的事喔，人類自己處理！」是鬼！厲心棠並不意外，因爲就眞的沒有「食人鬼」這種鬼怪在啊！是質變的鬼？還是某種亡者與動物靈的結合體？

「又吃了人嗎？一般厲鬼不會這樣做吧？可是如果他一直噬血，感覺會越來越可怕。」厲心棠沉吟著，卻很難專心的瞟向正在開車的阿天，「你可以換個樣子嗎？我不喜歡這張臉。」

「哦？我覺得挺漂亮的啊！」阿天嘴上這麼說，但很快的變成一個嚴肅的中年男人，還是稍早遇到的那位想來找療養院麻煩的傢伙！

但再怎樣，厲心棠都覺得比剛剛那個美女順眼多了。

進入醫院的闞擎默默看著大門監控，確定厲心棠開門走了出去，也確定門外有人接她後，這才略爲放心……在監視器裡看見那個位女記者是有點吃驚，但轉念一想，應該是「百鬼夜行」店裡的阿天吧？

他不知道阿天是什麼東西，不過他能幻化成任何人這點，相當厲害。

唉。闕擎獨自在黑暗中嘆息，看來好日子是到頭了，現在什麼「食人鬼」對他而言根本不是問題，甚至連院裡那些有惡魔附身的患者也都不令他頭疼了，他要想的是——怎麼保住這間療養院？

還有，他該怎麼全身而退？

梁紫葶一夕之間，從記者變成了目擊者。

她甚至是被警方叫醒的，車窗被急促的敲著，她迷迷糊糊醒來時人就坐在駕駛座上，安全帶甚至都還繫著呢，但她根本什麼都搞不清楚，而且膝蓋還有傷，她都不記得自己跌倒過。

她被警方請下車時腦子超級茫然，看著警方在對她的車子拍照與採樣，才想起來開車途中，有東西掉在了她的車上……車上！對啊，還有她載的那個帥哥不見了！

她的記憶太模糊了，只記得緊急煞車，她似乎還有下車，但是她不記得後來發生了所有的事、帥哥怎麼不見的，以及——「食人鬼」的模樣！查過手機，她錄影跟拍照的檔案也全部消失了！

但是她的職業本能強大到勝於一切，即使記憶片段，她還是知道眼前的警車、她車上的紅血與內臟，都代表著這是個大新聞！立刻舉起手機拍攝錄音，進行現場報導。

所以，這條新聞，更理所當然的由她追蹤了。

「有妳的耶，梁紫葶！」一出會議室，同仁紛紛對她表示讚揚，「妳想拿下什麼案子就能拿下咧！」

「妳真的沒印象那個食人鬼長怎樣嗎？」大頭芬好奇的問。

「都把內臟丟到妳車上了，妳居然可以全身而退……妳到底有沒有見到他啊？」

唉唷，梁紫葶不耐煩的垂下雙肩，直想哀鳴，「夠了沒啊！我在警局被問得還不夠嗎？回來後多少人都問一輪了！」

「妳在現場啊！不但是目擊者還是倖存者，第一現場、第一手消息，這是多少人夢寐以求的啊！」大白可不以爲然了，「我要是妳，絕對把看到的都刻在腦子裡！」

「我也想啊，可是我就是沒記住！」梁紫葶都要仰天長嘯了，「都讓我遇到了，我哪可能錯過！我的球棒擱在副駕駛座，就表示我下去過，我一定看到了什麼……」

但是她想破了腦子，卻什麼都記不起來！梁紫葶忍不住用掌根敲著自己的頭，那晚到底發生了什麼事？

「有沒有可能是……那個刻意讓妳忘了？」有敏感體質的小樣幽幽的說，「所以妳還是別想起來比較好！」

所有人不約而同的看著那連行走都如幽魂般的小樣，梁紫葶擠出很勉強的笑容，說得好像也在理厚？她莫名的打了個寒顫，現在對她而言，知道當晚發生什麼事才是重點！

「梁紫葶！加油啊！」組長由後走來，「想起什麼就快點寫出來，讓那些第一線的看看我們不是只會在網路抄新聞！我們一樣有人會到現場去跟食人鬼面對面！」

「呃，我其實只想報導，我沒有很想面對面。」梁紫葶客氣的婉拒。

開什麼玩笑！那天在樹林裡的第五個死者，頭顱都只剩一半了，這次「食人鬼」沒吃淨死者的四肢，內臟倒是吃得一乾二淨，除了掉在她擋風玻璃上的脾臟，以及現場丟棄的心臟跟肝臟外，其他都吃個精光。法醫判定，這位死者一樣是活生生被拆解的。

「不管是什麼，記得把東西生出來。」上頭要的就是這個：新聞與點閱率。

「放心，我會努力的！」梁紫葶自信滿滿的說著，現在這案子落在她頭上了，她當然不會輕易放過。

她的確記不清內臟扔上她車子後的事，但是之前的事她可沒忘，那個有著神祕氣質的男人，他鐵定知道什麼事，畢竟他跑了啊！

平靜精神療養院對吧，哼哼，她已經查過了！梁紫葶回到座位上匆匆收拾東西，就準備出發攔人了！

「要後援說一聲喔！」大頭芬嚷嚷。

「會的，我現在先去找個人！」梁紫葶揮揮手，急急忙忙就往外走。

一路上其他各部門同事都對她投以特別眼光，那個只會在網上抄新聞的部門，居然有人會爲了「食人鬼」的新聞，衝到第一線去，而且還活下來了！可偏偏卻這麼沒用，如此千載難逢的機會，她不但記不得，還什麼都沒拍到！

梁紫葶當然知道那些人的冷眼冷語，她才不管，反正她現在要去找那個帥哥，要他說出那天晚上究竟發生了什麼事！

只是才通過公司一樓的閘門，迎面而來好幾個黑西裝的彪形大漢，梁紫葶敏銳的止步，爲什麼這幾個人有那麼一點點的面熟……那天天色是挺黑的，但這體格、這氣氛，還眞像那晚在超市停車場外包圍住帥哥的那些人。

「梁紫葶？」男人開口，這聲音果然就是威脅帥哥的傢伙！

「不會吧？找到這裡來有點離譜了喔！」梁紫葶客氣的微笑著，「看看四周喔，各位，這裡是電視台。」

換句話說，隨便一個動靜，他們就可以肥水不落外人田的來場獨家。

「我們當然知道。」男人旋即出示了證件，「妳是凶案目前唯一的目擊者，我們需要您的配合。」

梁紫葶定神一瞧，男人手上的是警察證件，她狐疑的皺眉，朝他伸手，「我可以看仔細點嗎？」

男人微笑的將證件交給她，毫不在乎，「我姓程，妳可以叫我老程，我們將協助辦理『食人鬼』案件。」

梁紫葶默默的檢驗手中的證件，果然是眞警察，雖然超市那晚看起來更像協迫善良百姓的黑幫份子。而且……她伸手摸著警徽，這位程警官的警徽與他人不太一樣，他的編號前加了一個「T」。

「我已經配合調查過了，是A區的章警官，也去做過筆錄了！警局電腦沒沒連線嗎？」梁紫葶皮笑肉不笑的禮貌回應，「不好意思，我要出去跑新聞了，借過一下。」

她試圖從程元成的左側鑽走，但也才鑽出一步，程警官身後的另一個男人從容的一步上前，擋住了她。這下好了，梁紫葶揪著皮包卡在原地，她現在反而身陷在這群警察中了。

「還眞讓妳說中了，沒有連線。」程元成轉過身，就在梁紫葶耳邊說話，「事實上我跟章警官偵辦的範圍不同，但都是爲了社會大眾好，任何殺人魔都應該被繩之以法，對吧？」

梁紫葶眼尾瞄了程元成，她已經很努力的力持鎮靜了，這位程警官氣勢逼人，她也不過是個初出茅廬的小年輕，氣勢上根本比不過他……但她可以裝，表面上絕對不能示弱！

「該盡的義務我已配合，我現在在工作中，我也請你們尊重我的工作。」梁紫葶強硬的想要離開，但人牆卻堵得她寸步難行，「你們想要強迫市民嗎？」

「不，客氣的請妳配合。」程元成話語裡卻沒一點客氣，「我現在是請妳走，但我也可以認定妳是共犯，逮捕妳。」

「什麼共犯？你要誣衊我跟食人鬼有關？」梁紫葶才想大喊笑話，腦中卻突然閃過闕擎的影子。

「是連續殺人犯的疑犯，那天，妳在超市截走的那個人。」程元成果然繼續說了，「不是共犯的話，爲什麼爲幫他脫身呢？脫身後去了哪裡？他上了妳的車，最後妳卻成了食人鬼的目擊者？妳爲什麼暈倒？他人呢？」

明知故問，這群人知道那個男人有間醫院的……梁紫葶腦子嗡嗡作響，連續殺人犯？那個帥哥？她怎麼不知道國內現在有什麼連續殺人案的疑犯在逃？

「好熱鬧啊！」

重重人牆的後端，傳來了低沉穩重的聲音，幾個男人疑惑的回首去看，跟著人牆移開清出了一條路，熟悉的身影進入眼簾。梁紫葶並沒有鬆口氣，她暗暗捏著拳，覺得自己今天想去找帥哥的計畫鐵定泡湯了。

因爲來的人，正是負責「食人鬼」案子的那位章警官。

「啊……」程元成看著突然殺出的程咬金，表情不太高興，「老章，怎麼來了？」

「聽說你們部門要協助調查，我找你找不到，才知道你跑來找我的目擊者了。」章警官年逾五十，一頭灰白髮，看上去和藹親切，「做事總該知會一聲吧，筆錄都做過了，可以直接找我的。」

「啊，不同角度可能會有不同發現嘛。」程元成皮笑肉不笑的與章警官握手。「這樣，畢竟我主場，我做什麼都會跟你說，你幫我用不同的角度瞅瞅，如何？」章警官轉向梁紫葶，「今天也就是來找梁小姐，看能不能回憶起那天的事的。」

又來！梁紫葶無奈的嘆息，「我眞的什麼都不記得，我暈倒了啊，我說過很多次了……」

「記得記得，所以我們得找人幫忙。」章警官溫和上前，「一方面照顧妳的心理健康，另一方面引導妳試著憶起事情。」

梁紫葶皺起眉，「我的心理健康？我心理很健康啊。」

章警官笑而不答，但梁紫葶看得出來這狀況是閃不掉了！失憶前的事她交代得一清二楚，她不懂還能有什麼遺漏的，但警方這麼堅持，她也很難推托。

幾個同事遠遠望向她，偷偷使眼色，她當然知道配合之餘，自己的新聞自己報，全程錄音總沒問題了吧！

她不喜歡程元成，但卻很想問關於闕擎的事，不過直覺告訴她，多問多麻煩，她如果有問題，不如直接去找當事人問個清楚更實際。

身爲市民，自然的配合警方，結果她眞的來到了精神科。

「放輕鬆，請坐！桌上的點心都可以取用。」

溫柔極富情感的聲音來自一個捲髮的女人，看上去氣質高雅，並不比梁紫葶大多少歲，深紫金屬框的眼鏡盡顯知性，給人一種非常安心的感覺。

空氣中瀰漫著淡淡香氣，像是洋甘菊，平時或許聞起來能令人舒心，但梁紫葶依舊是提高警覺的坐上沙發，警察們是沒跟進來，但也不代表這裡不是龍潭虎穴。

「妳放輕鬆點，沒事的！」女人起身，朝著她走來，「我叫侯幸蓁，是心理醫生。」

梁紫葶皺眉看著茶几上得的名片，「我爲什麼需要看心理醫生？」

「畢竟妳是命案目擊者，大腦是很奧妙的結構，有時妳不以爲意的事，其實可能在妳潛意識造成傷害而不自知。」侯幸蓁從容的坐在茶几對面的椅子上，「但妳不要想得太複雜，只是聊天而已！」

梁紫葶深吸了一口氣，不耐煩的朝門外看去，「只怕我想走也走不了。」

「呵……就是放輕鬆吧！想喝什麼？我這兒可是有很棒的花茶喔！」侯幸蓁再次起身，「還是妳要來挑口味？」

「有水果茶嗎？我喜歡酸一點的！」梁紫葶跟著上前，「醫生，我眞的沒有什麼創傷後遺症，因爲我連發生什麼事都不知道咧！」

「我知道！但流程總是要走吧！不如跟我聊那天發生的事吧，我呢，很想知道眞實的情況。」侯幸蓁突然悄悄附耳，「我覺得新聞寫得避重就輕，我想知道現場的感覺，沒有人可以說得比妳更清楚吧！」

梁紫葶看著一臉期待的侯幸蓁，只是莞爾，雖然醫生一臉八卦模樣，但說穿了也是想讓她再復盤一次案件發生的經過！唉。

她無奈的自我聳肩，小老百姓最後也只有配合的份了，對吧！

「我那天啊，本來要去超市買東西，結果才停好車，就看到一個很帥的男人經過我車前……」

第三章 調查死者

女孩焦心的一邊看電腦，一邊注意著時間，竟有種度日如年的感覺！明明還有一個多小時，偏偏她就坐立難安。再重整一次電腦頁面，卻在社群帳號的首頁，看見了朋友的悲傷發文。

「我的弟弟就這樣離開了我，在我完全不知道誰是凶手的情況下……」厲心棠一字一字唸出她的文章，詫異的看向她附上的連結……是食人鬼命案！「我的天哪！」

她只靜默了一分鐘，立即打電話給了那個最近密切聯繫的網友！

她們是在一個手創社群裡認識的，非常有話聊，她在網路上稱對方橙子姐姐，一個極有耐性又溫柔的大姐姐啊！她們聯繫得非常頻繁，自從她之前在便利商店交的朋友都不幸出事後，她的朋友就轉為網路上的網友們了！

只是萬萬想不到，她弟弟居然是「食人鬼」的受害者!?

拉彌亞略微側首傾聽，有點訝異於房內的女孩在講電話，這年頭講電話的人不是沒有，但眞的挺少的，尤其是他們家棠棠！由於她從小被各種妖魔鬼怪養大，連學校都沒讓她去，她更不可能有什麼同儕或朋友的……是，他們是保護過度，可是她喜歡對棠棠保護過度。

後來還是讓她去打工、也交了新朋友，只是很遺憾的同事在一場員工旅遊中團滅，後來的朋友……應該就整剩下她心心念念的「闕擎」了吧！

全「百鬼夜行」上下都知道她喜歡闕擎，不是朋友的喜歡，就闕擎長那張貴公子的臉，很少女孩能逃得過，再加上那孤傲的氣息，對於被「百鬼夜行」呵護下長大的厲心棠，會更具吸引力，畢竟他「不一樣」。

這就是奇怪的地方，照理說棠棠現在應該就要在客廳裡跫步，巴不得衝到「百鬼夜行」門口去等待，因爲今天是闕擎正式搬過來入住的第一天啊！

「叩叩。」她禮貌的敲響女孩房門，客人快到了。

「啊……好！」厲心棠趕緊拉著耳機線，「橙子姐，我晚點跟妳聯繫，妳節哀喔！眞的要振作！」

「……其實，我沒有多傷心。」電話那頭的女人聲音只是有點疲憊，「但凶手還是該負責的。」

嗯？厲心棠幾分錯愕，但匆匆說了再見切掉通話。

沒有多傷心？那口吻聽起來不像客套話，事實上剛剛整個通話過程，橙子姐姐的確平靜得無以復加。

她視線移回社群發文，橙子姐姐確實訴求大於情感，關於她弟弟慘死那晚，她可能與凶手擦身而過，而且還被警察調查了一番，只因那晚她去火車站接弟弟，只是沒接到，同時弟弟被殘殺，她卻什麼都沒聽見、沒看見，第一時間成爲了疑犯。

她一邊認爲殺人者該負責，另一方面是在爲自己不平，訴說司法調查的問題。

厲心棠趕緊從座位上跳起來，出房門前在穿衣鏡前整理服裝儀容，焦急的拉開門——拉彌亞就站在門邊，永遠帶著寵溺的微笑看著她。

「老大說了，不許妳到門口去接他的。」拉彌亞就是負責控管厲心棠的情緒，「別把人嚇走了。」

「闕擎哪會被我嚇走！呿！」厲心棠搓著雙手，「叔叔就是厲害，能讓闕擎過來住！」

呵，拉彌亞笑而不語，只怕那傢伙也是情非得已。

他保不住那間精神療養院的。若不是老大跟雅姐回來，光用法律就會令闕擎難以招架！但是那間精神療養院非保下不可，裡面住了太多被封印的惡魔，絕不能放他們回到人界。

「妳別太熱情，我怕他會招架不住。」拉彌亞的提醒，其實都是私心。

世界上，沒有人配得上他們家棠棠，更別說那個闕擎了。

厲心棠轉了轉眼珠子，嬌俏的甩甩頭，對她而言，這可是千載難逢的好機會，她才不會放過。

喀嗟聲響，眼前的門開啓，闕擎拎著簡單的行李袋，再度踏入了這個座落於世外桃源的屋子。

「闕擎！」厲心棠喜出望外的衝上前，「歡迎成爲室友。」

「我不想說我有多麼不願意……唉。」闕擎果然一臉沉重，禮貌的看向拉彌亞，「暫時打擾了。」

這是個世外桃源，出入口暫時還是在厲心棠的衣櫥裡，與「百鬼夜行」店內三樓某個衣櫥連通；走出她房間後便是寬敞的客廳，木造建築一樓挑高，還有一整片的落地窗面對蓮花遍布的池塘！遠處青山綠水，中間還有木橋貫穿，常見各式鳥類蝶類，靜謐山水，恍若世外桃源！

正値冬季，銀裝素裹，依然美得令人屏息。

他的房間在二樓，從客廳邊的樓梯上去，拉彌亞爲他打開了門。

「這間是你的房間，應該是夠大了。」

豈止是大，少說十坪大小，桌椅床鋪一應俱全，唯一個缺點就是那落地窗，一室通亮，不適合他。

「哇……好大喔！比我的房間還大耶！」厲心棠比正主還興奮，在落地窗前望著，「叔叔也太偏心了。」

闕擎蹙著眉看著過度明亮的房間，他不習慣的避開光線，想找東西把窗簾給拉上，拉彌亞彷彿看出他的窘境，遙控器一按，厚重的自動窗簾即刻移動，將明亮的光線全數遮住。

「啊……」窗前的厲心棠一臉惋惜，回頭看著闕擎，不愧是他，就是不愛光明。

「謝謝，這裡太大了，我用不著這麼大的空間的。」闕擎看著拉彌亞欲言又止，「我想問……那邊……」

「有老大他們，你不必擔心。」拉彌亞知道他想問什麼，「會找可靠的人去鎮守的。」

「謝謝……我真的很難表達我的謝意。」闕擎嘴上這麼多說，但卻無法心安理得，「明明我自己招惹的麻煩，結果卻依靠著你們……」

「這不是你能承擔的事，你光是能把那些惡魔集中起來已經很難得。」拉彌亞難得溫柔的拍拍他的肩，「你累了，應該好好休息，在這裡你什麼都不必擔心，沒有邪物會入侵。」

闕擎深吸了一口氣，輕輕頷首。

厲心棠乖巧的沒有問任何問題，因爲她什麼都知道，她也都在私下調查，例如闕擎跟那間精神療養院的關係，例如那裡面關著的病患其實體內都封印著惡魔，世人眼中的瘋狂，多半來自惡魔的控制。

「我去拿點心給你吃，餓死鬼特地做的喔。」厲心棠輕快的走出去，拉彌亞也禮貌的退出房間。

她走下樓，看著厲心棠正忙碌的把甜點放上托盤，然後正在爲闕擎沖熱騰騰的咖啡。

「老大要我轉告妳，不要再查下去。」拉彌亞說這話時，手指了指樓上，「別探究太多事。」

厲心棠凝視著這個最疼愛她的拉彌亞，也只是回以敷衍微笑，因爲她想做的事，誰都阻止不了。

她，想知道闕擎的過去！端著甜點上樓，雀躍得跟什麼似的。

「吃點！餓死鬼特地爲你做的。」餓死鬼，是「百鬼夜行」裡一隻眞的餓死的亡者，現在是專任廚師。

闕擎坐在半躺椅上，房間已經全數被窗簾遮去自然光，僅存室內黃燈照明，電視裡播放著緊急新聞，由於「食人鬼」依舊橫行尚未落網，所以政府決定實行宵禁，夜晚九點後不許人民出門，引起輿論一片譁然。

闕擎看著茶几上的點心，再看向坐在一旁的少女，心中湧出另一種疲憊。

「謝謝。」他端起咖啡，瞥了她一眼，「接下來妳要說的，答案是不要。」

「……什麼不要？」她心虛的反問。

「妳想調查食人鬼的案子，我不幫忙，沒有意願攪和。」他回答得斬釘截鐵，「別扯我進去。」

「這事很嚴重耶！有個東西或是凶手在外面濫殺無辜，還……吃人！現在都已經嚴重影響到我們的人身自由了！」厲心棠挪到他身邊去，「我跟你說，我那個橙子網友的弟弟，就是食人鬼之前在車站殺的第四個耶！」

「食人鬼」的模樣再度浮現在闕擎腦海裡，那不是人，比厲鬼更甚，光是回想他便不寒而慄……端著盤子的手開始微顫，重要的是那殺氣與恨意，都讓他難以忘懷。

爲什麼會這麼恨？龐大到彷彿是恨著這個世界？

「妳別去惹，那不是妳能碰的。」闕擎看向了她，語重心長，「妳擋不了。」

厲心棠凝視著他，緩緩眨了眼，「你看到了對吧？」

闕擎別過眼神，大口的吃下那美味的甜點……餓死鬼眞太知道他的喜好了，連甜點都如此美味，他……

「跟那個女記者約會時看見的嗎？」

這一句，讓闕擎瞬間僵住了。

視線重回厲心棠的臉上，她看起來平靜無波，問題也是那麼的不經意，但他發誓，他嗅到了一絲火藥味。

好不容易嚥下蛋糕，他吃力的開口，「什麼約會？我沒跟任何人約會。」

爲什麼他要緊張？闕擎不明白的在心裡吶喊！厲心棠那是什麼表情啊？他沒有跟誰約會！

「那個目擊者是女記者，很漂亮，知性成熟美，原來你喜歡成熟派的。」厲心棠喃喃說著，「你一定看見了那個食人鬼。」

闕擎無奈的深呼吸，「我有沒有看見不重要，總之現在也宣布宵禁了，妳少出門就是。」

厲心棠挑了眉，淡淡噢了一聲。

噢。這回應就令闕擎心裡涼了半截，她絕對會插手！爲什麼這個明明被世人口中的妖魔鬼怪養大的孩子，會有這種「人飢己飢，人溺己溺」的精神呢？比人類養出的人類還熱情啊！

「我這幾天都沒睡好，我想好好睡一覺。」

「我知道了。」厲心棠沒有再死纏爛打，靜靜的退出了闕擎的房間。

沒有關係，闕擎不幫，她自己一個人也可以的。

不該讓那種東西橫行，現在都搞到宵禁了，這麼嚴重的事叔叔他們也不管！又說那是人類自己的事，自己種什麼因，就得什麼果……可她是人類啊，這關係著她的生活！

她身上有跟唐家姐弟買的法器，那些東西再厲再狠，不就是個鬼嘛！

宵禁的事果然引發軒然大波，政府官員趕緊出來「解釋」，是「建議」宵禁，非強制性不會有罰則，但大家為了自己的性命安全著想，應該也是非到必要不會出門，畢竟目前為止，「食人鬼」的凶案都是發生在夜晚。

事實上這陣子晚上已經沒有什麼人敢夜間出沒了，走在路上會突然被殺掉、分屍還被吃掉的事，足以恫嚇所有人。

除了厲心棠。

「沒人要阻止她嗎？哈囉？」闕擎站在「百鬼夜行」通往側門的甬道上，抬頭對著天花板裡嵌著的一堆骨骸，「她這是在送死。」

厲心棠搬著腳踏車就往外面去，闕擎簡直心累，跟著上前拉住了腳踏車「厲心棠！」

「哎唷，我沒叫你去啊，我只是去見網友，看看她而已。」她腳踏車一半都已經離開門裡，「你好好休息啦！」

「夜晚前回來？」闕擎問著，厲心棠眼神即刻閃躲，「天哪！那顆橘子在哪一區？」

厲心棠用力拽著腳踏車往外，「N區。」

「N……」闕擎簡直心梗，那是坐快速鐵路來回都要六小時的地方，「妳這是仗著後面有人是吧？」

「哪有？喂，你又知道我會遇到食人鬼了？他殺人的標準是什麼你知道了？」厲心棠回懟著，前幾天才在首都圈作案，這會兒能跑到N區？

「食人鬼，顧名思義，那是個以人類爲食的傢伙。」闕擎嚴肅以對。

厲心棠卻勾了微笑，「他沒吃你。」語畢，她正首就準備騎腳踏車去車站。

只是才正首，就被站在店門口的身影嚇一跳。

夜店白天自然是不開的，宵禁令一下，夜店的生意絕對大受影響，而在「百鬼夜行」正門前，卻站著一個穿著灰色套裝的女人。

「就是你！」梁紫葶三步併作兩步的疾走到側門，「帥哥！我找你好幾天耶！」

那個女記者！厲心棠握著腳踏車握把的手施力了幾分。

闕擎狐疑的看著她，「爲什麼妳會在這裡？」

「我可費了好一番工夫才找到你！」梁紫葶完全無視厲心棠，掠過她直抵闕擎身邊，勾住了他的手，「說什麼都不能讓你跑了。」

闕擎平靜的低首望著被勾住的手，帶著嫌惡的抽回甩開，同時間看向前走的厲心棠，真的只看見她的車尾燈，那傢伙一聲不吭的就騎走了！

「厲——喂！」闕擎高喊著，但不知道是不是錯覺，厲心棠那傢伙是不是故意越騎越快了？

「先關心我吧，大帥哥！」梁紫葶再度拉下他的手，死死扣住，「我可被你害慘了！」

闕擎挑眉，「誰害慘誰？」

「你啊，我那天救你離開超市，現在我可被警察纏上了。」梁紫葶低語逼前，「你得好好賠償我，連續殺人犯。」

連續殺人犯。

她凝視著闕擎漆黑的雙眸，卻抓不到一絲波動，她原本以爲喊他連續殺人犯，他會有一點忿怒或震驚，哪怕是恐懼都好啊，怎麼什麼反應都沒有！

「謝謝妳那天幫我，但我也救了妳，互不相欠。」闕擎再度試圖甩開，「放手。」

「喔喔，果然！」她泛出狡黠笑容，「你看見那個食人鬼了。」

闕擎不閃不躲，只是退後一步，轉身要回「百鬼夜行」裡。

「警方現在跟著我，他們希望我想起凶手的樣子，甚至帶我去看心理醫生，接下來說不定就要跟我談催眠，到時我說不定會把你供出來。」梁紫葶追上前，「不然你告訴我你看到的，我自己去找。」

「我什麼都沒看見。」闕擎簡單撂下一句話，「我也勸妳不要去追那個凶手，晚上還是少出門吧。」

梁紫葶用力拉住了他，咬牙切齒，「這是我的新聞！」

闕擎感受到手上的力道，這女人是認眞的。

「所以呢？妳願意為了新聞去死？死了就什麼都沒有了，報導這麼重要嗎？」

闕擎實在不解！他此時回頭，果然可以看見停在不遠處的車子，「妳儘管把我講出去，人又不是我殺的，我不怕。」

可惡！梁紫葶咬著唇使勁甩開闕擎，驀地拿起手機，「好，你不怕是嗎？我們現在採訪的是食人鬼的第一目擊者，闕擎先生，當天是他在我車上，在我昏迷前他都是清醒的……」

闕擎緊張的立即遮去梁紫葶的手機鏡頭，不敢相信這女人居然這麼敢！她直接在「百鬼夜行」門前採訪？他多想搶下手機，但是那些傢伙就在對面，應該巴不得找個理由把他關起來，他絕不能給他們任何機會！

所以闕擎只能咬牙低聲的叫梁紫葶關掉錄影，他絕對不能上電視！

哼，梁紫葶揚起了勝利的微笑，會怕了厚！她就不信，這個身上有這麼多祕密的男人會不怕曝光。

「我沒錄。」她把手機翻面，雖然點開了相機，但根本沒有錄影，「但下次會不會錄我就不知道了。」

闕擎皺眉，雙拳暗暗緊握，「妳到底想做什麼？我是眞的沒看見。」

「我不是傻子，我為什麼暈倒？我的行車紀錄器跟手機裡的影像為什麼全部消失？你又是怎麼離開的？去了哪裡？」梁紫葶一連串的提問都讓闕擎心中暗咒，「我現在要去探訪第五個死者的家屬，你跟我一起來吧。」

「為什麼要？這不關我的事。」

「你得陪我去，這是補償，懂嗎？」她大方的拽過他，勾住了他的手，「要是看到凶手，你可以暗示我，悄悄的讓我知道。」

唉，闕擎在心中重重的嘆了口氣，「食人鬼」眞的不是人，新聞媒體取名取得甚好，那眞的是食人「鬼」啊！

他被拽著往停在一旁的紅色房車走去，對面轉彎處車裡的程元成正揚手跟他打招呼，現在就算義正詞嚴的告訴這女人實情，只怕她也不會信。

回頭瞥了眼「百鬼夜行」，側門不知何時已經被關上了，在裡面的傢伙躲得可眞快，就沒一個出來解危……他很難得的第一次湧現這種想法：不知道裡面有哪位肚子餓了？可以先把這個記者吃掉呢？

王安橙是厲心棠網路上的第一個「眞朋友」。

她對「眞朋友」的定義是她們常聊天，也視訊過，王安橙是個普通的上班族，但非常的溫柔，個性相當內歛，手藝極強，不但會煮一桌好菜，連所有手工藝品也都擅長。

厲心棠就是在編織圍巾的社群裡認識她的，她甚至還錄影片、與厲心棠視訊，眞的是手把手的教她。

其實這方面，店裡就雪女比較擅長，但是她沒編幾下毛線就結冰了，眞的很難教。

第一次跟網友見面，厲心棠的確沒想到是在這種情況下，她大膽的直接跑到第四起命案現場的車站，然後發了訊息告訴王安橙，她人已經在附近，如果方便的話，想要探視她。

王安橙相當詫異，但只讓厲心棠等了十分鐘，橘色的傘就出現在雪地裡了。

N區地勢較高，是冬季一定會下雪的區，從車站出來時就已經是一片銀白大地了，遠方的橘傘在雪地裡格外醒目，都還沒看到人而厲心棠就能知道那是橙子姐姐的傘，因爲她曾說過多喜歡橘色。

王安橙的家距離車站不到十分鐘距離，是個兩層樓的透天厝，坪數不大，但是看起來小巧溫暖，家裡有點亂，還在折紙蓮花，因爲其弟突然死亡，所以什麼事都措手不及吧。

厲心棠看著客廳裡放著的簡易靈堂跟牌位，照片裡的男人看上去帥氣開朗，相當年輕，眞沒想到會遭到「食人鬼」的毒手。

「棠棠，我把蛋糕放在盒子裡，讓妳帶回去吃如何？」王安橙貼心的將她做的東西放進外帶盒裡，提醒著厲心棠。

「啊，謝謝姐姐！」厲心棠相當尷尬，「我這樣貿然來訪已經很糟了，還讓妳送東西，多不好意思。」

「說什麼！我剛說了，妳能來我……很高興。」王安橙微微笑，她的笑是眞的很放鬆，「很意外、很突然，但我眞的眞的很開心。」

王安橙爲厲心棠再沖了回茶，擱到她面前，於她對面落座。她留有一頭長髮，身形非常枯瘦，長髮略亂，她很努力想梳整，卻難掩憔悴。

「我就是看到了新聞，看到妳寫的文，覺得非來看看妳不可。」厲心棠誠摯的說著，「妳看起來好累喔！是不是都沒休息？」

王安橙遲疑兩秒後，點了點頭，「很難休息，心情上平復不了，家裡也……」

她說著，眼神落在一旁的紙蓮花上。

喔喔，厲心棠知道這個！她認識哭喪女的，有人家中的習俗就是要通宵折這種紙蓮花給往生者！哭喪女說了，她也有做這種業務，可以批發販售，不必折得這麼辛苦啊。

「辛苦了。」厲心棠也只能這樣安慰，「那個……我們剛剛從車站走到這裡很近，就這麼點時間……那天妳去接妳弟時一定很錯愕吧？都找不到人。」

對不起！厲心棠在心裡默唸著，她不該哪壺不開提哪壺，但是她想知道「食人鬼」在吃她弟弟時，王安橙在不在？

「是啊，我怕他生氣，還用跑的！記得那天初雪，地上有點滑，可是我還是盡快跑去，省得……」王安橙撫著額，突然一笑，「結果怎麼都找不到他……我想都沒想到，他就在我身旁的車站屋頂。」

「這好可怕！所以……凶手當時就在現場！幸好妳沒事！啊！不是！我不是那個意思！」厲心棠慌得一把，「我意思是……唉！」

王安橙在小桌上握住厲心棠的手，讓她冷靜，「沒事的！我不在意！按照驗屍結果，當時凶手的確就在現場，但對方沒有殺我，就這麼放我離開，幸運嗎……」

女人歪了頭，眼神放空，她自己也說不上來，是幸還是不幸？

「是的，妳活下來了！」厲心棠堅定的反握住她的手，活著就有希望，對吧！

王安橙眼神重新對焦，看著眼前的厲心棠，突然憐愛般的湊前，撫上她的臉。「要是我有妳這麼可愛漂亮、又善解人意的妹妹那該多好。」

咦？這話說得厲心棠有點心花怒放，「我一直把妳當姐姐啊！我覺得妳一定是超好的姐姐，妳看即使家離車站這麼近，可是一下雪，妳還是去接妳弟耶！」

「噗……」王安橙突然笑了出來，笑聲竟帶著極度的諷刺，「呵呵呵……哈哈哈哈！」

她的笑從輕笑、逐漸變成了狂笑，而且笑到快抽搐那種，這畫風丕變到厲心棠措手不及，怎麼了嗎？看著王安橙眼淚都笑出來了，她一時分不清是憶及亡弟的悲傷淚水，或是……喜極而泣？

「我不去接他的話，他會打我的……呵呵，好姐姐嗎？」王安橙抹著眼角的淚，「所以他死了，我超級高興！」

咦？厲心棠在內心大爲震驚，所以之前橙子姐姐也在電話裡說的是眞的：她並不傷心。

「家暴……妳沒報警？」

王安橙搖著頭，一抹苦笑，「我懦弱啊！爸媽那麼疼他，沒人站在我這邊，我自己從小也偏愛他，才搞得他任性妄爲、不學無術、好賭喝酒，都二十七了卻不工作，全靠我在養他……這種弟弟我不想要，只是擺脫不掉。」

王安橙一邊說，一邊撩起了毛衣袖子，雪白的肌膚上全是瘀痕，大小傷遍佈，有深紫的舊傷，也有殷紅的新傷。

「這太過分了吧！說穿了就是啃……啃老？啃姐！」

「我都三十五了，完全沒有一分存款，還要幫他還債，現在……連辦他喪事的能力都沒有。」王安橙做了個深呼吸，淚水不停的掉，但卻勾起笑容，「不過心裡是放鬆的，他死了，我眞的眞的鬆了一口氣！」

磅！說時遲那時快，王安橙的房門突然被粗暴的推開，她驚恐的立即縮到角落，厲心棠呆在原地，看著外頭衝進一對男女，看起來就是王安橙的父母！

「妳說那什麼話！有妳這麼當姐姐的嗎？」與王安橙相似的女人披頭散髮的指著她罵，「妳弟弟死了，妳居然這麼冷血！」

「那是我們家唯一的男丁啊！他就這樣死得不明不白，妳竟然沒半點悲傷，怎麼會有妳這種女兒！」父親氣得發抖，開始尋找順手的武器，「我就知道，這幾天妳連折紙蓮花都不願意，妳是不是……是不是妳害死明城的？」

看著男人抓起了角落的雨傘，厲心棠即刻跳起來，拿起了桌上那熱騰騰的熱水壺。

「不要太過分喔！你們明知道你們兒子在打她、跟她無止境討錢卻不管？教出這種孩子你們也該負責吧！」厲心棠擋到了蜷縮在床邊的王安橙面前，橙子姐姐全身都在發抖，她是真的害怕。

「她是長姐，照顧弟弟天經地義啊！」母親哭爹喊娘的嚷嚷，「我們生她養大，回報這個家庭也是正常的，難道她想要甩下這個家一個人逍遙嗎？」

「說什麼鬼話啊！她有自己的人生！」厲心棠簡直不敢相信，這對父母說得這麼理直氣壯耶！

「外人懂什麼！妳是誰？滾出我的家！」父親氣急敗壞的喊著，揮動著手裡的雨傘。

這裡的確是別人家啊，她沒有留下來的理由！厲心棠回頭瞥了王安橙一眼，可是不能把橙子姐姐放在這裡，看起來這對父母對她也不好！

「……滾！我這就滾！」王安橙突然撐著床踉蹌的起身，「他吸著我的血這麼久，我幫他還債、幫他收拾殘局，還跟著養你們……結果你們不管不顧，沒有人在乎我，只在意他……我到底是不是你們的孩子？」

母親上前，表情凶狠的像是要甩王安橙耳光，厲心棠舉著熱水壺，做勢要潑出去，才讓女人卻步。

「妳當然是！妳是長姐！明城是唯一的男孩，妳是女的，女人本來就是爲了支撐一個家而存在！」母親說得正義凜然，厲心棠的嘴撐到可以塞入一顆雞蛋。

「哈囉，外星人都快來地球觀光了，妳這古董思想哪裡來的啊？每個人都有自己的人生，自己廢就算了，養的兒子更廢，拖累親人很要不得了，還這麼理所當然？」厲心棠大聲吼著，「姐，這個家待不得！我陪妳離開！」

餘音未落，王安橙直接從床底拖出一個行李袋，跌跌撞撞的到床頭櫃的抽屜裡拿出一包物品塞進去，最後抓過手機、揹起包包，就這麼收拾好了。

厲心棠看得瞠目結舌，橙子姐姐……早就準備好了嗎？

「我就是不願意幫他折紙蓮花！他這麼待我，我生不如死！我要再說一次，他死了我覺得好高興！我不想這麼冷血，但是我就是欣喜若狂！」王安橙淚眼汪汪的對著父母吼著，「我聽到他死訊之後，每天做夢都會笑！」

「王安橙！」父親瘋狂的拿著雨傘戳過來，厲心棠俐落的握住雨傘，輕鬆一推就把她父親向後推撞向母親，讓兩個人跌坐一團。

王安橙趕緊繞了出去，在門邊不忘抓過了自己跟厲心棠的大衣與圍巾，她們狂奔下樓，一路衝了出去。

雪下得好大，但是厲心棠一點都不覺得冷，她緊緊握著王安橙的手在雪裡狂奔，橘色的傘彷彿太陽，自即日起將照亮了王安橙的生活。

厲心棠沒有想過，橙子姐姐已經三十五了，更沒有想到那看似細膩溫柔的她，居然過得這麼苦，沒有一絲存款？被家人壓榨至負債累累，那位弟弟吸得不是她的血，而是她的人生啊！

「謝謝妳……」王安橙站在月台，淚水在她臉上凍成了冰霜，「我沒有想到，拉我出來的是妳。」

「我沒有救妳，我什麼都沒做啊，是妳救了妳自己，」厲心棠搖著頭，心疼不已。

「是妳給我勇氣的，我……我一直是很懦弱的人，沒有朋友、也沒有說話的對象，我從未想過我能有這份勇氣。」王安橙抖著唇，淚水再度撲簌簌落下，「如果我再早一點有勇氣，是不是……事情不會走到這一步？弟弟或許也不會……」

「不，這是不相關的！他吸不吸妳的血，跟他被殺掉是兩碼子事。」厲心棠瞬間打斷王安橙的悲傷，「他被食人鬼吃掉是他的命，跟妳逃離那個家毫無關係。」

厲心棠還是感受到她強烈的自責與絕望，這是從小被ＰＵＡ大的成果，但她不能讓橙子姐姐在好不容易鼓起勇氣逃開的這一刻，再度讓她陷入自怨自艾中。

「是……是嗎？」王安橙閃閃發光的眼神望著她。

「就是，正跟我們會認識、我會來找妳一樣，都是註定的。」厲心棠把一疊錢塞進了王安橙的口袋裡，「我只有這些，但可以讓妳先找個地方住下來，重新安頓自己的生活。」

王安橙慌忙的想拒絕，但是卻又遲疑了……她全身上下的財產就那麼幾千塊，能撐多久？

「我……我會還妳的，一定！」她的堅定，透過手的力量傳達到厲心棠手上。

車子進站聲響，王安橙回首看著車子緩緩進站，一顆心澎湃洶湧，這一班車，是要帶她逃離深淵泥沼的！她拉著厲心棠要上車，但是後者卻把手抽了回來。

嗯？王安橙狐疑的回頭。

「我還要去找另一個朋友。」厲心棠推著她，讓她退進了車廂裡，「我剛剛已經聯繫她了，她會來接我。」

王安橙狐疑的皺眉，她是有歷練的人，立刻要走出來，「不，妳不要去找我父母，他們是不可理喻的，這是我的事……」

厲心棠伸手擋下了王安橙，泛出那可愛的笑容，「橙子姐姐，我怎麼可能去找妳爸媽啦，妳都離開了，我去找他們幹嘛！我這次來眞的本來就要找兩個人啊！」

話是沒錯……棠棠找她的父母是無用的，既然她即將離開，也的確沒必要。

關門聲響，她還想說些什麼，千言萬語最後都化成淚水，只能隔著玻璃門與

厲心棠揮手道別！再聯繫！她指指手機，她們可以再聯絡的。

厲心棠用力點頭，目送著車子遠去。強風颳至，她凍得縮起頸子，趕緊轉身下樓，月台眞的太凍了！下樓梯時她刻意觀察了這個車站，那天晚上那位敗家子弟弟就是在這裡打電話，橙子姐小跑步趕來的這幾分鐘內，他就被「食人鬼」吃了。

站在車子出口樓梯下方，旁邊是堵高牆，命案發生時，將白雪抹開，這高牆下是怵目驚心的血紅，一路拖行的痕跡往上，才在車站上方的屋頂找到殘屍……拖行，所以是從地面，咬著那混帳朝上拖的。

她是沒想到橙子姐的弟弟是爛啃老族，他死了對橙子姐很好，但不代表就能放那個「食人鬼」到處吃人……可是某方面而言，「食人鬼」好像是做了件好事！

呼……她搓著雙手，現在呢，她要先去吃頓美味的餐，把自己身體餵暖餵飽了——再去找橙子姐的父母好好聊聊！

第四章
「食人鬼」

以前，她可以感受到亡者的情緒，尤其在他們激動的時候，但從未感受到人類的，但今天送橙子姐走時，她卻感受到了那種自責與悲傷……即使只有幾秒，她還是感受到了。

她揪緊大衣，拉上帽子，她感覺自己好像是不是也有某種敏感的第六感啊？心裡有點雀躍，這樣才配得上是「百鬼夜行」的孩子嘛！

剛吃飽，趁著身上暖呼呼的又氣力百倍，她動身前往王安橙的家，現在是傍晚六點半，她說完就走，還能坐上八點的車回首都！抵達時大概晚上十一點，再盧阿天或是拉彌亞來接她，反正實施宵禁，店也開不了嘛！

踏上雪白的雪地，厲心棠打趣的踩著前一人的腳印前行，一步、兩步……三步……四……

她舉著的腳要踩下時，突然遲疑了。

喉頭緊窒的屏住呼吸，她收回了要踏出的腳，小心翼翼的蹲下身，藉著左側路燈的燈光朝前望去。

往前方的道路上，雪地裡詭異的不是「腳印」，而是「手印」。

這是非常詭異的狀況，眞的是有人的五指手印，印在雪地裡，相當密集，比一般人的「一步」密得太多，而且她完全看不到任何「足」跡，觸目所及僅有

「手」跡。

「這是在雪地裡倒立嗎？」厲心棠繞開了那些手印，「跨度還好大喔，平衡感這麼好？」

厲心棠狐疑的順著「手印」往前，有種不安的感覺油然而生……爲什麼那些手印的方向，跟她要去的地方好像喔？

她停下腳步，看著那些手印筆直的通往了前方的二樓透天厝，這麼遠她不能確定手印是不是轉了彎，但是她卻可以感受到空氣中瀰漫著一股鐵鏽味，順著冰冷的冷風一起送來。

這味道她太熟悉，小德他們身上很常有這個味道。

不會吧……總不會這麼準……厲心棠輕手輕腳的走到了王安橙的家外，看著的那組手印，眞的拐進了這裡。她戰戰兢兢的看著該是緊閉的大門，現在卻是半掩著的。

站在門前，刺鼻的血腥味直撲而至，她下意識的退後，越輕越好！天哪！這裡是N區！離首都很遠很遠的地方，都屬於山區了，「食人鬼」的獵食範圍也太廣！

發抖的腳舉步維艱，她居然腳軟了！這時候不能腳軟，必須跑！她要離開這個現場，快點到車站——叮。

輕揚的音樂響起，厲心棠瞬間僵硬，她口袋裡的手機居然在這時揚起了悅耳的鈴聲！

是誰打來的啊!?她轉過身，拔腿就跑——唰！

一陣白雪掃起，打到她的臉上與身上，龐然大物唰地不知從何處滑到她面前，激起了那陣陣白雪！

厲心棠嚇得戛然止步，雙手掩臉擋雪的她，嚇得不敢睜開眼睛……才怪。

她張開五根指頭，從縫中偷偷看向前方，簡直不敢相信自己的眼睛——剛剛那一路雪地上的「手印」果然不是錯覺！但那不是源自於哪個人在雪地上倒立行走，而是一個如野獸般四肢著地的怪物，但四肢都是手！

那是個人，厲心棠必須這麼說，他該是個人，但是他目前呈現野獸的姿態，四肢著地，身上還有無數張人臉、頭部的腦是外放的！四肢全是手，彷彿來自不同的身體，長短大小樣式都不同！肚子上有張血盆大口，佈滿利齒，周圍染滿鮮血，因爲他正津津有味的在咀嚼一隻腿。

食人鬼。

厲心棠不敢動彈，也沒敢回頭，就他撲出來的方向，只怕眞的是從王安橙家衝出來的！雪地上還有滴落的鮮血，眼前的「食人鬼」本尊嘴邊正在啃著肉！

她應該去買樂透的，居然會遇到！

咀嚼聲在風聲裡依然清脆得令人毛骨悚然，厲心棠僵在原地與「食人鬼」面對面，他凝視著厲心棠，眼神沒有一刻離開。

『好吃……』混濁的嗓音從他的喉間發出，沙啞且帶著黏稠感。

這是在對她說話嗎？厲心棠沒敢回，她不覺得應該打擾他用餐對吧？她悄悄的數著「食人鬼」身上的人頭，到底嵌了幾個人？這是個綜合體嗎？她很想平靜，看是否能感到對方的情緒，可是她的手跟腳都抖個不停，連「食人鬼」的「好吃」都感受不到。

而且，他只要往前一步，再跳過來，她連逃都沒有空間，左邊？右邊？這種速度，她完全不可能逃得過！

噠，一隻看起來是男人的手往前了幾公分。

「我不好吃的！」厲心棠情急之下喊了出聲，「我又乾又瘦，真的不好吃，沒什麼肉！」

食人鬼略歪了頭，然後突然嗅了起來——嗅聞的抽氣聲是來自於他身上每一個頭，彷彿想把厲心棠四周的空氣都嗅進去一樣，嚇得厲心棠直想喊救命！

好可怕的感覺，她可以感受到風動，她覺得再兩秒，對方就要湊到她頸邊嗅聞了！

一條長長的舌頭吐了出來，長到可以舔滿「食人鬼」自己整張臉，然後往前一伸，就朝著厲心棠的臉過來了！

天外突地飛來一陀東西，重重擊上了「食人鬼」的身子，他反應靈敏的躍起，肚子上的那張大嘴，準確的吞下了飛來的物品，喀嚓喀嚓的嚼著！但同時「食人鬼」也轉向了左方，瞪著發動攻擊的人。

『餓，我還餓……』他猙獰的舔著唇，就要往前撲去，『唔——』

就在跳起來時，他突然痛苦的一顫身子，又跌落地面！

「好吃嗎？不是餓嗎？」闕擎手裡又拿著另一陀雪球，「還要吃嗎？再吃我一記——」

他再次拋出雪球，這次「食人鬼」飛快的轉身，以難以捕捉的速度，朝遠方逃離，快到肉眼簡直完全追不上！

那雪球砸上了地，雪裡包裹的去是熟悉的符咒，極具驅鬼效力、價格挺貴的符……所以剛剛，「食人鬼」吞下的就是這個嗎？

「食人鬼」一走，厲心棠立即癱在雪地裡，闕擎趕忙走來將她一把拉起，

「站起來！現在不是腳軟的時候！」

厲心棠硬被拉起，立即抓著闕擎的衣服不肯放，當作支點的穩著身子，抬頭看著他的一雙眼睛淚水盈眶，一臉可憐兮兮的模樣！

「我是不是說過，不要招惹食人鬼？晚上不要出門？」他冷冷的說著，用力箝著她的上臂，換來一陣吃疼，「就算眞的要出門，妳護身符呢？法器呢？」

在……在……她下意識摸上自己的包包，「我騰不出手啊！」

「這不是應該隨身拿著的嗎？好歹放在大衣裡啊！」闕擎不悅的越過她，謹慎的往後瞧，「幸好鬼就是鬼，還是怕淨符的。」

厲心棠整個人都掛上他的身體了，發抖著轉頭向後瞧，「那眞的是鬼嗎？那像是好幾個亡靈的……」

「是鬼，但邪氣非常重……」闕擎眼神落在地上刺眼的殷紅。

紅血落在白雪裡，眞的格外亮眼。

「橙子姐的家！」厲心棠這才回神，扯著闕擎的大衣要過去，「那是我網友的家，她爸媽是不是已經……」

闕擎一伸手扶住了她的上臂，直接把她拉回，這一拽一拉，慌亂的厲心棠就這樣自然的落進了他的懷裡。

厲心棠沒有掙扎，這時候掙什麼扎啊，她被闕擎抱著耶！這種千載難逢的好機會，哎唷，她應該腿再軟些吧？結果闕擎沒鬆手，圈著她身子的力量還加重了些。

「我們現在得離開這裡，馬上。」說著，闕擎摟著厲心棠就要離開。

「咦？可是……」厲心棠有點慌。

「那是命案現場，我們不能留在那邊！」闕擎拖著她往前，「我不能跟警察有所瓜葛！」

厲心棠突然止了步，揪住了他的衣服。

「我報警，你快走。」她推開他，「你先回店裡，我只是目擊者，不會有事的！」

「厲心棠！」闕擎瞪圓雙眼。

「你知道我想要阻止那個『食人鬼』，我不想要宵禁！店要做生意的！」厲心棠堅定的嚷嚷，「我想要可以自由的走在路上，亡者不能這樣隨便濫殺無辜，而且那隻不是普通亡靈了！」

闕擎看著鬆開他大衣的手，知道多說無益，這傢伙能說得動，就不是「百鬼夜行」寵大的傢伙了。

整間妖魔鬼怪都拿她沒輒，他又有什麼辦法？

「食人鬼爲什麼會吃掉妳認識的那個網友家人？」闞擎非常瞭解她的想法，「除非失控，否則亡靈不會隨便選擇對象，都是有原因的。」

厲心棠綻開笑顏，「只有人類會沒有理由的傷害他人。」

這是從小到大、叔叔跟雅姐耳提面命的，店裡來打工的有時是孤魂野鬼，有時也帶有執念不可離去，但他們若想復仇，絕對都有目標，而且除了不知道自己怎麼死的人之外，其他個個目標明確，生前都還不一定這麼有衝勁。

但是，人與人的相害，有時是不需要有仇恨或是過節的。

所以，「食人鬼」的攻擊絕對有原因，尤其他吃了王安橙的弟弟、接著又吃了她的父母！

厲心棠開始催著闞擎離開，她深怕鄰居會好奇的張望，趕緊踮起腳尖，把他的帽兜拉起，牢牢的罩住他的臉。

闞擎跟著拉低帽兜，同時握住了她的雙手。

「妳一個人得小心，法器放在手邊。」他低語。

「……謝謝你剛救我。」她露出幸福的笑容，「過來要三個小時耶……」

嗯，等等。

下一班車是八點才到的話，闕擎怎麼來的？

「哇靠！又出事了嗎？是食人鬼？」

在闕擎的背後，響起了女人的聲音，他的身影擋住了厲心棠的視線，她狐疑的皺起眉，瞬間瞭然於胸。

「你們整天都在一起嗎？」她瞬間抽回了自己的手。

闕擎挑了眉，盡顯無奈，「我如果說我是被逼的妳信嗎？」

厲心棠避開了眼神，探頭看向他的身後，梁紫葶吃力的踩著雪地前來，邊走邊挖出設備了。

「你快走吧，她要錄影了，八點有車。」厲心棠趕忙拿出手機，她要當第一報案人。

他們倆同時旋身，背對背的往不同的方向走，厲心棠拉緊帽兜，戴上口罩，圍巾裹實下半張臉，同時手機已經撥通報警電話，且避開血跡「手」印，到了王安橙家門外。

「我得閃。」闕擎朝梁紫葶撂下一句話，逕自疾步朝火車站去。

跟著他們的警察，在上一個鎮被梁紫葶甩掉，她精明的跟朋友換車躲開了跟監。但是他知道很快就會被追上的，那群人跟了他好幾年了，也是經驗老道；不過等他們抵達時，剛好能處理「食人鬼」的事。

「謝了。」梁紫葶一雙眼熠熠有光，第一現場耶！這獨家第一手消息眞是太讚了！「再去找你！」

「拜託不要。」闞擎懶得理她，快速隱匿在大雪中。

而另一頭的厲心棠冒著雪，輕輕的推開那根本未掩的王家大門……整間噴濺的血污就不要提了，活像是有人在裡頭爆炸一般，血噴得到處都是，放眼望去都是碎肉條還有殘骨。

可是，厲心棠在意的是，扔在燈罩上那兩陀血紅的內臟。心與肝。

每一個現場，「食人鬼」留下最完整的東西。

不遠處的角落裡，男人手裡緊揹著巨大的蛇尾，重重的朝一旁的雪地裡砸去！

「啊！」拉彌亞重摔在雪地中，怒不可遏的立即躍起。

「妳冷靜點！我要是慢來一步，妳就要衝出去了是嗎？」男人冷冷的低斥著，「我說過多少次了，棠棠是人類，她選擇的人生，由她自己負責！」

「但是她會死的！」拉彌亞氣急敗壞的上前理論，「老大，她是我們養大的孩子，她這樣以身涉險，我們能保護她的話，就該——」

「她沒事不是嗎？」男人倏地出手，掐住了拉彌亞的頸子，「她是我的寶貝，我比誰都愛她，我都能忍，妳不行？」

拉彌亞頓時痛苦得扭曲臉蛋，她的頸子開始出現烙痕，長馬尾再度變成巨蛇尾巴，在地上猛烈拍打！幾乎是到拉彌亞都快換不上氣時，男人再度一把將她拋飛。

「要讓她過人類的生活，否則我永遠把她關著不就好了？」男人遠遠望著警車燈閃爍不已的遠方，「我給她的護身戒指，還是有作用的。」

拉彌亞狼狽的撫著頸子走回，滿臉都是不解與不滿，「如果闕擎沒提到，那個惡鬼就會吃了棠棠，說不定根本來不及了！」

男人回頭，望著拉彌亞。

「虧妳這麼愛棠棠，妳沒發現嗎？」他搖了搖頭，「那個惡鬼，並沒有下手傷害她。」

王安橙的父母死於非命，他們被吃得挺乾淨的，肉幾乎都被吃光，只剩下殘骨；頭髮連著頭皮被撕下扔在一旁，還有每個現場都留下的心與肝。

剛逃離這個家的王安橙數小時後再度返回，她有完美的不在場證明，因爲是厲心棠送她上的車，買月台票的她讓站務人員印象深刻，列車上也有許多人能做證，當時王安橙就在車裡，不可能分身去殺害父母……基本上這本來就是不可能的事。

「食人鬼」從連續殺人魔，開始發展成逃脫的野獸。

那不該是人類能做出的事！但是由於送走王安橙後，厲心棠在附近吃了小火鍋才過去，警方也在推斷，這三個半小時內，究竟有沒有可能讓一個人將兩個人分屍帶走。

之所以還推斷是人，那是因爲厲心棠這位目擊者表示：她沒有看見凶手。

她當然不會說！這說出來還得了？還沒破案她就被當成神經病了吧！當天雪下得實在太大，等警方抵達後，也無法搜證到完整的掌印，厲心棠則是因爲想跟王安橙的父母談談罷了。誰知還沒走到門口，就看見雪地上的血跡，所以不太敢擅入，轉身想逃亡車站時，卻聽見後面有聲響，她嚇得往前狂奔，清楚的聽見有人從反方向跑走，但她也不敢看！換言之，她是與凶手「擦身而過」了。

小地方監視器不多，但還是有，這讓警方精神還是爲之一振，總是有機會能拍到凶手的模樣……厲心棠擔心的只有她跟闕擎會不會被拍到？要是眞的被拍到，警察就會去找闕擎麻煩了。

「妳眞的什麼都沒看見？」在電梯裡時，梁紫葶問了她第十七次。

唉，厲心棠都被問煩了，這女人是要問幾百次啊！

「妳不也是。」她不耐煩的白了她一眼，也反問了第十七次。

梁紫葶是第一個抵達現場的記者，更加風光！理由她謅得很快，因爲當天上午她才去找第五位死者的親屬，下午來找第四位死者的家屬也在情理之中。

只是還沒到就看見在雪中瑟瑟顫抖的厲心棠，滿地的血跡，於是她又成了第一報導者，雖然拍的照片幾乎都得打馬賽克，但這血淋淋的第一手消息，還是爲該新聞台締造了超高收視率——因爲只有她有照片啊！

那天厲心棠進警局做了筆錄，被問一個晚上，累到她有點搞不清楚自己到底是嫌疑犯還是目擊者時，出現的熟面孔讓她喜出望外——負責「食人鬼」案子的，是他們那邊的章警官。

現在，他就站在前方，厲心棠一出電梯就看見他，安心了不少。

「爲什麼要叫我到這裡來？」她急忙走向章警官。

「妳別怕，只是進行一些心理輔導，醫生也想試圖看看能不能喚起妳其他記憶。」章警官慈藹的安慰，「我們想更快能知道凶手的樣子，不能任他再這樣殺人。」

厲心棠頓感不妙，「……喚起我記憶？怎麼喚？」

「只是聊聊，也是怕妳有創傷後遺症之類的！」梁紫葶在後面出聲，「我已經經歷過了，放心！」

對啊，這個女記者是上一次命案的目擊者，所以今天她不是來這裡堵她的，也是被叫過來嗎？

「妳放輕鬆，因爲現場太可怕，人的記憶通常很容易錯亂，而且也怕影響到妳的心理狀態。」章警官說得其實一點都不誠懇，因爲他不是第一次在案件裡遇到厲心棠了。

「是……是挺可怕的，但是……」她垂下眼眸，這個凶手，不是一般警察能抓到的。

後面的話她當然沒說，只是抬睫時意有所指的多看了章警官幾秒，他拍拍她的肩，頷首示意他就在外面，不必擔心。

其實她記得的，在「食人鬼」要攻擊她時，踏出的那一「步」：那隻手是男人的手，虎口手背上有著藍色刺青，刺青的圖案她記不清，但確定是個星芒，手毛很長，關節相當的粗。

「啊，心棠！」一推開門，女醫生在裡頭親切的喚著，「把門關上吧……嗯，妳喝什麼茶？」

心棠？厲心棠眨了眨眼，叫得可眞親暱，她走到女醫生身邊，她有個超漂亮的絨布圓高腳桌，上面擺了各種花茶茶葉，每一個都用漂亮的瓷罐裝盛，儀式感拉到最高。

「草莓！」她指了指寫著草莓的牌子。

「好~我加點檸檬好不好？味道綜合比較好喝喔！」

「好！」厲心棠用力點著頭，這個醫生也給人一種很溫暖的感覺。

侯幸蓁瞅著可愛的厲心棠，今天的患者是個年輕活力的女孩，一想到她目擊那麼可怕的命案現場，就有點爲她憂心；仔細爲她沖了茶，還用極精緻的骨瓷杯盤組，端上茶几時，順手打開糖果罐，任君挑選。

「愛吃什麼拿什麼，不必客氣。」侯幸蓁一派輕鬆的再度坐在對面的沙發椅上。

哇……厲心棠看著精緻的糖果，直接拿了一顆塞進嘴裡，眞好吃哩！

「我叫侯幸蓁，叫我侯醫師吧。妳放輕鬆，就當聊天一樣，只是想聊聊當天的事……不過只要妳不想說的，就不用說。」她的聲音非常溫柔，自帶一股磁性嗓音，口吻令人舒服。

「好，呃……是又要交代一次嗎？」厲心棠有點膩，她眞的被問到煩了。

「呵，當然不是，我是醫生、不是警察呢！」侯幸蓁自然的開啓話題，「妳那天晚上跑去那麼偏僻的地方，不害怕嗎？很危險的！」

厲心棠搖了搖頭，「我沒想過會在那邊遇到食人鬼啊，畢竟他上一週還在首都圈，N區是很遠的地方啊。」

「對啊！就是這樣讓人害怕！這次的受害者，剛巧是妳朋友的父母，我也聽說了她的事。」侯幸蓁悄悄眨了眼，「我覺得妳做得好！」

咦？厲心棠一怔，忍不住湊前用氣音說道，「妳是說哪部分？」

侯幸蓁跟著前傾身子，做出說悄悄話的方式，也用氣音回著，「帶她離開，送她上車，還資助她金錢這部分。」

嘿……厲心棠露出自滿的神色，臉上掩不住笑的挪回沙發上。

「哎唷，就……氣不過！妳不在現場不知道，她爸媽對她眞的太壞了！」厲心棠回想起王安橙，又是心疼，「爲什麼都是自己生的孩子，有這麼大的差異啊？」

侯幸蓁凝視著厲心棠，眼神裡百感交集，「……人心很難說的！想想所謂重男輕女，有時愛就是這樣，即使是親生的，愛也是不平均的！」

「但也不該踐踏他人的人生啊！橙子姐姐全家幾乎都吸她的血維生，那個弟弟好賭不工作、債讓她背、還跟她拿錢，爸媽也跟她拿錢，錢又不是從天上掉下來的！」厲心棠相當不以爲然，「那天看著她爸媽罵橙子姐時的樣子，我就相信眞的有人會把孩子當成提款機！」

想到就生氣，所以她才把存款提出來給橙子姐逃離用，至少她得找地方落腳，不要再回到那個家……可誰知道「食人鬼」轉眼就把她爸媽也吃了。

厲心棠拿起茶喝了一口，哇，也太香了，暖呼呼的。

「妳的爸媽很疼妳吧？妳看起來像幸福的孩子，但像那位橙子姐的例子，卻比比皆是。」侯幸蓁語重心長的說著，「比她更嚴重的都有，所謂親生父母，並不是每個都帶著愛的。」

「我知道的！」厲心棠立即看向醫生，「我是棄嬰啊！我父母是直接丟掉我呢！」

咦？侯幸蓁頓時收了音，這女孩是棄嬰！但是她父母資料上塡寫得清清楚楚啊！警方也沒告知她是養女！

「沒事沒事的！所以我是幸運的啊，我一開始就被扔掉，然後被眞的疼愛我的人撿到，妳說得沒錯，我很幸福唷！」厲心棠笑出一臉美顏，「我有很多很多愛我的人，不需要什麼親生爸媽……我就是，謝謝他們生下我吧！」

她是眞的泰然嗎？侯幸蓁有幾分緊張，深怕自己剛剛的失誤傷及了一個女孩脆弱的心。

「我道歉，我不知道妳是被領養的，因爲妳的資絡上寫有父母的名字。」侯幸蓁立即致歉。

「沒關係啦！眞的！我過得比橙子姐或是妳說的那樣好太多了！所以我還有點驕縱！」厲心棠自己聳了聳肩，「因此那晚我才會留下來，我就想去問問她爸媽，不愛她沒關係，但不要傷害她啊！橙子姐手上新傷舊傷遍佈，她弟都死了兩週以上了，爲什麼會有新傷？當我傻嗎？」

侯幸蓁看著她義憤塡膺的樣子，忍不住低笑，「他們全家都仰賴著她工作，讓她養全家！只要她說沒錢，就會先被弟弟一頓毒打，再來就是爸媽的冷嘲熱諷。」

「搞得像仇人似的……然後父母卻依然只為那個好賭的兒子心痛。」厲心棠嘆了口氣，「我只是不想橙子姐再被父母情緒勒索，哪知道……」

腦海裡閃過了「食人鬼」的樣子，還有那伸來的長舌，厲心棠下意識顫了一下身子，連帶手裡的杯子也顫動了！她緊張的用力握拳，耳邊彷彿都能聽見那噁心的嗅聞聲，趕緊把杯子放下。

侯幸蓁將一切盡收眼底：這女孩想起了什麼、害怕著什麼。

「很可怕吧！看見那樣的場景……還差點遇上了凶手。」侯幸蓁聲音放得很輕很柔，「妳推開門時，他不知道躲在哪裡呢！」

客廳地上那一小塊頭顱滾動著，這時清晰的畫面在厲心棠腦海裡浮現，殘存的母親左眼，也流露出了極度驚恐。

「這不是偶然的，弟弟跟父母親，這針對性太強了。」厲心棠幽幽的擺弄著糖罐裡的糖，「有一種像是等著橙子姐離開家裡，才下手的感覺。」

「為什麼這麼說呢？」

「差兩個多星期啊，為什麼這兩個星期沒出手？卻等橙子姐下定決心離開那個家才下手？」厲心棠回得理所當然，「而且事實上，現在最輕鬆的就是橙子姐了。」

「……不，她現在正危險不是嗎？正如同妳說的，目前受害者是一家人的唯有他們，警方不也朝著他們的仇家去偵辦了，甚至也派了一隊人在保護倖存者。」侯幸蓁搖了搖頭，大家都怕下一個死者是那位姐姐啊！

「我倒不覺得，食人鬼絕對是有目標性的！畢竟前幾個都跟橙子姐沒關係啊！」厲心棠認眞的趨前，「醫生，妳看，雖然凶手很殘忍，但他確實的解決了橙子姐的不幸！」

「心棠……不該這麼說話的，死亡的是她的家人啊！」侯幸蓁蹙起眉，這位目擊者怎麼說得這麼坦然？

「第五位死者也是類似的情況對吧？是個四十幾歲的壯年，啃老還大言不慚，奶奶養大他卻毫不知感恩，沒錢了就回去找奶奶要，奶奶不給就動手打！」厲心棠指指門外，「梁記者小姐跟我說的，她就是目擊者。」

侯幸蓁笑而不答，這不是她該說的事。

「不知道其他死者的細節是什麼，但食人鬼目前感覺像在爲民除害似的，全部都吃那些吸血的、軟爛的啃老族。」厲心棠再端起茶來再灌了一口，「下一個應該也會是這樣的人。」

「下一個？」侯幸蓁警戒天線立刻豎起。

「會有的，畢竟還沒抓到他不是嗎？」厲心棠正眼看了侯幸蓁，「醫生，我沒什麼事的，那天的確有點可怕，不過我睡得很好，應該沒什麼PTSD。」

「那個食人鬼從屋子裡衝出來時，妳回頭時有看見身形嗎？」侯幸蓁問著，「他的模樣、身高、或是穿什麼顏色的衣服……」

衣服？厲心棠只記得一片血紅，還有那接在他身上的四隻手，以及滿身的各種臉龐……她張開手掌，望著自己的手出神，對了！還有虎口的星星刺青。

「掌印不同大小啊……」她喃喃說著，把手掌往玻璃的茶几上一捺，手中的熱氣在黑色的玻璃上蒸出了個手印。

臉龐超過四個，但手卻有四隻。

「棠……心棠！厲心棠！」

對面呼換把她喚了回神，厲心棠趕緊抬頭，呆呆的應了聲「啊」！

「妳在說什麼手印？」侯幸蓁微笑著，指指她還壓在茶几上的手。

「啊，沒事！」厲心棠收回了手，「我在想別的事情……唉呀我沒事了，我可以走了嗎？」

「我需要妳再用力一點，想一下有沒有見到食人鬼任何一點模樣？」侯幸蓁繼續循循善誘。

「我沒看見！什麼都沒瞧見，那種情況誰敢回頭啦，我跑都來不及了啊！」

厲心棠睜著一雙無辜眼睛，眨呀眨。

「不過妳後來還是折返回去現場了，那時不怕了嗎？」

厲心棠悄悄在心裡做了個深呼吸，心理醫生果然還是不能隨便回答，她們心思都很細膩啊！

「因爲我聽見他跑走了啊！那家我朋友的父母，雖然他們很爛，但總是兩條人命，我緊張的想看看他們有沒有事。」厲心棠這套說詞已經對警方提過了，

「但是……打開門後還是挺怵目驚心的……」

侯幸蓁在腿上的板子輕巧的做著紀錄，「其實妳很勇敢的！」

「嗯。」茶已經喝完了，她想離開。

「妳知道食人鬼已經跑走了，除了聽見腳步聲外，還是有回頭瞥到吧？」侯幸蓁再問了一次，「就在回頭的瞬間，妳看見了什麼？」

「什麼都沒看見。」厲心棠幾乎是不假思索的回應，「哎唷，雪那麼大，我眞的是什麼都瞧不見……醫生，我知道妳是警方的人，妳告訴警察，不要花時間在我身上好嗎？要想的是阻止下一場命案啊！」

侯幸蓁驚訝的挑了眉，「哇喔……阻止，要怎麼阻止？」

「找出每個死者的共通點，還有……找一下最近有沒有不起眼、但詭異的命案。」厲心棠扳著指頭衡量，「看看有沒有像妳說的那種，跟橙子姐一樣、或更慘的人身亡了？」

總之，就是心中對那些啃食自己的人懷有怨念，所以才針對那些軟爛吸血的人出手！是個此生一直被迫爲他人犧牲奉獻、無法爲自己而活，最後死於非命，甚至……死在那些控制者手上的可憐人。

侯幸蓁詫異的看著眼神放遠的厲心棠，她不可思議的重新打量著厲心棠，這個女孩的口吻跟肢體動作，的確不是受驚的目擊者，更像是——

「妳在調查食人鬼的命案嗎？」侯幸蓁衝口而出。

嗯？厲心棠立即正首，下一秒端坐在位子上，表露出一股人畜無害的姿態，微笑搖頭。

「沒有啊！怎麼可能！」

「太危險了！爲什麼妳要這麼做？」侯幸蓁飛快的連結，「妳去找網友也不是偶然對嗎？所以妳送她走，而不是一起離開？」

「沒沒沒！侯醫生，妳想太多了！這腦補太過了！」厲心棠緊張的搖著手，

「我是什麼人？我就一個普通的女孩，我去調查什麼命案？我哪會啊！這次又是個窮凶惡極的變態殺人魔哩！我眞的是因爲把橙子姐姐當姐姐才去看她的！」

千萬，這個醫生千萬不能把這個「發現」跟「誤解」告訴警察，不然她就麻煩了！要是被盯上後會更難活動！

「妳覺得憑妳一己之力，可以說服人家的父母長久以來的觀念？」侯幸蓁瞇起眼，「還是說，妳其實有預感，可能會遇上——」

「沒有沒有沒有！」厲心棠焦急的打斷侯幸蓁！「我就這種個性，我看不慣人家被欺負！橙子姐身上都是傷，妳可以看看……警察會不會安排她做心理治療？我覺得橙子姐才是最需要做治療的那位！我看到就是火冒三丈！所以我想要去罵一頓！」

侯幸蓁深吸了一口氣，她依舊懷疑的看著厲心棠。

「妳既然知道危險，就不要再好奇了，妳好奇心太強烈了。」侯幸蓁最後由衷勸告，「打從妳進屋開始，就能感受到強烈的好奇，但好奇心會殺死一隻貓。」

厲心棠乖巧的點點頭，雙手都擱在膝上了，「我是好奇，又喜歡一些推理小說，但沒有在查什麼食人鬼啦！那個好可怕！」

侯幸蓁鑲著職業笑容，現在厲心棠的所有動作跟回話都只是掩飾，她的確就是在查「食人鬼」命案，而且好奇得不得了！據警方說她在第一現場，也看見了死者慘狀，可是現在如此泰然，還說睡得安穩。

剛剛那一閃而過的恐懼也不是假的，她端著的茶都在抖，也是爲了掩飾才趕緊將茶杯放下。

侯幸蓁不動聲色問了些問題，再跟她閒聊，好不容易湊足了一小時，終於把她送出去了。

「下週還要來？」

她站在門邊，看著門外不遠處的厲心棠向章警官抱怨著，她又不是犯人，爲什麼要做這麼多事；坐在一旁等待區的梁紫葶沆瀣一氣，也抗議她工作很忙，挖新聞都來不及了，還動輒要來報到，太奇怪了！

章警官只能好聲安慰，送著女孩離開，侯幸蓁朝梁紫葶頷首，請她稍等一下，下一位病患就是她。

來的時候一堆人「陪」著，厲心棠下樓時卻變成只有一個人，這也太現實了吧！才三樓，她選擇走樓梯，輕快的下樓，她想快點回店裡，梳理一下狀況，還要跟闕擎說——

「妳知道闕擎也是食人鬼嗎？」

就在與一組人擦身而過時，對方突然迸出了驚人發言。

厲心棠止步，正下樓的她回首看著那組上樓的男人們，六個，她都不認識。

「嗨！」她堆起笑容，還是維持禮貌，「請問？」

「妳就是常跟闕擎在一起的那位吧？很多張照片都有妳，厲心棠，百鬼夜行老闆的孩子，今年二十三歲，沒有任何就學紀錄，在家自學。」程元成由上而下看著厲心棠，頗有種睨視感，「年輕妹妹，別被帥臉騙了。」

厲心棠保持笑容，就這麼瞅著程元成，「大叔，我們認識嗎？這麼瞭解我，但我沒見過你……你們。」

「妳知道闕擎為什麼會擁有一間精神療養院嗎？妳知道他的過去嗎？喔，或者妳這樣問他——」程元成彎身湊近了她，「他身邊有多少具屍體？」

「喔。」厲心棠平靜的看著他們，「他想說時自然會說，我不認為交朋友就得挖出對方的過去——還有，請您注意措詞啊，現在『食人鬼』這三個字可是代表連續殺人魔，別亂套在闕擎身上。」

「妳知道他身邊有多少具屍體嗎？但凡他接觸過的人，幾乎都死了，這不也是種食人魔？」程元成身邊另一個魁梧的壯漢即刻接口，「妳要留意啊，千萬別成爲下一個！」

「馬克！」程元成低聲阻止。

厲心棠外套袖裡的小手緊緊握著，臉上卻堆著更燦爛的笑容。

「知道了，謝謝！」她還禮貌的一鞠躬，轉身繼續往樓下走去。

他們腰間有配槍，體格皆非常壯碩，每個人都是練家子，感覺跟之前總是跟蹤闕擎的那些警察挺像的；三樓就有章警官的小隊在，侯醫生也是跟警方配合的醫生，他們敢這樣光明正大的出入，應該也是同行了吧。

那些人長期間跟著闕擎，會知道這些也不意外——啊！對了！

厲心棠戛然止步，或許她可以省點工夫！她倏而回身，重新奔上階梯，朝著程元成奔去。

「警察大叔！」她喚住了程元成，「要不你告訴我，闕擎是怎麼擁有那間精療養院的吧！」

章警官才送走厲心棠，趕緊進入診療室。

「我想問問那位厲心棠，你們很熟嗎？之前的案子見過？」侯幸蓁幾乎一眼就看出端倪。

章警官嚴肅的點了點頭，這也沒什麼好隱瞞的，「怎麼了嗎？」

「她好像在查食人鬼的案子，就一個二十來歲的女孩，查這個也太危險。」侯幸蓁壓低聲音，這當然絕對不能讓梁紫葶知道，「她跟外面那個女記者不同，她不是學生嗎？」

章警官驚愕得倒抽一口氣，「她在查……她在查……」

這可就糟了！他警察生涯數十載，有幾種人如果介入這種案子，絕對都沒好事，尤其他本來就是負責「無法解釋」的案子，「食人鬼」打從一開始就被歸類爲詭異案子，才會落在他頭上。

那位厲心棠如果眞的也在查，只怕與他內心的猜測八九不離十了。

前面三起命案因爲不是即時被發現的，起初警方認爲是凶手分屍後、處理掉或烹煮掉內臟；但後面這三起都是即時發現，就很難解釋凶手是如何慢慢肢解，也根本沒有地方烹煮了。

這只怕是……

「章警官？」侯幸蓁看著他的若有所思，眉頭跟著蹙緊。

「啊……我會去問問她，我是說阻止她。」章警官飛快的接話，「外面那位記者也要麻煩妳，必須按捺住她，爲了新聞，這些記者總是異常積極。」

「但……梁小姐只怕真的沒瞧見。」侯幸蓁實話實說，因爲梁紫葶也是沒有畏懼感的人，「我等等會跟她提起催眠。」

梁紫葶比較像是鯊魚，這個「食人鬼」案件就是塊血淋淋的鮮肉，她一心只想要一則大新聞！上次的對談中，她甚至反問她，有沒有前面四起命案的線索？那些家屬有沒有來治療？

那記者吃得下、睡得好，剩下的就是一堆問題，只想要大新聞……有這種膽量，那天居然會暈倒？

「別勉強她，記者就是有點麻煩。」章警官語重心長，這也是警方擔憂的。

侯幸蓁微笑，這點小事她能處理的，以柔克剛，還是可以好好應付梁紫葶。催眠，是能確定她們是否有看見「食人鬼」的最佳方式，只可惜需要本人同意，但是……她百分之百確定，那個厲心棠絕對有瞧見什麼！

第五章
雙屍命案

凌晨兩點半，女人睜著眼在被窩裡難以成眠，她揪著一顆心難受著，完全無法心安，心臟像被吊著似的，連呼吸都困難。

他爲什麼還不回家？

喀噠，外頭終於傳來鑰匙聲，女人驚恐的彈坐而起，望著右前方角落的房門，聽著外頭的開門聲、腳步聲踉蹌，聽起來他又喝了酒……她揪著心口，他沒回家她不安，可他回來她更不安。

意識到腳步聲往房間走來了，她嚇得趕緊躺回床上，同時間房門被用力推開，門板撞上牆咚的一聲還反彈回來！她側睡背對著門，緊閉上雙眼，而床突然一沉，男人帶著渾身酒氣就撲了上來。

「寶貝！快看看我給妳買了什麼！」

這一拉一勾，女人裝成睡眼惺忪的醒來！她被男人拉得坐起，男人是醉了，卻興奮的直要她出房門去！

「什麼東西？」她唯唯諾諾的說著。

「走！我對妳最好了，看看我給妳買了什麼好東西！」男人雙手搭著她的肩，推著她往房外走去。

買什麼她都不要。

女人在心裡祈禱著，拜託不要再花錢了，信用卡費都還不完了，還填不滿男友那無底的欲望，花錢毫無節制，就是買買買。

走出房門，她什麼都沒看見，心裡頓時鬆了一口氣，上個月他買了台掃地機器人回來，還不給退，莫名其妙又噴了幾萬塊。

「什麼？」她才狐疑的張望，男人突然把她按在沙發上，煞有其事的單膝跪地，「文均？」

只見男人從口袋裡拿出一個戒盒，啪啦的在她面前打開。

「嫁給我吧，宛妍！」

戒盒裡是一枚超大鑽石的戒指，做工精緻閃閃發光，最可怕的是盒子來自於世界名牌，那戒指怎麼看都有兩克拉，宛妍腦袋一片空白，這鑽戒得要多少錢？

如果是五年前，那個又蠢又天眞的她可能會欣喜若狂，但五年後這個天天爲還債而疲於奔命的她，只覺得一股惡寒從腳底竄了上來——結婚？跟這個男人？

「你買這個……多少錢？」宛妍戰戰兢兢的看著鑽戒，「這不便宜吧？這個牌子，這麼大顆的鑽石！你哪來的錢？」

「我今天贏了不少，運氣來時擋都擋不住！」文均醉意矇矓的看著她，動手把戒指取下，拉過了她的手，「爲了妳，多少都値得！」

他賭贏了……不拿錢還債，卻買了這種東西！

宛妍不動聲色，讓他把戒指套入指頭裡，先拿到戒指再說，她明天還可以拿去店裡退，雖然不一定每次都會成功，但至少這麼貴的東西是有希望的。

「妳看，我還在裡面刻了我們的名字喔！」套入前，男人仔細的將內圈展示給女人看。

女人痛苦的緊閉上雙眼，是訂製款！這只怕不能退了！

「這多少？」她忍不住的握拳，讓戒指留在自己的無名指上，「你又花了多少？」

「唉，談錢多俗氣！最重要是我的心意，心意啊！」文均開心的一屁股坐到她身邊，摟過她親吻，「我最愛的宛妍，世界上最棒的女人，我不能沒有妳……」

幾十萬……這至少要幾十萬啊，她知道行情！

「你刷的是我的卡啊！我已經沒有錢了！」她忍無可忍的推開他，「房子都已經抵押了，我付不起這枚戒指的錢！」

「少來了！妳最有辦法了！」文均笑著，再度把她摟回來。

但這一次的力道相當粗暴，他把她拖到自己的鼻尖，扣緊著不讓動！

「文……文均……」她發現惹怒他了，「你別這樣，我很感動，但是我眞的沒有那個……」

「說什麼廢話！這是我的心意，妳又想糟蹋我的心意嗎？」他一邊說，一邊扯了她的頭髮，「我都對妳這麼好了，妳到底有什麼不滿意？」

「啊！」她頭顱後仰，被扯得直喊疼，「痛！放開我啊！」

「不是說好要永遠在一起的嗎？妳自己說過願意爲我犧牲一切的，我也會全心全意的愛妳啊！」男人聽著她的哀鳴，卻更使勁的把她往後扯，「要錢有什麼難的，妳只要打扮得漂漂亮亮，有錢的客人多的是！」

「哇！」女人被他壓倒在沙發上，旋即被粗暴的撕扯著睡衣，「你不要這樣，我不想……放手放手！」

「不想什麼？我才是妳的正牌男友別忘了！可以給客人上不能給我上嗎？」男人聽了只有一肚子火，粗暴的撕開了她的睡衣。

「我不要再接客了！說好我們都去找正經工作還錢的，我不要再出賣身體了！」她哭著抵抗，「你如果眞的愛我，就不可能接受我被別的男人碰！」

男人厭惡於她的反抗與掙扎，狠狠就抽了一巴掌！力道大到宛妍甚至一陣暈眩，痛得破了嘴角，也嚇得渾身發抖。

「我愛妳，就不會在乎妳這身體給多少人碰，重點是我愛妳的心！我愛的是妳的靈魂啊！」男人箝著她的下巴扳正，「妳少在那邊給我嘰嘰歪歪的，妳這張臉這種身材這樣賺錢才快，不靠這個賺錢才在那邊跟我靠夭日子難過嗎？債還不完是怎樣？妳一天如果可以接個十個客人，錢還是問題嗎？」

「我不要！我不想再過這樣的日子……放開我——放——」宛妍哭喊著，但旋即被男人摀住了嘴。

日子總是這樣。

她曾經以爲文均是他的白馬王子，人生中註定的另一半，在一起後，才知道他是她的地獄。一開始的猛烈追求後，她在無形中被PUA卻不自知，然後他什麼工作都只做一天，揮金如土，沒有錢卻喜歡裝闊、請客，買奢侈品，口口聲聲說爲了她，爲了他們的未來……

然後她也要爲他們的未來付出，但是她兼再多工作，也無法支撐他的揮霍，這間父母留給她的房子都抵押再抵押了，直到他也把她當成了商品出售。

她的確有優越的條件，但她完全不想要援交，可是不知道爲什麼，她離不開他……或是不敢離開他；等到她鼓起勇氣試圖擺脫他時，卻發現她已經沒有可去的地方、沒有可以求助的人。

她的世界，只剩下他一個人……世界上除了文均之外，已經沒有人會愛她了。

拖著滿身傷的身體站在蓮蓬頭底下，再多的水也沖不掉噁心感，她恨自己的懦弱與無能，她不想再這樣生活下去，卻不知道能怎麼離開文均……她好怕，她怕逃不掉，也怕逃得掉。

手上的戒指又被拿回去了，縱慾過後的文均滿足的呼呼大睡，而她只能在浴室裡暗自神傷，這枚戒指是一種逼迫、也是一種補償，他是認真的，他知道他們沒錢了，所以從明天起，她會再被逼著去接客賺錢。

逃吧？宛妍走出浴室時，滿腦子想著這個念頭，這已經是不知道是第幾次了，但是她不知道要怎麼逃？逃去哪裡？總是兜兜轉轉，又回到這唯一的家……這裡是她的家啊！

一陣悲從中來，說穿了最可憐的是她自己吧！是她不逃的！拖著沉重的步伐走到客廳去，整個人往沙發上縮，多想找個人聊聊……找誰？她已經沒有認識的人了！

宛妍點開相機，她總是用影片做日記……滴——頭頂的燈發出低頻躁音，跟著聲響閃爍突然滅去，她抬起頭，燈管好像快壞了。

接著日光燈管開始用力閃爍，宛妍嫌煩的打開一旁的小燈，起身到玄關旁將客廳的燈直接關掉，省得閃得眼睛疼。重新縮回沙發，拿起手機準備要切換到前鏡頭時，鏡頭裡卻赫然出現了一張臉！

咦!?宛妍嚇得抬頭，她正對著自己的房門口，但是沒、沒有人？

她看著左手裡的手機，遲疑數秒，戰戰兢兢的再度舉起，朝著房門口……

『他該死對吧？』

五、六個聲音來自五、六張臉，在鏡頭裡是一個可怕的人，身體到處都是臉，肚子上還有駭人的大嘴，正咬牙切齒的說著。

「哇呀！」宛妍嚇得扔掉手機，跳下沙發就往玄關衝。

但一股力道從後無形而至，她根本什麼都不知道，直接被逮住然後狠狠朝後摔了出去！

瘦弱的身軀騰空撞上廚櫃，再狠狠的摔上餐桌，最後才重重落地！

一隻蒼老的手「踩」過了她剛摔在地上的手機，手機啪啪啪的拍了幾張漆黑的地板照，接著房門緩緩的被推開……外頭這麼大的動靜，也只是讓文均翻了個身，絲毫沒有影響。

「食人鬼」站到了床邊，長長的舌捲起了文均身上的背，看著眼前肥美的肉，不禁垂涎三尺。

『這個看起來……也好好吃啊……』舌頭舔上了文均的頸項，他皺起眉揮手想打掉。

「煩耶！不要吵……唉！宛妍！」他不耐煩的打掉，又翻了一個身，「哇——」

一陣劇痛把他驚醒，他整個人跳起來，但腳就是無法行動自如——畢竟，他的右腳小腿正在別人的嘴裡。

他一片茫然，驚駭的看著眼前這個趴在他床邊的人……這是什麼東西啊!?怪物叼著他的小腿，另一隻手攀著床緣步步進逼的想上來，身上凸出一堆人臉，連肚子上都有著另一張嘴！

「這是什麼……」他用力甩頭揉著眼睛，這是在做惡夢嗎？

說時遲那時快，利口一咬，咬住了他的小腿！

「哇啊！哇——」文均痛得慘叫，這不是夢！這絕對不是夢！

「食人鬼」粗暴的緊咬著他的小腿，接著使勁扭動他的膝關節，想把腿卸下來好慢慢享用！接著整個人爬上了床，肚子上的大嘴貼上文均的肚皮，利齒咬住，狠狠咬開他的肚皮。

「哇啊——哇——宛妍！宛妍——」文均驚恐的慘叫著，他伸手抵著那怪物，但怪物身上的臉龐卻衝著他笑。

那張臉，他好像在……新聞裡見過？

是……是上一起凶案的……唰！

整個肚皮的皮肉揭起，淒厲的慘叫令「食人鬼」心煩，身上的嘴嘰嘰喳喳的嫌吵，所以「食人鬼」拿著正在品嚐的小腿，轉身咬爛了他的頭顱。

『總算安靜了……』

『這個也好吃啊……』

每張臉享受般的闔眼，彷彿這「食人鬼」的進食，他們也能品嚐到美味似的。

大手在文均的腹腔裡翻攪，準確的掏出心臟與肝臟，嫌惡的朝角落扔去。

『那不能吃，不能吃……』身上的臉齊聲笑著，『心跟肝，都是黑的！』

第七起命案，兩位死者。

鑑識人員一組在餐桌地上拍著折斷頸子的女性，另一組在房間裡收集剩下的肉塊，還有一組在廚房裡，嚴肅的看著鍋子裡的殘渣。

「開始烹調了嗎？」

鍋子裡剩下的肉湯令人膽寒，一旁盤子裡堆疊的骨頭正被一一放入證物袋，這也有可能是死者昨天的晚餐，畢竟在前六起命案中，都沒有烹飪痕跡……不過這是最令人恐懼的部分，凶手生吃？

「這應該是藥燉排骨。」章警官這麼說著，心裡幾乎有九成把握。

他已經知道「食人鬼」是什麼了，鬼殺人哪還有閒工夫在那邊加料烹煮！他走進房間裡，一袋袋的碎塊正被拾撿起，一顆頭顱完整的放在床頭櫃，表情仍停留在慘叫時的瞬間。

「這次沒吃得那麼乾淨，很多都留下了。」鑑識人員倒是覺得奇怪，「連頭都完完整整。」

「該不會因爲上一個是四天前吃的？還吃了兩個，所以沒消化吧？」其他人也好奇著，「他之前不是都會外帶？」

之前，指的是前三起命案，因爲發現時都已經過了許多天，甚至有一個月的，所以警方都認爲凶手是分屍後慢慢處理的。

「章警官，外面那位女性遺體沒有被撕咬的痕跡，也沒有刀傷。」法醫走了進來，「她……像是摔死的。」

「摔死？」章警官狐疑的看著趴在地上、頸骨折斷的宛妍。

「肋骨斷了，頭顱也破裂，頸子折斷，加上現場痕跡，她可能先撞上廚櫃、再跌落下來，致命傷該是掉落時，頸子撞到了椅子——喀嚓。」

章警官沉吟觀察，「吃了那個，卻一口也沒吃女的……應該不是肉質問題。」

前幾天那對老夫妻都能吃得沒剩多少渣！口感絕對不是主要因素，正想著，卻看見鑑識人員拎起一袋完整的內臟，不必看他都知道，心跟肝。

「而且死亡時間是前天晚上，凶手有一整天的時間，卻沒有分屍，該不會不是同一個凶手吧？」連警察們都發出疑問。

「我的天！最好不要這樣！」同僚聽到這個推測就頭疼了！一件「食人鬼」就已經疲於奔命了，難道這麼快就出現模仿犯？

死亡時間應該是前天凌晨，因爲死者是一點多才跟朋友分開回家的，兩位都無業，所以本該無人注意到他們死亡，但偏偏遇到了上門討債的。

「不是啊……唉呀，我爲什麼這麼倒楣啊！」門外的男人嚷嚷著，「他們欠了我二十五萬啊！」

債主上門，電話打不通、敲門沒人理，但他篤定對方是躲債，不客氣的要撞開門之際，才發現門根本沒上鎖！一打開門就看見倒在餐桌邊的宛妍，還在震驚之際，轉頭就看見了房內整片牆的血紅，嚇得他腳軟報警。

鑑識人員從沙發與茶几中間的地板撿起了手機，先試著開鎖，最後畫面停在了相機，檢查照片，卻只有幾張全黑的照片而已。

「通知房東了嗎？」章警官眞爲這房東掬一把同情之淚。

「這是女性死者自己的房子。」同事無奈的說著，「但這棟樓發生這種事，絕對掉價。」

被「食人鬼」屠殺過的屋子，就算其他間不是凶宅，也絕對會影響房價的。

「不過……程警官還是通知了這棟樓的屋主。」下屬強哥悄悄附耳，「我們都覺得不太妙。」

「程元成？」章警官聞言只覺得煩躁，那個特殊小隊的插手實在讓他不省心，他處理的案件已經很難解釋了，又扯上一個國家的特殊警察。

他不能管、不能問，還得讓他們干涉自己辦案……而且這樣一起命案，爲什麼要找這棟樓的屋主？

他突然覺得不太對勁，程元成做事可不是那麼沒道理的。

「屋主是誰？」他立即詢問。

「咦？不……不知道……」強哥錯愕，因爲這屋子的主人就是死者，他們根本不可能去查這棟樓是誰的啊！

同一時間，樓下的闕擎看著滿街的警車跟封鎖線，下意識的嘆了口氣。

「又出事了。」身邊的厲心棠看著一具蓋著白布的擔架被抬出來，狐疑的盯著那具遺體，「全屍？」

闕擎跟著望過去，這倒新鮮，他以爲是「食人鬼」的案件，怎麼會有全屍？他往前幾步立即被攔下，只能無奈的表明身分。

「唉呀，大房東！讓他進來！」大門口的程元成先一步出聲！「來！」

厲心棠趕緊拉著闕擎的手，就怕被攔在外面，他們一同從封鎖線下鑽過來，這陣仗搞得好像整棟樓都慘遭「食人鬼」毒手一樣。

程元成刻意多看了厲心棠一眼，她很快的閃躲眼神。

「你找我來的？」闕擎嚴肅的低語，「是我的房客出事嗎？我記得我全權委託給專門的物業了。」

他就是不喜歡管事，才寧願交給物業管理的。

「不，是三樓的自有戶，但你這整棟樓都會掉價，理應通知你一聲。」程元成刻意說著，「食人鬼案件都能跟你扯上關係，我實在不得不多想……」

「多想什麼？我做事有這麼拖泥帶水的嗎？」闕擎冷冷的打斷他。

程元成聞言雙拳緊握，這挑釁的意味可眞明顯！他冷冷的看著闕擎，「你找了好幫手啊，我們還眞的動不了醫院，不是公文受阻就是有人受傷，你到底是怎麼辦到的？」

「有事要問的話快問，不然我要走了。」闕擎懶得理這些人，轉身就想離開。

「欸——」

結果，拉住他的卻是厲心棠。

他回頭不可思議的瞪圓眼看著她，這傢伙跟來已經很煩了，爲什麼現在還拉著他的衣服不放？

「看一下……拜託。」她懇求著，好不容易不是目擊者就可以遇上「食人鬼」的案件，千載難逢啊！

闕擎怒目瞪視，但卻還是在不悅的深呼吸後，轉身掠過程元成上了樓。程元成看著跟在後頭的厲心棠，看來這兩個人關係匪淺哪！

一踏上三樓，闕擎就慢下腳步，在他眼前是條通黑的走廊，鬼都不在了，戾氣卻仍在，而且如此龐大深黑，只是走在這條走廊上，都能讓他感到渾身發冷。

「妳沒感覺嗎？」他突然問向身邊的厲心棠，這傢伙明明能感受到亡者的情緒啊！

「咦？」厲心棠仰頭看著他，然後蹙眉搖了搖頭，「沒有耶，前面有什麼嗎？」

「兩光。」闕擎抱怨著，「不是二十四小時才能用一次的言靈，就是這種時好時不好的感應。」

「喂！幹嘛醬子！沒你厲害，隨時都看得……見……」厲心棠後面話越說越小聲，這可是闕擎的痛啊！

敏感又陰陽眼的他，過去就常被魍魎鬼魅找上，所以他討厭到外面來，總是關在家裡。以前都開無視，住家外面貼滿了符咒跟結界，就是不想被亡者跟上的。他們會認識，正是因爲他把亡靈引到「百鬼夜行」來，好讓店裡爲那些迷失方向的亡者指引道路。

迷失方向的亡靈，不包括厲鬼跟有執念的亡者，那種眞的非常麻煩。

「唉呀！別過去了！」章警官焦急的才走出來就看見闕擎，「命案現場你們別靠近。」

「那一戶？自有戶，應該是由女兒繼承的，叫徐宛妍。」闕擎即刻背出了住戶資料，「這一棟只賣出兩間，不難背，但她的生活起居要問鄰居或是物業吧……被吃了嗎？」

「女方沒有，但是男友倒是……嗯。」章警官眉頭深鎖的越過他們朝後看，「程元成找你來做什麼？」

「纏著我不放呢……章警官，你別扯進他的案子。」闕擎輕聲交代，朝章警官使了眼色，「千萬別碰。」

章警官飛快的眨眼，溫和慈祥的臉在一瞬間變得精明，立即朝後頭走來的程元成打招呼，刻意問他叫闕擎來做什麼；趁著他們說話，厲心棠大膽的往前走去。

感受不到啊……她甚至什麼都沒見到，伸出手在空氣中探索，也沒有辦法讀到任何情緒。

「這裡沒有東西在啊！」她回頭問著。

「沒有，只有殘留的戾氣跟血腥……」闕擎看著依舊黑氣沉沉的走廊，命案現場的屋子更加可怕，「那真的不是普通的鬼了，命案發生這麼久，怨恨還能殘留這麼久。」

「誰的怨恨？他該殺都殺了，還有什麼難解的怨？」厲心棠不解的是這點，都八個人了。

「依照這怨氣來看，八十個都不一定處理得了。不平、怨懟、恨意滔天……是誰會同時恨這麼多人？」闕擎看見命案現場的屋子裡，黑氣裡全是一絲絲紅色的殺意，像是鮮血一般流淌著，「不血流成河，只怕不會罷休。」

「章警官，你剛說又是死兩個，可是被吃掉的只有男友？」厲心棠好奇的問著，「可是前幾天我遇到的那個，王安橙爸媽則是都被吃掉了吧！」

「對，這是唯一全屍的死者，頸骨折斷，推測是摔下來時折斷頸子的……男女朋友打架吧！」章警官若有所指，指向了在門口就可看見，那一點鐘方向的櫃子。

「食人鬼」沒有吃掉女人，就表示她不是目標，可是不是目標又為什麼要殺她？

厲心棠抿了抿唇，「那個，這戶人家跟橙子姐有什麼關係嗎？」

「王安橙？噢，目前沒有發現關係，怎麼了？妳覺得有關聯？」章警官多留了個心眼。

「不是！因為我們不是都怕下一個出事的是橙子姐嗎？但現在看起來……」

「但是王安橙的弟弟與父母死亡時間隔了兩週。」程元成身旁的馬克低沉的開口，凡事都說不定！

唉！……對，因爲王家幾乎被滅口，所以警方特地安排了一撥人保護她的安全，就怕「食人鬼」眞的要針對他們全家；不過這倒是個方向，今天死的人，是否也有關聯？

「王安橙？」目擊者的男人突然上前，「是不是之前死弟弟、前幾天父母也掛的那個？」

闕擎看著男人驀地逼近厲心棠，都要貼上去了，第一時間把她拉近身邊，自然的擋在了男人面前。

「做什麼？」章警官隻手擋住對方再往前，「你認識？」

「認識喔！拜託，我還不夠衰嗎？今天這個宛妍死了，我找誰收錢去？那個王安橙更不能死，她欠我欠得可大了！」目擊者一臉不安，「我這呆帳越來越大了我！」

「是橙子姐跟你借錢嗎？是她弟還是父母吧？」厲心棠想起王安橙的情況，不滿的出聲。

「我管他是誰，他們家的債都算她的啊！」目擊者指著命案現場，「像這裡，那軟飯男借的錢，也都算他女友的啊！」

什麼!?闕擎即刻看向命案現場，「那個被吃掉的男人，是軟飯男?該不會也是讓那女人養他吧?」

「……對、對啊，文均有名得很，專靠女人養的!尤其他女友超死心蹋地的，爲了養他都願意出去賣了!」男人有點惋惜，「我本來想說她還不出來，就也叫她去賺的，宛妍那個身材之好……」

「說什麼啦!」有警察聽了不爽了。

「嘖!」男人不爽的翻了白眼，「我很虧耶!警察先生!我現在錢收不到，還被嚇得半死，然後我可以走了沒?」

不行喔!厲心棠在心裡說著，哪有這麼容易!

章警官搖搖頭，交代人帶他走，「你先回去吧，那個強哥，明天記得讓高先生去看醫生。」

「欸?爲什麼?我那天被審到天亮耶!」厲心棠不平的嚷嚷。

闕擎扯扯她的袖子，目擊程度不一樣!

「不行啦，幹!我還要去追錢耶，我眞的是厚……」高宗智被警察帶著離開。

闕擎看著男人被帶走的身影，喃喃唸著，「又是一個吸血包嗎?」

「我看八九不離十，食人鬼專挑這種啃老啃親友。」厲心棠突然像想到什麼一樣，轉身追向討債者，「大哥！請等一下！等一下！」

程元成順手攔下了要離開的目擊者，他也好奇。

「我想問一下，除了橙子……王安橙外，你還認識其他『食人鬼』命案的死者嗎？」

什麼？這個問題一出，所有警察們都提高警覺，而高宗智瞬間刷白了一張臉，連忙說沒有沒有，完全的此地無銀三百兩啊！

「都認識嗎？」連程元成都覺得不可思議！

於此同時，闕擎冷不防的鑽過了封鎖線，進入命案現場的屋子。

「闕擎！」章警官低聲喝阻，又不想驚動程元成。

「我就站在門邊，不再往前踏！」他嚴肅的說著，凝視著這瀰漫著怨氣的屋子。

沒有亡魂，厲心棠就感應不到情緒……但是他不一樣，他是個極敏感的體質，再不想看的東西，這雙眼都迫使他瞧見，沒有理由現在這種時候，卻什麼都——嗚。

餐桌底下的女人蜷成一團，縮在角落低泣著，她被龐大的戾氣壓得抬不起頭，也無法移動，只是抱著雙膝在那兒哭著。

『我很愛你，但我真的不想再這麼下去了。』她望著自己的左手，痴迷的歪著折斷頸子的頭，『我們正常工作、正常生活好嗎？』

闕擎蹲低了身子，同時程元成已經發現了不見的闕擎，正大步朝這裡走來，章警官一個箭步上前攔阻。

強烈的恨意充斥在這間屋子裡，集中在分屍案現場，相較於女性亡靈的地方薄弱很多，她的四周甚至連殺氣都沒有。

『這些人最好吃了！』

『把他們都吃了，大家就自由了……』

『黑心肝不能吃，那些人的心與肝，要活生生的刨出來讓他們看看，我們不吃！』

不同的聲音，這不意外，「食人鬼」身上嵌的不只一個靈魂，他們共同享用人類，然後連靈魂都吞噬、同化，接著再去找下一個獵物。

所以，這間屋子的女孩不該被殺，與王安橙一樣，她該是倖存者，只是出了什麼意外對吧？

『對不起……』

咦？細微的聲音傳了過來，闕擎專注的聆聽，只是後面的聲音好嘈雜啊！

「你幹什麼？怎麼能讓他進入命案現場？」

「這是我主導的案子，你不要插手！」

「章警官，你是不是認識這傢伙啊？你知不知道這傢伙是什麼人？」

闕擎被迫起身，他竟直接往前踏去，正在廚房收集證物的鑑識小組一見到，即刻衝出來攔住他。

「喂！你是誰？」

他的指尖抓過了只有他看得見的重重戾氣，撥開濃黑深霧，裡頭藏了一絲水綠色。

『對不起……我很抱歉，眞的對不起。』

第三個人的聲音。

第六章 背後的人

「啃老族殺手！食人鬼專挑寄生蟲！」

新聞上斗大的標題寫著駭人聽聞的字樣，電視裡的粱紫葶侃侃而談，說著她近日來調查的結果，以及所有死者的共同點：全部都是ＰＵＡ高手的寄生蟲！

不事生產，專門靠家人或情人過活，伸手拿錢花得很開心，手段不是暴力威脅就是情緒勒索，個人享受人生，親人卻飽受痛苦。

「給她講完，那個食人鬼就要變英雄了！」厲心棠把熱水沖進泡麵裡，「好像也沒錯，但就是哪邊怪怪的。」

「鬼就是鬼，做的事看似正義，但手段就已經不正確了。而且那已經到惡鬼等級，殺氣戾氣都是前所未有的重。」闕擎拿著手機拖著步伐走來，「喂！唐家那兩個手機不通。」

「我上週就打過了，訊息到現在都沒讀，是不是出事了啊？」厲心棠托著腮，「之前唐家小哥就不太高興我沒事找他們，說幫我處理報喪女妖的事很傷，以後錢再多他都不想接。」

「是嗎？」闕擎倒是非常理解，「那個鎮的確挺麻煩的，要是我連接都不接。」

厲心棠把兩碗泡麵蓋上，按下計時器，這麼冷的天，來吃夜宵最幸福了！她往客廳旁的落地窗看去，湖水已結冰，所有的樹上都掛著白雪，一片銀白世界，靜謐且美麗。

這裡是世外桃源，不會有任何魍魎鬼魅的入侵，也不怕誰的干擾，闕擎的確非常喜歡這裡，但這兒終歸不是他的家。

「精神療養院的事，不能一直麻煩你們。」他低沉的開口，「我……」

「叔叔說你解決不了的，我們只是普通人類，但療養院裡收了太多魔物。」他沒說完，厲心棠就知道他要說什麼，「他說改天再問你是怎麼收集到那些人的，但現在面對警察或國家你能力不夠，就交給叔叔吧！」

闕擎看著她誠懇的神情，無奈的扯了嘴角，「百鬼夜行」的老闆說話還真是一針見血，對，他們只是人類，無能為力。

「收集咧，講得我像有收集癖一樣，誰沒事收集這種東西？那是巧合。」闕擎眞想翻白眼，「我接手時就發現許多患者體內都有惡魔了，後來因為我看得見，就順便讓他們入住，否則一般的療養院，不一定扛得住那些惡魔的蠱惑。」

「你是在做好事呢！」厲心棠笑彎了眼，「三分鐘到了！」

一人捧著一碗熱騰騰的泡麵，縮到沙發上去吃，他們就對著落地窗外的雪景，吃碗熱氣騰騰、香味四溢的泡麵。

「如果啊，食人鬼只吃寄生蟲的話——我是不是不必那麼害怕？」厲心棠吞了幾口麵後，認眞的說道，「所以那天他根本沒有想殺我。」

闕擎正要夾麵的筷子停下來了，忍不住向右看向她，「妳又不是沒遇過厲鬼，天眞什麼！」

「可是那個鬼只針對寄生蟲啊！」

「殺氣是眞的，戾氣也是眞的，妳在期待一隻有理智的惡鬼嗎？我那天趕到時，他明明就是要撲向妳的。」闕擎擰眉，有種早知道就不救的感覺。

「我又不是寄生蟲，我也沒ＰＵＡ誰啊……」厲心棠小小聲的應著。

闕擎沒搭理她，大口的吃著麵，不過她倒是提到了一個重點，那個「食人鬼」……的確十分目標取向，但是，那或許不是「食人鬼」的意念。

「他身上有這麼多靈體，那是哪個亡靈在主導？一定是個對寄生蟲有恨意的人，而且我想這位食人鬼生前，恐怕就是不停被吸血的那位！」

「這種命案就太難找了，可能意外、可能是自殺……啊不過我不是有跟你說，那個虎口刺青？」厲心棠嘴巴裡塞滿食物心急的說著。

「那也沒好找到哪裡去，不過四隻手我倒是沒注意到，我假設是四個靈體，再加上他吃掉的人……」闕擎暗忖著，先殺掉、吃掉目標，連同靈魂一起吞噬吸附的惡靈，照理說應該比他見過的都強大。

但是，那個「食人鬼」的外型或是行為模式卻似乎維持著理智，還是跟著目標前進，專挑寄生蟲。

「我覺得，那像個傀儡。」良久，他說出了自己的看法。

「傀儡？你在說的是惡鬼耶！」厲心棠就自己遇過的惡鬼經驗值來看，那種嗜血凶殘的惡鬼，怎麼可能被誰控制？

「我療養院裡的患者，不也都是被惡魔控制著的？我就是覺得很像。」他喃喃說著，「而且在徐宛妍的命案現場，我也感受了另一個人的聲音。」

「咦？」這下厲心棠可激動了，「你沒說啊！什麼時候感覺到的？為什麼我沒有？」

「妳那種肉咖的能力？沒亡靈在就感受不到啊！」闕擎順便嫌棄了一番，「徐宛妍的靈魂沒被吞掉，只是被戾氣蓋住，但現場那重重殺意中，有著一個沮喪且道歉的聲音。」

「會不會就是徐宛妍？」

闕擎搖了搖頭，不是那女人，因為她的靈體還未清醒，仍舊以為自己活著，在桌下自怨自艾的看著左手那根本沒有的戒指哭泣，藏在重重殺氣裡的歉意，不是她。

厲心棠想起來了！她那時跑去問高利貸大哥問題時，那位程警官也跟章警官起了爭執，後來她回神時，看見闕擎從那間屋子裡步出，原來他那時進入了案發地！

「欸，如果有人可以控制那種惡鬼，又吃人又吸人靈體，那個……不會是普通人耶！」厲心棠有點擔憂，「一般人做不到的！那是……咒術，或是什麼巫法才能辦到的。」

而且，必須犧牲些什麼、交換什麼才有辦法達成這樣的效果。

咒術嗎？闕擎闔上雙眼，他也是這麼猜的！人類的力量是很薄弱的，就算有像他們這種敏感且天賦異稟的人，也都要付出某些代價。

「如果有人願意施咒，獻祭、犧牲，可以想見他的執念有多深了！」

寧願犧牲自己，也要控制一個惡鬼去殺戮，這到底有多大的恨啊？

厲心棠稀里嘩嚕的把泡麵裡的湯喝完，她內心已經有了初步的想法，或許他們方向都錯了，追著神出鬼沒的「食人鬼」太難，社會上的寄生蟲比比皆是啊，從何找起？

「解鈴還須繫鈴人！要找到那個控制狂！」

「眞棒，怎麼找？願聞其詳？」闕擎毫不客氣的潑著涼水。

「啊就……就……」厲心棠轉身看著他，「從可能的食材下手？」

「妳是被嚇不怕嗎？還是仗著有蕾絲戒？命懸一線時會保護妳？」闕擎不悅的瞪著她，「就乖乖待在家裡，等事情結束就好。」

「不行啦！你也說了，社會上的寄生蟲軟爛男太多了，要等多久？而且食人鬼萬一失控怎麼辦？濫殺無辜怎麼辦？」厲心棠可不同意，「還有，我們百鬼夜行開不了店啊！」

這就更奇怪了，闕擎暗暗翻了個白眼，「百鬼夜行」裡的員工除了厲心棠外都不是人類啊，又不怕餓死！

「你們員工一個月沒領薪也還好吧？」

「NO NO NO！一個月！你知道這多嚴重嗎？」厲心棠義正詞嚴，「說不定我們店裡員工殺的人，可不比食人鬼吃掉的人來得少。」

闕擎一愣，這什麼意思？「百鬼夜行」裡的亡靈妖怪在店裡不許造次，但出了店外後——啊！半斤八兩啊！如果歇業沒事幹，是不是更嚴重了？

闕擎將泡麵吃光，順手抽過厲心棠手裡的碗，逕自帶到廚房沖洗再丟棄，接著他轉身就要上樓，該睡了。

「晚安。」他自顧自的走上樓梯，樓下厲心棠看著他的身影，若有所思。

「你繼承了多少遺產？」衝口而出時，她嚇得摀住嘴巴，她居然把心裡一直想問的話說出來了！

走到一半的闕擎往樓下瞥了她一眼，倒是沒生氣，反而是淡然一笑，「很多，多到這輩子吃不完。」

「哇喔！」

「但是再多的錢，也換不來安寧的生活。」他沉著聲，然後踩著沉重的腳步上樓。

安寧的生活啊！一樓的厲心棠聽著關上房門的聲音，是啊，安寧的生活多重要，那傢伙肆虐一天，「百鬼夜行」就無法開張，店裡一大票亡魂或是妖魔鬼怪無事可做，早晚也會出事。

「百鬼夜行」從來就不是單純的夜店，在這裡長大的她怎麼會不知道！叔叔跟雅姐突然回來並且待在人界，只怕也是爲了鎮住店裡的妖鬼們。

所以，她不能接受這樣的惡鬼在人界繼續濫殺。

她拿出手機，滑開了通訊軟體，目光灼灼的看著系統裡新加的帳號……她有種預感，下一個食材，可能就是那位放高利貸的高大哥。

梁紫葶靜靜的躺在床上，耳邊的聲音輕柔且令人迷糊，她其實是不怎麼相信催眠的，也不想讓別人探究她的潛意識，但是一聽到「可能可以」找出她目擊命案那天的細節、甚至是眞凶，她立刻就配合了。

現在的她已經是當紅主播，獲「食人鬼」相關案件的最高注目度，一件親自目擊、又是第一個抵達現場的記者，這案子眞的圓了她的夢，讓她成爲在第一線爲大眾查到眞相的記者。

「妳在哪裡？」

「我在開車……啊！有東西飛出來砸上我的車子了！我不得不靠邊停下。」梁紫葶喃喃的回應著。

她彷彿回到了那晚，載著闕擎離開超市，在山路時天外飛來的物品遮去了她的擋風玻璃，上頭一團污穢，害她什麼都看不見！所以她下車查看，卻發現了落在擋風玻璃的是內臟。

然後她意識到可能是「食人鬼」，一旁漆黑的樹林裡窸窸窣窣，有東西在那兒。

「我想去，我是眞的想去看看。」梁紫葶微蹙起眉，緊張得雙手揪緊，「但是那個男的不讓我去，他認爲太過冒險，不管對方是什麼都不該貿然前往……可是，可是他的眼……」

他的眼神？梁紫葶突然發現在催眠中的自己看得好清楚，一切都像慢動作般，她正面對著闞擎嚷嚷，手裡拿著球棒就想去一探究竟，可是當時闞擎的眼神卻像是看見了什麼，越過了她，直勾勾盯著她身後……低吼聲傳來，如同野獸一般。

「是動物！」梁紫葶身體轉爲緊繃，「好可怕，那東西在低吼，牠好像要過來了——哇！」

躺在床上的梁紫葶嚇得雙手在空中交握，彷彿是抱住了什麼，嚇得渾身發抖，坐在一旁的侯幸蓁朝旁做了個手勢，警告不任何人碰觸她，不能打斷在催眠中的梁紫葶。

章警官與程元成都站在一旁，嚴肅以對，看見梁紫葶的模樣，她是眞的在害怕，但是……那天的筆錄，她完全沒提到「野獸」的事！

「好可怕！我不要放手！我不要！」她驀地雙手交叉胸前，緊抱著自己似的，「那東西好近，好近——」

咚的一聲巨響，有東西落在她車上，她聽得出是車子被「砸」的聲音，嚇得睜開眼睛。

然後，她看見了。

她看見另一個「她自己」從車尾的地方走來，與她穿著一模一樣的衣服，帶著比她更自信的笑容，然後她的後腦杓被人一點——「喝！」

梁紫葶忽然跳開眼皮，甚至激動得彈坐起身，侯幸蓁趕緊趨前握住她的上臂。

「沒事，妳現在在我的診療間，非常安全。」她用絕對平穩的聲調說著，「我是侯幸蓁醫生，妳剛剛經歷一場催眠。」

梁紫葶雙眼惶惶不安，她盯著自己的雙腳，臉色刷白，整個額頭都是冷汗，彷彿經歷了什麼事，絞著的雙手竟都無法克制的顫抖。

「梁紫葶，梁記者，妳沒事。」侯幸蓁再三強調她的安全，這一次她把手放在了梁紫葶的手上，「妳身在我的診療間，不是在山裡，沒有車子、沒有野獸、沒有危險。」

「妳是看到——」程元成才要發問，立刻遭到侯幸蓁一記凶惡的回眸瞪視——閉嘴！

哇，哇哇，程元成刻意做出高舉雙手的模樣，平常這麼溫柔的侯醫生，凶起來時還是挺可怕的哩。

「我……」梁紫葶經過幾分鐘後才回復神智似的，第一時間卻是看向章警官，「我沒提過有野獸對吧？低吼聲、血腥味，感覺速度很快，就在我後面……」

「沒有。」章警官肯定的回答，「妳都說妳下車後就暈倒了，記憶只到那邊。」

果然……她明明還有經歷過那段的，甚至還曾緊緊抱住闞擎呢！

「那妳有看到食人鬼嗎？」侯幸蓁試著詢問。

「沒有，我沒看到……因爲我從頭到尾都背對著，我是面對著闞擎的。」梁紫葶雙手掩面，天哪！那個跟她長得一模一樣的人是誰？

別說她們衣服一樣，那個「她」頸子上居然也掛著工作證耶！

一定是那個「她」害她忘記了其實曾遇到「食人鬼」的事！好離譜，但是完全在她的接受範圍內，因爲她是信的。

「搞半天眞的是野獸嗎？我是不是說過，那種吃法不是人爲的？」程元成挑著眉看向章警官，「撕成那樣也不是人類的力量辦得到的！」

「不能公布，一頭野獸在城市裡橫行，這比未落網的連續殺人魔更容易引起恐慌。」章警官悶悶的說著，他心底想的其實是：再怎樣都比說是惡鬼做怪好得多！

「闕擎是誰？」侯幸蓁又問了，「妳沒看見『食人鬼』，所以那個人呢？他看見了嗎？」

提到闕擎兩個字，程元成的眼睛頓時就亮了！他轉向章警官，當初梁紫葶第一份筆錄時，咬死只有她一個人的！

梁紫葶也已經意識到自己在催眠中說出了闕擎的名字，懊惱的別過頭，不想回答。

「是一個很厲害的傢伙，也是危險份子……他也擔得起『食人鬼』這個稱號！」程元成彎身湊近了梁紫葶，「他看見了對吧？但是他全身而退，還把妳扔下了。」

梁紫葶不悅的轉頭，「但我平安的活了下來！我沒有被食人鬼殺掉，我會認爲是他救了我！」

「救妳？哼……妳自己不是才剛做了報導，食人鬼的攻擊目標是啃老族或寄生蟲嗎？有沒有可能從頭到尾他本來就不想吃妳？」程元成直起身子，睨著她，

「妳的暈倒，我始終認爲是闕擎打暈妳，想把妳扔給食人鬼然後給自己製造逃亡機會。」

梁紫葶翻了個白眼，懶得跟程元成多講話，這個程警官簡直就是闕擎的黑粉，她自己也不確定闕擎的善與惡，可是現在她就是想站在那邊。

一來因爲她活下來了，再來就是他長得帥，人也好……至少那天拉著他去找死者家屬的過程，他雖滿臉不情願，但應對進退什麼都還是配合，還發現了許多細節。

「我要走了。」她直接坐起來，侯幸蓁有點緊張的連忙攔住，「妳幹嘛？」

「妳還沒說完呢。」她溫和的笑笑。

「我要說什麼？我剛催眠時你們不是都在旁邊嗎？」她悄悄瞥向章警官，他微瞇起眼，這倒令人不安，「喂，你們到底想要幹什麼？我都接受催眠了，我也的確沒看見食人鬼！我就俗辣行不行！」

侯幸蓁與章警官交換眼神，章警官讓她主導，這裡是她的地盤，並非警方，他不該多做干預。

「誰？」侯幸蓁稍微比了個方向，「妳在打斷催眠前，看見了誰？因爲妳喊了聲『誰』！」

咦？梁紫葶一怔，有嗎？她剛剛有喊出來嗎？她表面力持鎮靜，她並不想把看見「另一個自己」的事說出來。

「我不記得，我有說嗎？」梁紫葶繞開了侯幸蓁，朝沙發旁走去，「與其對我催眠，還不如找那對死亡夫妻的目擊者吧，那個叫厲心棠的！」

侯幸蓁從容上前，她不能阻止梁紫葶的離去，只是觀察著她的行為舉止。

「我會試試的，催眠還是得經過當事人同意。」侯幸蓁笑著送她離開，「梁小姐，妳如果想起什麼的話……」

「我會說的。」梁紫葶言不由衷，朝著大家頷首後，逕自離開了。

侯幸蓁嘆口氣，關上門後只能對兩位警官聳肩，「她不說，我們也不能逼她，但她一定見到了什麼，而且是驚嚇到足以讓自行中斷催眠。」

「那個厲心棠呢？幫她催眠，絕對可以問出更多事。」程元成相當心急，因為他想問的可不只「食人鬼」的事。

「程警官，我們必須經過當事人同意，況且我只能針對這起案子，不能問其他私事。」侯幸蓁知道程元成的盤算，所以輕柔且堅定的把話說在前頭。

章警官對說服厲心棠毫無把握，反而對她不會答應催眠，有百分之百的信心……唉，打從他知道厲心棠是「百鬼夜行」的人之後，也不太敢輕易的去觸碰。

「百鬼夜行」啊，是個最好敬而遠之的地方。

「要我說，只要扣住闕擎那小子，很多事就會明朗的。」程元成突然語出驚人，「最近多少案子都跟他有關？章警官，你比我清楚吧。」

章警官呵呵笑著敷衍，「那孩子運氣是眞的不太好。」

「遇到他的人運氣才不好吧！那對夫妻的命案豈止厲心棠在現場，車站都拍到了闕擎搭上八點列車的影像，我跟你賭，他絕對在命案現場。」程元成比了個三，「這個人跟『食人鬼』的三起命案都相關，你用運氣不好來解釋？」

「我只能說，任何人在被定罪前，都該被視爲無罪。」章警官依舊是四兩撥千金，越過他朝侯幸蓁頷首，「辛苦了，侯醫生。」

「哪裡。」侯幸蓁維持著職業笑容，「下次我會試著問厲小姐的。」

嗯，她不會答應的。

章警官在心中已有答案，他逕自先離開了診療室，程元成自討沒趣，打聲招呼後也跟著離開，如果可以，他想要抓闕擎進行催眠治療，希望他能供出所有一切。

在他眼中，闕擎才是急需被關押逮捕的危險份子，他一個人，即使十個「食人鬼」都比不上！

男人用力吸了口菸，菸頭閃爍著橘光後，才拿下菸，朝空中吐出一團煙霧；這天氣冷得要死，他縮著身子，而一旁的屋子裡傳來的確是哀號慘叫，還有不停求饒的聲音。

「大哥，」小弟開門走了出來，「差不多了，再打下去會出事。」

他點點頭，轉身進入屋內，屋子裡躺著奄奄一息的男人，臉腫得跟豬頭一樣，連坐起來都沒有氣力。

「下個月我要看到錢，不然你就把腎臟準備好吧！」他蹲到男人身邊，「欠錢要還錢啊！是誰給你們不必還的錯覺？」

「……小娟……娟……」男人有氣無力的說著，喊著一個名字時，血沫都從嘴裡冒出。

「小娟……哦，你老婆啊！對啊，都幾點了怎麼還沒回來是吧？」他笑了起來，故作神祕的看向小弟，「鐵仔，你有看到他老婆嗎？」

「有啊，我們親自去接的，你還不出錢，你老婆還還不出嗎？」鐵仔訕笑著，「利息部分她來補了，夫妻同心嘛，一起還債！」

躺在地上的男人瞪圓雙眼，氣得伸手腳想揍高宗智，其實痛到連舉都舉不起來，高宗智直接把嘴上的菸取下，死死往男人臉頰上按熄。

「啊啊……啊啊啊……」男人痛苦的哀號，「別……你別碰小娟啊！錢是我欠的！不關她的事！」

高宗智起了身，吆喝著大家離開，才懶得理這傢伙的苟延殘喘。

「他老婆還行，真要抵債還是可以的！」鐵仔低聲報告。

「不然能怎麼辦？多少能把利息錢補上就好！」另一小弟阿金回應，用著剛剛好能讓男人聽見的音量。

「不要碰她！你們這群爛人！我才跟你們借十萬而已！十萬！」倒在地上的男人聲嘶力竭的喊著，「把我老婆還給我！」

一群人離開了屋子，根本沒有人理睬他的哀鳴，十萬？他現在欠他們兩百五十萬，利息都不只十萬了，還在那邊異想天開？

「老大，徐宛妍那邊的錢應該是拿不回來了，她沒有其他直系親人，那間屋子也都抵押給銀行了！」小弟報告著，「至於那個王安橙，她弟欠我們的錢是不是要繼續追？」

「追！怎麼不追，有人活著就追！他弟欠了我八十萬，利上加利，怎麼算也幾百萬了。」高宗智立即反應，「前面那幾個活下來的，一天利息都不能少，全部都得拿回來！」

「大哥，你……我說個事你不要往心裡去。」有個小弟囁嚅的說，「你有沒有發現，最近欠我們錢的，都、都被……殺了？」

一個個全都死在「食人鬼」手上，吃得亂七八糟，死無全屍。

高宗智停下腳步，回頭瞪著那弱小的下屬，揚起的右手掄出個拳頭，就要打下去。

「老大！大哥！」鐵仔趕緊阻止，「他膽子小，你不要跟麥仔計較啦！」

「我就已經夠衰了，需要你提醒嗎！這些錢都是收不回來的你懂嗎！」高宗智原本就很不爽了，這小弟一提只是更讓他怒火中燒而已！「你以為我願意嗎？」

「我、我我只是想說有點兒邪門，老大是不是最近收斂些……」麥仔嚇得直打哆嗦，人都縮成一團了。

「我去你媽的邪門！」高宗智是收了手，但沒忘補上一腳用力猛踹，把麥仔踹倒在地，「少在那邊烏鴉嘴！老子靠自己賺錢，沒在靠女人的啦！」

鐵仔安撫著大哥，一邊暗示麥仔快滾，別繼續惹大哥生氣。一堆欠錢的莫名其妙死了，呆帳急遽增加，老大也為難啊！

「盯緊那個王安橙，連本帶利的她一毛都別想躲。」

「好，別氣了大哥！這麼冷，我們去喝點吧！」鐵仔想緩和一下大哥的怒火。

「……不必了！太冷了，回家去！」高宗智揮揮手，趕著小弟們各自回家。

那個麥仔真的是哪壺不開提哪壺……他會不知道嗎？用力甩上車門，他一個人坐在駕駛座裡沉思，呼吸間總覺得全是鐵鏽味，那噴濺滿牆滿地的紅血怵目驚心，而且那顆頭顱總是不時的閃現在他腦海裡。

「總不會一直找欠我錢的那些人下手吧……」高宗智不悅的發動引擎，「總也該輪到別人吧？」

話是這樣說，他是個事業有成的高利貸，所以客戶眾多也是自然，目前「食人鬼」的幾起命案中，只有兩起跟他無關！不過幸好他們的家人都還在，除了徐宛妍外，只要有親人活著，他就算榨乾他們的血，也能榨得出錢來。

天凍到零下兩度了，只是濕氣不夠還下不了雪，但依然很折騰人，他現在只想快點回家，把暖爐開起來，自個兒在家裡喝點小酒暖暖身體。

期待著回家，當方向盤打右，車子彎進五十一巷後，高宗智踩了煞車。

他怎麼覺得，這是他第二次彎進五十一巷了？他是有點心不在焉，但不至於如此吧？緩慢踩著油門彎入巷子裡，在第八弄時他要左轉，就能看到他溫暖的家！

車子左轉，沒見到他的家，反而又進入了熟悉的街道，然後右前方五十一巷的路標赫然在遠光燈的照耀下出現。

「什麼東西啊……」他再度踩下煞車，不敢貿然前進，心裡自然覺得不妙。

所以剛剛不是錯覺，他已經轉進過五十一巷，結果卻轉不到自家……鬼打牆嗎？他嚥了口口水，先閃爲妙！掛上倒檔，直接倒車閃離，傻子才會想再進一次五十一……咚咚。

車子碾過了什麼，車身起伏了一次，咚咚。

高宗智僵住了，他甚至還處在半回首的狀態，三十秒前他才開過來而已，路上根本沒東西，但爲什麼現在卻碾過了……貓或狗吧！對，唯有牠們會在這樣短的時間內從車下鑽過來……不對啊！車子都在發動中，牠們鑽進來做什麼啊？

高宗智心一橫，他才不想管什麼貓呀狗的，碾過去就已經死了，現在當務之急是立刻離開這裡！最近邪門的事太多，他不敢也不想去多想，跑就對了！

持續踩下油門，結果車身卻像連續碾壓，沒有一刻在平地上的震顫，咚、咚、咚、咚、咚……油門踩到高宗智都腳軟了，竟活像有一整排的人躺在馬路上，讓車子如此碾壓！

但正是如此，高宗智完全不敢停車、他更不想下車查看，再蠢都知道不正常！

啪！車身受到拍擊，居然有人在拍打他的車子！

高宗智從任何一個後照鏡瞧，都瞧不見人影，但拍擊車子的聲音卻是從下方傳來的……是在他輪下的人嗎？怎麼樣碾都碾不死嗎！

磅磅磅！拍擊聲持續不斷接著從車子兩旁同時發出，而且聽起來不只兩個人在拍擊，是好幾個人同時敲著他的車！

「啊啊啊啊啊——」滿身冷汗的高宗智不假思索，油門踩到底，這種時候已經沒有回頭路了！

碾過幾個算幾個，他就是要立即馬上離開這鬼打牆的巷道，因爲他知道，在輪子下的應該不是人！

『好痛啊！』冷不防的，聲音出現在他正後方，一隻冰冷的手由後向前、搭上了他的肩，『你還眞的不停車的耶！』

軋——尖銳而刺耳的煞車聲響起，高宗智緊急踩了煞車！

下一秒，轉身就打開車門，打……打開……他瘋狂的扳動車門，但是車門就是不開，發抖的手趕緊去開中控，卻發現中控根本沒上鎖。

他的車門，就是推不開。

『這傢伙現在想下車呢！』這聲音是老婦，『剛剛壓得多開心！』

『就是，連拍打車子都沒理了，現在卻急了？』一轉眼，又換成男人的聲音。

高宗智鬆開了安全帶，嚇得回身，滑到副駕駛座上去，驚恐的回頭看著他的後方，那個後照鏡什麼都映不出來的後座！

肉眼倒是看得一清二楚，一個男人坐在後座，那當然不是他請上車的，高宗智縮在前座，一句話都說不出來，只能戰戰兢兢的看著後座。

『你碾到我們了。』這次是女人的聲音，『真是有夠狠的，果然符合高利貸啊！』

『放高利貸的嗎？嘻嘻……』又換了一個女人的聲音。

光線能讓高宗智看見後座人的上半身，他……那個男人的嘴並沒有張開，可是說話聲確實是從他身上發出的！

『這個應該也……好吃吧……』這句話是疊音，好幾個人的異口同聲。

食、食、食人鬼！高宗智知道自己撞鬼了，他該遵守宵禁的……

「我、我不是寄生蟲，我都靠自己、靠自己在賺錢生活的！」高宗智每個字都在抖，他想都沒想過，他會有這麼窩囊的時候！

後座突然間沉默了，那鬼樣男人的身子微微晃動，像是在抽搐一般，左肩抖到右肩，頭跟著亂晃，下一秒雙手倏地放在前座兩張椅子上，伸長頸子驀地衝到了高宗智面前！

『你吸了這麼多人的血過活，你還敢說不是？』這一次，又是另一個女人的聲音。

忿怒、咆哮著，而從後座衝來的「男人」，也終於讓高宗智看得更清楚了。猙獰的男人對他露出可怕的笑容，身上凸出各種不同的臉，肚子上滿是尖牙的嘴在說話！

「我、我吸誰的血了！他們跟我借錢，欠債還錢不是、不是……天天天經地義？」高宗智邊說，一邊再度試著扳動車門……打不開，為什麼還是打不開!?

「他們本來就該還我錢的，這是我的……生意……」

『你明明知道你放高利貸……黑心生意啊，』「食人鬼」的聲音維持那女人的聲調，『吃人不吐骨頭，我今天也要讓你感受一下，什麼叫做真正的吃人不吐骨頭！』

『吃了他！嘻嘻！』『好餓！好餓！』『終於要開飯了嗎？』『這次要連骨頭都吃掉嗎？』

「哇——」高宗智抓起面紙盒，就往眼前的「食人鬼」臉上砸過去，「我沒惹任何人！滾開啊！」

面紙盒才砸中了對方的臉，「食人鬼」張口就吞下了，高宗智推不開車門，再抓起後照鏡上的佛像，也往「食人鬼」臉上甩去！

『嘎啊！』

佛像彷彿有用，逼退了「食人鬼」，他嚇得縮進後座了，高宗智人都已經快躲到擋風玻璃上了，一正首，後座沒人了？

咦？他腦袋一片空白的呆在原地，但很快的反應過來，伸長手再扳一次車門。

喀噠，車門開了！

「我去你媽的！借錢時說利息都沒關係，現在說我放高利坑人？」他氣急敗壞的趕緊拔掉車鑰匙，抓過手機跟錢包，就要下車，「有本事就不要找我借錢啊！」

推開車門，車子他哪敢再開，焦急的下了車……

一隻虎口刺有星芒的手突地為他抵住車門，高宗智一怔，嚇得抬起頭……一條又長又濕的舌直往他臉上舔去，高宗智什麼都來不及瞧見，一股力道瞬間把他推進了車子裡。

『吃人不吐骨頭喔！』

「……等……哇——哇啊啊！」

這零下寒冷的深夜裡，家家戶戶都在溫暖的被窩中沉睡著，小區路邊亂停的車搖搖晃晃，鮮血瞬間濺滿了所有車窗，遮去了所有視線！

但有兩個人，在黑暗中瞠目結舌的看著這一切。

「別去！」闕擎拉住了要往前衝的厲心棠，「已經來不及了！」

「可是至少食人鬼在！」厲心棠手裡拿著一個長串佛珠，至少有一公尺長，「圈住他，說不定能制住！」

「不能，妳信我，這種東西制不住那個傢伙了，他都吃好幾個人了！」闕擎把她用力扯回。

遠方的車子宛如車震，只可惜裡頭一點都不香豔刺激，鮮血從門縫中汩汩流出，大量的流到了地面。

「封住車子嗎？」厲心棠從包包裡找尋符紙，「把門都封住，將食人鬼封在裡頭。」

闕擎望著厲心棠，知道她是個有恆心的傢伙，不過他懷疑這些東西的效益，但還是接過她手裡的符紙跟佛珠，打算往前。

「妳不要跟來，就在原地。」

什麼!?厲心棠瞪圓雙眼，立即舉起自己的右手，晃著戴蕾絲戒的右手，這戒指可是叔叔給她的護身符，在命懸一線之時，戒指會護著他們的。

「別動，我有想法，妳別壞我好事。」闕擎警告她，「我有分寸的。」

厲心棠揪著他的衣服不給走，闕擎再回頭睨了她一眼，她才不甘心的咬著唇鬆開手。

五公尺，如果眞的有事，她來得及的！

闕擎壓低身子，觀察著依舊車震激烈的車子，只要車震不停，就表示「食人鬼」還在用餐。他小心翼翼的接近，高宗智已經沒救了，他們今晚一直跟著他，直到進入這一區後卻莫名其妙失去了他的蹤影，繞行著再找到時，就剛巧看見他被「食人鬼」推進車裡那瞬間。

但就那瞬間，他有個詭異的想法。

如果這隻「食人鬼」是他吃下的靈魂的綜合體，那第一個死亡的是誰？又是怎麼死的？目前六起命案中，只有兩名女性死者，其餘皆爲男性，但在二十四小時輪番轟炸的新聞中，一再播出打碼的死者社群影片，都沒有一個與「食人鬼」說話的聲音類似。

厲心棠給的法器只能用來暫擋，他很清楚，他就是想要確定，「食人鬼」身上到底嵌了幾個靈體！伸手扣住車門，三、二——還未倒數完畢，車震陡然停止，一張染滿血猙獰的臉驟然穿過車子衝了出來！

呀——厲心棠摀著嘴在心裡尖叫，邁開步伐就要往前衝；同時闕擎一手捏著符紙擋下，同時打開佛珠形成一道防護盾，紮紮實實的阻止了「食人鬼」的貼近，接著趁其不備，就往他的頸子掛上去！

闕擎疾速後退，看著半身在車外的「食人鬼」痛苦掙扎，他忿怒異常，微微發光的大顆佛珠暫時制住了他，但只是暫時而已。食人鬼一身的鮮血彷彿腐蝕性液體，正融蝕著佛珠。

闕擎飛快的打量了「食人鬼」的全身上下，清清楚楚，包括那張開在肚子的嘴，還有擠滿全身上下的數張臉龐，來源不同的四肢，在顱頂躍動的腦子，其實連身體都是縫補的吧！

「你是誰？」他蹙著眉問，「你們是誰？」

『吼——吼——』「食人鬼」怒不可遏的咆哮，怒目瞪視著闕擎，佛珠眼看著就要失效時，厲心棠衝了過來。

「我們走啊！」她拉過了闕擎，慌亂的看著好像變得更巨大的「食人鬼」，「打擾你用餐了，您繼續……」

『妳——』

邊說，她抓過闕擎死握著的符紙，往車窗上又是一貼！

或許是符紙的作用，「食人鬼」咻地被推進車子裡，厲心棠拽過闕擎就跑，在佛珠套上「食人鬼」的身體，「食人鬼」沒有在哀鳴中消失時她就知道了，果然沒用！

「你看到你要看的沒？嚇死我了！你根本站著不動耶！」邊跑，她邊嚷嚷著。

他們一路跑到了機車邊，趕緊跨上機車溜之大吉。

「妳家有誰瞭解咒術的？」闕擎邊騎車邊喊著，「去問問有沒有可以組裝靈魂還可以驅使的咒術！」

「世界上什麼咒術都有的！各族類都有！」厲心棠對這個可瞭解了！

「要人類能做的！不必多小的靈力就能辦到的！」闕擎回喊著，「甚至不計代價！」

厲心棠一愣，「不計代價？」

是，他幾乎可以百分之百確定，有一個不在「食人鬼」身上的靈體，卻幾乎操控著這一切！

第七章 心理諮商

回到「百鬼夜行」時，整條寧靜街夜店一片死寂，騎在機車上的闕擎一路騎來相當感慨，他還沒有感受過如此蕭條的夜店街，但各家店的員工也沒閒著，他們卸下平時的濃妝及西裝，趁此機會打掃店內環境。

巷底路衝的「百鬼夜行」曾幾何時竟也如此黯淡，若真遇到公休，那外觀的城堡佈景也會打燈，現在卻暗到只剩下大門廊下一盞頂燈亮著而已。

「棠棠！」一從側門進去，拉彌亞就已經在門口了，「妳去哪裡？」

「拉彌亞，雪女呢？」厲心棠也心急的拉住拉彌亞，「雪女今天有在店裡嗎？」

『嗚嗚……』在甬道間天花板上一堆人頭同時齊唱，『親愛的人啊，你爲什麼不遵守約定呢？』

闕上門的闕擎只感到一股惡寒，天花板那堆骸骨唱的異國歌謠他是聽不懂，但歌裡帶著的邪氣與悲傷卻令他起了雞皮疙瘩。

「咦？她又離開嗎？」厲心棠仰頭問著那群頭顱，「啊，對了，已經下雪了。」

「妳找雪女做什麼？」拉彌亞說這話時，瞥了闕擎一眼，他立即就覺得那眼神不懷好意。

拉彌亞在生氣嗎？

「想問她咒術的事，好像是……」厲心棠回頭看向闕擎，「你也覺得有人施咒吧！」

拉彌亞黃色的眸子在昏暗的光線下熠熠有光，不是客氣的眼神。

「嗯，有咒術的味道，食人鬼跟日常我見到的厲鬼或惡鬼有差異，我過去也有遭遇過，那就是咒術下的產物。」闕擎謹慎回應，「那的確是鬼，但背後還有什麼東西在操控著他們。」

「……你還遇過啊！我好像還沒眞的見識過咒術造成的亡者。」厲心棠口吻裡多了幾分敬佩。

但闕擎卻嘆了口氣，「我並不希望我知道。」

畢竟若不是經歷過，又怎麼會知道這些事？

「別再查了。」拉彌亞突然沉著聲，「棠棠，這件事不關我們的事，如果是咒術就更不該介入，太危險了！」

厲心棠望著拉彌亞，卻只是綻開笑容，旋即張開雙臂就撲上去緊緊的抱住了她。

「我的好拉彌亞！我知道妳擔心我！但妳知道我的！」她瞅著拉彌亞，湊到她臉頰就吻了一個，「正因爲那不是一般人能解決的事，我們既然懂又有能力的話，就盡量去幫啊！」

我、們。闕擎暗暗翻了個白眼，他已經懶得吐嘈了，這複數怎麼算的？

「百鬼夜行」的店規，原是店內的員工不許插手人界事務，厲心棠不是員工，她是人類，還是老闆的養女，所以她能管！可是這間店除了她之外，沒有一個是人類，所以這個「我們」……不知從何時開始，也包括他了。

熟悉鬼怪之事、卻沒有陰陽眼的傢伙，到底哪來的膽子？

「不行！那個食人鬼跟一般的亡靈不一樣，他過度血腥，而且那力量也不是妳、你——」後面那個你當然是對著闕擎說的，「或是唐家那兩個能處理的！」

「喔喔，拉彌亞，妳也認識唐姐他們？我聯繫不上他們耶！妳能嗎？」厲心棠倒是驚訝。

「那不是重點！」拉彌亞沒那麼好唬弄，「從現在開始別管了，聽從宵禁，晚上別出門，等事情告一段落——你也是！」

闕擎眼神往厲心棠那邊一瞟，以此自清，所有人都該知道，從出生起就看得見鬼的他，最煩管別人閒事的，要不是厲心棠……

「什麼時候才會告一段落？我們剛剛又親眼看到食人鬼殺了另一個人。」厲心棠非常不以爲然，「如果按照那個美女記者所說，食人鬼專殺寄生蟲，那這個社會太多了！如此他便會一直殺戮、食人、吸收靈體，直到成爲一個難以處理的邪惡存在，那時該怎麼辦？」

「待在店裡，誰都傷不了妳。」拉彌亞回得稀鬆平常，「那些東西也傷不了我們。」

「我是人類啊！如果有能力阻止中斷這一切，難道要坐視不管，讓那個厲鬼一直殺下去嗎？」厲心棠搖了搖頭，自己繞進吧台裡，要找飲料喝。

「會有結束的一天的，也或許會有人出面……說不定唐家那兩個也會出面解決他。」拉彌亞跟著上前，「我只在乎妳，妳不要總是涉入危險，就好好待在家，不會有事的！」

厲心棠從冰箱裡拿出可樂，闕擎望著她的背影，可以清楚的看見她在深呼吸。啪的拉開易拉環，厲心棠先灌了一大口終於轉過了身。

「怎麼不會有事！那個東西才傷害了我認識的人，今天或許那惡鬼殺的是個惡人，但我們都知道那種嗜血的惡鬼早晚會失控，下次殺了無辜的人怎麼辦？傷害到我朋友又怎麼辦？」厲心棠難得嚴肅的面對拉彌亞。

「那就是命。」拉彌亞高傲的抬起頭，「我們百鬼夜行，無關痛癢。」

「錯了！這件事影響最大的就是百鬼夜行！」厲心棠突然吼了出聲，「這幾天沒有營業，人呢？那些遊魂都離開了，但凡會待在店裡的都是有執念的，出去後輕易被吸收或是被影響，隨時成爲下一個厲鬼也未可知；其他妖魔鬼怪呢？雪女就這樣不見了，長頸怪也跑了，店裡一旦停擺，這些妖魔鬼怪就容易回到原本的路！」

拉彌亞沒有回話，而是張開著那雙蛇眼瞪著厲心棠。

「還有想來狂歡的魍魎鬼魅，他們沒地方跑，等等就找人類開刀，百鬼夜行從來就不是單純的一間夜店，什麼知名PUB、什麼這裡是一個大家庭、一個安全所？」厲心棠激動的衝著拉彌亞大吼，「這裡只是個法外之地，讓各族類流連至少不會在外面殺戮的地方！我已經不是小孩子了，拉彌亞！我都懂！」

安全所嗎？闕擘一步都不敢妄動，這緊繃的氣氛讓他也喘不過氣。

「即使如此，那也不是妳該擔心的。」拉彌亞的聲音沉痛了許多。

厲心棠冷冷的望著她，抄過可樂瓶轉頭就離開吧台，朝著一旁的員工樓梯走去，那每一步都帶著怒氣，闕擘突然有點想念他的精神療養院了。

「闕擘！」厲心棠突然喚了他，闕擘一陣心慌，這傢伙叫得眞是時候。

他無意介入「百鬼夜行」的家務事，如果這屋子裡有會讀心術的傢伙，麻煩轉告一下，廣爲周知，感謝。

厲心棠刻意讓他先行，闕擎求之不得，他趕緊步上樓梯朝三樓去，但再急，也不敢太大聲。

「拉彌亞，我是百鬼的孩子。」

厲心棠撂下這麼一句，轉頭就上樓。

家務事闕擎不便開口，看著女孩奔過自己面前，他也只是默默跟上，兩個人什麼都沒說，直接上了三樓，穿過那難以解釋的空間連通門，回到那世外桃源的家去。

「百鬼夜行」的舞池大廳，拉彌亞眉頭深鎖的站著，撫著額角。

一股香味傳來，她擰眉回身，某張桌邊不知何時已坐著金髮的美男子。

「她長大了！」德古拉悠哉的說著，「老大說的，大家都得放輕鬆。」

拉彌亞不就此事回應，看著德古拉整理衣著，一副就是要出門的模樣。

「你又要去哪兒了？」

「獵食！」他得意的說著，「這種氛圍最適合獵食了，宵禁還出來的人們，目標顯著！有事也都能推給那個食人鬼，多好！」

啪的一眨眼，德古拉便消失了。

拉彌亞突然感到不安，這陣子沒開店，滿屋子的妖魔鬼怪是不是都跟德古拉一樣的想法？

棠棠顧慮的，完全在理啊！

漫長的一夜過去，隔天喚醒世人的便是第八起命案，路邊停放的車子內外滿滿鮮血，但這次除了衣服、毛髮與心臟、肝臟外，什麼都沒有剩下；部分碎肉與指甲都能證明又一位被「食人鬼」吃掉的受害者，可這次連骨頭都不剩。

該小區人心惶惶，封鎖線圍了很大一片，鑑識小組再次出動，章警官疲於奔命，程元成的小組雖一開始是爲了關擎以協助爲名涉入此案，但人手不足，事到如今也全體動員。

全體忙得不可開交卻依舊毫無頭緒，因爲受害人是在車內死亡，以車追人，的確可輕易查出車主身分，他手機都還在車裡，十有八九就是高宗智本人。

梁紫葶依然到現場報導，但這次沒有在現場死纏爛打的要求什麼說明，而是早早收工就到「百鬼夜行」外去堵人了。

「妳又來幹什麼？！」一出門就見到她，闕擎整張臉都垮了。身後跟出來的厲心棠握緊了身上的背包，壓下湧上的不悅，先繞過他們往旁邊走去。

梁紫葶看著厲心棠離開了一段距離後，拉過闕擎朝「百鬼夜行」的大門那兒走，「我同意接受醫生的催眠，結果想起那天晚上，有個跟我一模一樣的人出現在你身後！」

「妳在胡說什麼？我聽不……」闕擎話沒說完，梁紫葶立即擋下。

「你少跟我來這套！為什麼我車子裡完全沒有你的指紋跟跡證，你是怎麼清除的？食人鬼就在那兒，為什麼你能全身而退？」梁紫葶一連串的逼問，「那個跟我一模一樣的人是誰？她甚至穿跟我一樣的衣服！」

闕擎依舊繞開了她，「我聽不懂妳在說什麼，借過。」

「你少裝！」梁紫葶追上了他，「我是記者，要查你很容易的，連那所精神療養院都有問題對吧？所以特殊警察才揪著你不放。」

闕擎全當馬耳東風，筆直走向厲心棠，他要載她去看醫生的，即使厲心棠沒有什麼創傷後遺症，但警方依舊希望她按照「療程」前往，剛聽見梁紫葶的話，只怕終極目標還是希望她接受催眠吧！

「我們走吧。」他對等在路邊的厲心棠輕聲說著。

「我會寫的喔！我不但要寫那間精神療養院的事、我還要寫你被收養的事，還有這間莫名其妙的夜店！」梁紫葶大聲嚷嚷，厲心棠立即警覺的朝她望去，「你們身邊的事都太詭異了，絕對具有流量！」

「她在說什麼？」厲心棠握緊了拳，緊張的上前。

闕擎背對著梁紫葶，無奈的望著厲心棠，用嘴型說了：「阿天」。

阿天？厲心棠還在思考，梁紫葶已經追了上來，「快點告訴我！我是怎麼暈倒的？我記憶爲什麼會消失一部分？那個長得跟我一樣的人是誰？」

哦～阿天啊！厲心棠立即明白了！

「她接受催眠了，警方想知道凶手的樣子吧！」闕擎相當無奈的提示，「所以……」

厲心棠咬著唇，留意到側門邊有身影，是拉彌亞？或是其他亡靈，他們在門口這樣叫囂拉扯，裡面的人一定會知道。

「上車吧！但我跟妳說實情，妳也不一定信。」厲心棠甩頭，朝著房車走去，「闕擎，載她。」

「我自己有開……」梁紫葶低咒了聲，但不多做意見的即刻跟上前。

闞擎看著自己的車，拿出鑰匙解鎖……這是誰的車啊？這兩個做決定都能跳過他耶！

厲心棠「親切的」跟梁紫葶一起坐在後座，一股腦兒的把事實眞相全告訴了她，前座的闞擎則雙耳戴著耳機，關心昨晚命案的報導，他很好奇警方在這麼疲於奔命的情況下，還能挪人出來照顧目擊者的心理健康，可眞盡責。

厲心棠說畢，後座陷入了沉默，梁紫葶正在消化「事實」。

「那個……」梁紫葶挪了身子往前，湊到駕駛座旁，「你相信她說的嗎？」

「平時我才是一直看得到那、些的人。」闞擎透過後照鏡望著她，「那天我就見到所謂的食人鬼了，的確就是個殺氣騰騰的懷怨惡鬼！」

「我的天哪！」梁紫葶跌回了座椅上，「這東西我能怎麼報啊！」

「不能報，妳眞的講出去社會只會覺得妳瘋了，然後妳又得去看侯醫生了。」厲心棠中肯的說著，「我們現在就是想試著把食人鬼解決掉，至少讓一切停止，惡鬼繼續濫殺也絕對沒好事。」

「怎麼解決？降妖除魔嗎？」梁紫葶這話語裡還是帶著點嗤之以鼻。

「差不多是這樣啦，他再凶惡，就還是鬼、是亡靈啊，總是有辦法的……吧。」厲心棠說得很沒自信，「必須在他難以控制前，快點制住他。」

梁紫葶扶著額，感覺她聽了什麼、卻又沒得到任何訊息，什麼都不能寫！

「那個跟我一樣的人……」

「阿天，是我朋友，他不是人，可是他能幻化成各種模樣。」厲心棠聳了聳肩。

她頭更痛了！還沒來得及消化，手機就響了起來，梁紫葶忙不迭的接起，「梁紫葶，對，怎麼樣？十幾個……這麼多人啊！」她邊說，一邊抬手看錶，「你們派一組人過去，一定要搶到第一手消息！」

切掉電話後，她才正首就迎來厲心棠閃閃發光的眼神：交換交換！

「這次跡證很多，受害者的人際網又很複雜，剛聽說至少在車上找出了一堆指紋，由於這次在路邊，後方高處也剛好有監視器，所以大家覺得這次的線索有希望！」

軋——梁紫葶話還沒說完，關擎突然踩了煞車，兩個沒繫安全帶的女孩整個往前撞，抵住前座才穩下。

「哇！」厲心棠慶幸後面車子有保持距離，她嚇出一身冷汗。

「是怎樣？差點撞到東西嗎？」梁紫葶嚷嚷著，緊接著關擎開始切換車道，朝旁邊準備停車。

厲心棠心慌疑惑的看著他嚴肅的神情，身邊的梁紫葶手機裡訊息不斷……爲什麼突然煞車？他們剛剛談到了什麼？指紋？啊！厲心棠一顫身子，糟了！

監視器！昨晚他們兩個都在現場！

「你說如果那個惡鬼能遮掩掉……」她焦急的探頭往前。

噓！闕擎透過後照鏡給了她眼色，厲心棠立即噤聲。

「下車，我還有事要處理。」緊接著，闕擎下逐客令了。

梁紫葶一時沒聽明白？「嗄？現在？」

「對，現在。」中控鎖喀的一聲，代表著：滾。

「哇咧……那這樣不如就開我的車！我還得回百鬼夜行——」各種髒話梁紫葶都吞了下去，但也不拖泥帶水的把包包往身上一揹，「你們搞得我亂七八糟，我都不知道該報什麼了！」

「找出食人鬼是誰！」厲心棠一秒給了建議，「鬼是人的亡魂，一定有人死了，帶著怨氣與怒火變成了鬼，而且就是那種被親近的人吸血的可憐人，可能付出一輩子又被殺了，或是意外死了，反正絕對恨著那些寄生蟲！」

梁紫葶眨了眨眼，是條路啊！「但……妳知道社會中這種人有多少嗎？啃爸媽的、吸食孩子的、寄生情人的，數不完啊！我要去哪裡找？」

「食人鬼身上有四隻手，都屬於不同人，妳看能不能找到四個死者！其中有個一定是男人，紅色頭髮，且他的右手手背虎口這邊，是深藍色的星芒刺青！」厲心棠比畫著手背，「不管失蹤或是死者，這些人會跟寄生有關係。」

「也能從受害者下手，這些死者之間應該都有關聯——除了被吸食人生外。」闕擎回首補充，「例如今天的受害者是放高利貸的，上一起命案的第一發現者。」

咦？梁紫葶為之震顫，她到過現場了，警方沒有提起這件事，「為什麼你們會知道死者是誰？這次連頭顱都沒剩——我們查過車牌了，是個姓錢的人。」

「因為……他跟好多個死者都有關係，而且他是放高利貸的！」厲心棠催促著她下車，「妳去找找，大記者，妳的門路跟資訊一定比我們廣！」

梁紫葶雙腳都踩到地面了，還不忘回頭，「我要頭條、獨家喔！你們有新的發現一定要告訴我！」

「一定一定！」厲心棠推著她下車，「我們也想靠妳知道消息，先幫我找那個刺青的男人！」

虎口刺青？梁紫葶不禁在心裡犯嘀咕，這是大海撈針吧？聽起來元素很多，但每一個元素都有成千上萬的可能啊！

她們一下車，就分別叫計程車離開了，一個要回「百鬼夜行」，一個得去侯幸蓁診療室那邊。

「喂！」在等車時，梁紫葶喚了厲心棠，「妳是闕擎的女朋友嗎？」

厲心棠嚇得圓睜雙眼，一顆心突然砰砰砰的跳了起來，「沒……沒沒有！不是啦！他沒有女朋友的！」

「哦～」只見梁紫葶不懷好意的勾起嘴角，一副瞭然於胸的模樣，「妳也喜歡他……對啊，神祕又有魅力，他的確很吸引人！」

這話讓厲心棠屏住呼吸，她也知道，這個記者喜歡他。

「他不會交女朋友的，他討厭跟人相處。」她悶悶的勸退。

「那可不一定！如果是像我一樣大方、直接、美麗又聰明的女神呢？」梁紫葶自信滿滿，「我還能幫他解決麻煩！」

厲心棠大衣下的雙手略緊握，「麻煩？他有什麼麻煩？」

「他麻煩可多了，除了那間精神療養院，還有他的背景，我才查到國內，他以前似乎在國外待過，但我遲早會知道的。」梁紫葶留意到她的計程車到了，「我要用媒體的力量替他擋掉那群特殊警察的濫權、保下精神療養院，同時還給他安生的日子。」

厲心棠看著她進入車裡，梁紫葶明媚的回首跟她說再見，眉宇之間更多的是一種耀武揚威；她擠著微笑，萌袖裡的小手跟她揮揮手，直到車子遠去，才微微斂起了笑容。

「妳辦不到的。」她眼神驅冷，回首瞥了眼，她的車也到了。

梁紫葶不懂他們的世界、也不會懂他的世界，光是想運用媒體的力量，只怕就是闕擎最討厭的模式了。

突然間，厲心棠覺得輕鬆多了。

千趕萬趕，總算是在時間內趕到了精神科，警方眞的派了兩個人在那邊等候，這兩位她最近都頻繁見到，一位是章警官的下屬強哥，另一個是程元成的心腹，最壯碩又冰冷的馬克。

照慣例，侯幸蓁還是採用閒聊的方式，有意無意的提及今天發生的命案，厲心棠有點兒心虛，因爲昨晚他們都在現場，還有……闕擎過去接近「食人鬼」時，有沒有戴手套？那串佛珠，至少一定有她的指紋，她突然很希望「食人鬼」

連那些都吃掉了。

她的心虛反應在肢體動作上，沒有逃過專業醫生的眼睛，侯幸蓁把這些都看在眼裡，今天的厲心棠與之前不太一樣，甚至比她目擊者那次還慌。

警察還在外面，她的工作還是得做完，端起微笑，侯幸蓁終究向厲心棠提起了催眠。

「我拒絕。」厲心棠斬釘截鐵，一秒猶豫都沒有。

她絕不可能參與催眠，她又不是傻子！催眠無疑會暴露缺點，還有所有祕密，萬一說出店裡的事怎麼辦？

「妳現在是唯一最有可能看過眞凶而記不清的人，我們眞的非常需要……」

「我不要，我不會同意的。」厲心棠打斷了她的勸說，起身走向門外，「我可以親自對他們再說一次。」

「棠……」侯幸蓁焦急的才要起身，厲心棠已經一把拉開了診療室的門。

兩位警察同時回頭，她給了個坦然的笑容，「什麼都不必說，我絕對不會接受催眠的。」

「厲小姐！」這句可是兩位警察異口同聲，爭著想發表。

厲心棠沒理，轉身重新走回診療室，侯幸蓁尷尬的在半道想勸說什麼，但兩個警察爭先恐後的表達，嘰嘰喳喳的一堆話語在空中混亂得讓人無力。

「今天早上又死一個了，妳如果眞的見到凶手，那就能阻止下一個死者出現。」

「就算受害者都有問題，就算他們死有餘辜，但也不該是私刑決定他們生死！」馬克焦慮的喊道，「要阻止這種變態一再犯案，至少要給人民一個安全的環境啊！」

「是……是啊！每天大家提心吊膽的怎麼過日子？妳知道不只是這個分屍吃人案嗎？這幾週來，犯罪率高得不得了，有人失蹤、也有不少人死亡！各地警方都疲於奔命了！」

厲心棠坐回位子，假意從容的端起花茶……失蹤死亡只怕都不是「食人鬼」的手筆，她不禁想到店裡「休假」中的各種鬼怪們。

「妳家不是開ＰＵＢ的嗎？宵禁對妳家多不利？妳應該是最希望恢復正常的人啊！」侯幸蓁繼續動之以情，「厲小姐，只要催眠回想一下目擊當晚的事情，我們只要有一點點線索就好了！不會去觸碰妳其他的事！」

厲心棠別過了頭，催眠一旦開始，她就會成爲任人宰割的俎上肉，萬一她眞的被催眠成功，會不會無力反抗所有問題？退一萬步來說，就算侯醫生非常有道德的只問目擊那晚的事，她也不能講啊！

鬭摯在場、她必須掩護鬭摯，還有那個綜合靈體，全都是不能對外公開的事實。

「妳是不是在掩護誰？」馬克突然說了，「因爲那個鬭摯也在場對吧？沒有證據但我們都知道，那晚是梁紫葶從超市載他離開的，所以他眞的跟這起案子有關對吧？」

厲心棠眼神落在茶几上的糖罐裡，下意識的捏緊了杯子。

「夠了！」侯幸蓁突然用力一擊掌，「兩位！請你們出去，你們已經影響到我的患者了！」

侯幸蓁不客氣的以卷宗爲盾，同時推著兩位警察出去，她凶起來時也是氣勢驚人，馬克還在罵罵咧咧，強哥則是不停說著拜託妳想清楚厲小姐，混亂的聲音中，總算聽見診療室的大門關上。

「呼……」厲心棠忍不住鬆了一口氣。

那嘆息不大不小的就這麼剛好傳進侯幸蓁的耳裡。她還背對著厲心棠，雙手握在診療室雙開門的手把上，看著毛玻璃外在討論的兩位警官，闔上雙眼，做了個深呼吸。

「鬆一口氣？」旋身，她望向厲心棠。

「啊？」厲心棠立即豎起天線，「啊……對！對啊，我無論如何都不會答應催眠的。」

「妳不是爲這件事鬆一口氣的，從進來一開始妳就心神不寧。」侯幸蓁坐回她對面，溫柔的開口，「妳不只有看到食人鬼，其實妳也知道昨天的命案對吧？」

厲心棠正捧著茶，多想把臉埋進杯子，得有個幾秒讓她編造理由啊。

「妳在追查食人鬼對吧？」侯幸蓁突然一問，「章警官跟我提過，妳很聰明，之前也幫忙破過許多離奇的案子，所以妳拒絕催眠，怕說出自己正在查的東西。」

「章警官胡說什麼，沒有！」她搖搖頭，「我只是不想曝露隱私，我呢……」

「我完全理解喔！」侯幸蓁突然壓低了聲音，身子趨前，「警方有許多製肘，但妳不一樣，妳只是普通人，妳可以去把猜想證實……例如，最新的受害者，妳早就知道是誰了對吧？」

厲心棠眨了眨眼，有點意外侯醫生的立場，但不確定前她不會做反應。

「我只是個普通的，弱小女孩。」她微蹙著眉，「我怎麼可能去追查食人鬼這種可怕凶手？」

「高先生某方面來說，也確實是寄生蟲，雖說他討債理所當然，但是過高的利息等於是在吸受害者的血。」侯幸蓁挑了眉，神祕一笑。

咦咦咦！她知道！厲心棠瞪圓大眼，第一時間指向門外，比了聲噓！侯幸蓁點著頭，也比了噓。

「為什麼妳知道？」

「徐宛妍命案時妳在現場，又跑去跟高先生搭過話，問了他跟其他死者的關係不是嗎？他跟我說的：現場有個莫名其妙的女孩。」侯幸蓁輕聲回應，「最重要的是那台車，他昨天開那台車來的。」

唉呀！原來是認車子！厲心棠有一點點小失望，還以為侯醫師也發現到了。

「食人鬼殺掉的人，幾乎都是他的債務人，妳說有這種巧合嗎？」厲心棠抓起糖就往嘴裡塞，「我之前就在想，他也不是善類，很有可能是下一個！」

「高先生在我這邊……是的，他在意的只有收不回的債務，也沒有什麼創傷後遺症。」侯幸蓁回想著與高宗智的對談，「因為上一起命案的受害者，已經沒有近親可以讓他繼續討債了！」

「這種人才該被關一關吧！」厲心棠碎碎唸著，「侯醫生，祕密喔。」

侯幸蓁在唇邊打了叉，「祕密！我不問妳細節，只是……警察查不到的，妳眞能找到？但眞的太危險了！王安橙父母出事那天，妳是不是也是刻意去追查的？」

「沒、沒有，我說的是實話，我就是想去罵橙子姐的爸媽而已！可是……食人鬼搶先了一步。」

「那現在呢？高先生也被殺了，如果大家都是因爲他的高利貸受苦的話，食人鬼還會再殺人嗎？」

「會。」厲心棠斬釘截鐵，「食人鬼目標不只是高宗智，他的目標是所有這種吸食他人人生的人，套句梁紫葶說的，這種人在社會上太多太多了。」

侯幸蓁緊張的收了身體，「但這樣一來，這事情沒完沒了？」

「所以我正在努力想讓事情了結！」厲心棠還嘆口氣，「妳應該不必怕的，醫生，妳不是啃老也沒依附他人維生嘛，不過晚上是眞的不要出門就好。」

晚上不出門，是爲了怕其他妖鬼的侵襲。

「……如果能知道凶手的樣子會更加快速！」話題一秒被拉了回來，「心棠，妳——」

「我不要。」厲心棠又不傻，她知道又要勸她催眠了，「我眞沒看見！」

她早打定主意，咬死這點。

侯幸蓁嘆氣，帶著萬般無奈，望著自己卷宗夾上的資料，眉頭緊蹙，看著厲心棠的眼神變得憂心忡忡。

「其實或許妳有看見，只是不記得，催眠就只是想要讓妳回想那一秒。」侯幸蓁誠懇的做最後請託，「我可以不讓馬克他們進來，就我們兩個，十分鐘的催眠……只要知道『食人鬼』的樣子，警方就能動作！」

「知道警方也沒辦法的啦！」厲心棠乾脆打斷侯幸蓁，「那不是一般人能阻止的。」

侯幸蓁握著筆的手微緊，看著厲心棠的神情更加憂心了，她想說什麼，最後又把話給吞進去。

「妳……可以嗎？」

「我盡力。」厲心棠又唉了一聲，看向牆上的鐘，「醫生，時間差不多了，我還有事可以先走了嗎？」

侯幸蓁勉強的擠出微笑，彷彿知道再說什麼都沒效，只能起身送她，「妳小心一點，眞的有什麼事警方可以幫的，就通知章警官。」

「會的。」厲心棠明朗的答應，離開了診療室。

但一開門，兩位警察立即過來，侯幸蓁搖了搖頭，他們便開始對厲心棠死纏爛打，搞得她簡直是逃離現場的。

「連妳都說不動他嗎？」強哥很是扼腕。

馬克看著衝下樓的厲心棠，雙拳緊握到都爆青筋了，「她一定知道什麼！」

「不一定。」侯幸蓁卻滿面愁容，「我得跟章警官好好談談。」

「怎麼回事嗎？」強哥狐疑。

「我怕厲小姐有妄想症。」

第八章 不速之客

開夜店接受臨檢是天經地義的，「百鬼夜行」永遠都是最配合的，但是在非營業時間還來搜店，這就有點超過了。

拉彌亞臉色鐵青的接過搜查令，勉為其難的同意，人界法規一旦符合規定，她也就不會阻礙，起衝突對整間店都不利；讓各界的妖魔鬼怪好好躲好後，大批警方便開始整間店的搜查。

「誰？」一個比較敏感的警察彷彿看見吊在半空中的人，他緊張的上前查看，才發現只是眼花。

想想也是，真有人吊那麼高，早就死了吧！

「闕擎躲在你們店裡吧？我的人一天到晚看見他出入。」程元成不客氣的上前，他帶了幾十個人來，並沒有通知章警官。

「這麼積極找闕擎？找得到就帶他走啊，他不是我們店裡的人，無所謂。」拉彌亞一派輕鬆，她當然知道這些人找不到的。

闕擎已經回「家」了，從三樓特殊空間裡穿過後才會抵達的地方，遺憾的是沒有對這些人開放，他們再怎麼查，只會看見一個擺滿雜物的小房間而已。

「他可是嫌疑犯，車外有他的指紋，裡面散落的珠子上，同時也有厲心棠的指紋。」程元成逼近拉彌亞威嚇著，「不必瞪我，我知道那女孩只是被迷惑而已，畢竟闞擎那傢伙非常厲害，被他利用的人不計其數。」

拉彌亞是眞的瞪著他，要不是老大不准，分分鐘她都能一口把這傢伙吞了。

「我也得找厲心棠問話，監視器拍到他們兩個在現場。」程元成出示了監視器畫面，拉彌亞牙根咬到都要裂了，「又是目擊者，妳說是不是太巧了？」

「我們家棠棠做事衝動，向來容易招惹麻煩，我也很擔心呢！」

看不見的牆後傳來聲音，緊接著是下樓步伐聲，一位擁有空靈古典美的女人轉進了大廳裡，那氣質與美麗讓在場眾人一時爲之屏息。

更錯愕的是在各層樓的警察們——那個女人剛剛在哪間房間？沒見到啊！

「這位是……」程元成不解。

「雅姐。」拉彌亞禮貌的頷了首，「百鬼夜行的老闆之一，雅姐。」

雅姐婀娜的上前，嫣然一笑，朝程元成伸出了手，「您好，叫我雅姐吧，我算是棠棠的養母，也是這間店的老闆。」

「您好。」面對如此美人，程元成也多了幾分客氣，「養母啊，您好，不是在針對厲心棠，但她是目擊者，所以必須請她配合。」

「我懂。」雅姐和善的笑著，但眼神裡卻毫無笑意。

警察在店裡翻箱倒篋，一群負責清理的孤魂野鬼們怒火中燒，青面鬼看著收拾好的東西被扔在地上火氣更大，直想抓一個人來咬……但雅姐在啊！

「報告，沒有。」特殊警察們紛紛下樓報告，他們是真的翻遍了「百鬼夜行」每一個角落，沒有鬮孽的身影啊！

他的車就在店外，跟監的人也確定他進了「百鬼夜行」，唯一的正門跟側門開在同一面，也沒見到後門，那人呢？

「我醜話說在前頭，藏匿逃犯的話——」程元成不客氣的開口了。

「逃犯？鬮孽何時變逃犯了？剛剛不是說是嫌疑人？」雅姐即刻接口，「這罪定得也真快？」

程元成根本不畏懼雅姐，只是冷笑，「你們果然不知道那傢伙的底細啊……」

還沒說完，側門那邊一陣混亂，拉彌亞緊張的想趨前，雅姐一把就拉住了她。

「走開……喂，你們在我家幹嘛？」厲心棠的聲音傳來，跟著跑進了大廳，「又你！你帶這麼多人來做什麼？」

「回來了啊，十一點就離開侯醫生那邊了，居然到現在才回來。」程元成即刻轉向厲心棠，「今天凌晨一點妳在哪裡？」

哎呀！被發現了嗎？

「你是明知故問，還是眞的想知道我在哪裡？」自首無罪，厲心棠答得很乾脆，「所以呢，想知道什麼？」

「你們在那邊做什麼？」程元成出示了監視器畫面，監視器在他們後方上空，拍得倒挺清楚的。

「監視器……有這個你們居然沒拍到食人鬼嗎？」

提到這個程元成就有火，對著案發現場的所有鏡頭，全數失效，什麼都沒拍到。

「原來……沒畫面？壞掉？還雪花？天哪！我如果說什麼都沒看見你們信嗎？」厲心棠嘆了口氣，「我們看見車子震動得很厲害，很像……車震。」

「車震？」程元成皺起眉，「那闕擎上前也沒看見嗎？他還開了車門！」

厲心棠搖了搖頭，「車子鎖著，震動得很厲害，而且全部被鮮血蓋住，你看畫面沒看見我們兩個根本是逃走的嗎？」

的確，他們兩個是跟逃難似的離開現場。

「爲什麼不報警？」程元成又問。

「你敢問？你這種態度，對闕擎如此有成見，誰會想報警！」厲心棠翻了個白眼，「是我懷疑下一個目標是高宗智，因爲他跟之前幾個受害者都有關，你想問我都可以回答你，闕擎是被我拖去的，不要什麼事都想推到他身上！」

程元成沒有反駁，而是打量著她，手機似乎傳來訊息，他瞥了眼後，衝著厲心棠露出微笑。

「那好吧，麻煩做個筆錄，跟我們到警局去，好好的解釋一下。」他揮個手勢，「收隊。」

「還要去警局啊……」厲心棠有點不安，因爲他剛剛笑了。

程元成那張嚴肅的臉笑起來，比撞鬼還令人毛骨悚然啊！

「兩次目擊，這次可是見證整個案發過程，必須得去。」程元成說得也在理，比了個「請」的姿勢。

煩！眞煩死了！厲心棠回眸看向拉彌亞跟雅姐，暗示著我沒事，但更多的是擔心闕擎。

「要走了嗎？」雅姐即刻一步上前，「不是來搜闕擎的？有找到那小子嗎？」

「少得了便宜還賣乖，我知道你們把他藏起來了，就算他不在這兒，也知道他在哪裡。」程元成也不客氣，「請轉告他來警局做筆錄，這兩位可以是目擊者，也能是嫌疑犯，該交代的還是得交代。」

「你——」拉彌亞束在身後的長馬尾，都快變成蛇尾了。

「嫌疑犯個頭啦，高宗智這麼大一個人，我們怎麼分屍？怎麼砍？怎麼把屍體弄走的？還有骨頭咧？我在車裡磨珍珠粉嗎？拉彌亞，別聽他亂說！」厲心棠衝著拉彌亞一笑：別擔心唷！

厲心棠就這樣連包都沒放下，再度離開了「百鬼夜行」。

一屋子魍魎鬼魅火冒三丈，拉彌亞更是惴惴不安，遠在世外桃源的闕擎渾然不知道「百鬼夜行」發生的事，只是不懂為什麼都傍晚了，那傢伙怎麼還沒回家？

「不該讓他們帶走棠棠的！」警察一離開，拉彌亞就咆哮。

「人界有人界的規矩，妳到底要說幾次才懂？」雅姐相當不悅。

「我們撿她，把她養大，是為了愛她保護她——不是把她扔進這個汙穢的人界中！」

「妳把擔心化成宵夜吧，棠棠回來一定餓壞了。」雅姐拍拍拉彌亞，「我知道妳疼她，但一定要用人類的眼光去看待事情。」

拉彌亞擰緊眉心，她就是用人類的眼光去看，才會如此憂心！但真的如父母撫養她長大的，的確是老大與雅姐，就算她長時間陪伴，也只能算……乾媽？

唉，拉彌亞只能聽雅姐的，說實話就是因爲打不過罷了！不如眞的去準備宵夜，這一折騰，只怕棠棠連晚餐都沒得吃。

只是，拉彌亞精心準備的宵夜，並沒有等到厲心棠。

梁紫葶帶著一眾記者直接殺到警局，大東則帶另一票記者到侯幸蓁所在的精神科蹲守，準備採訪侯幸蓁，防堵厲心棠的被轉移。

「這又是做什麼？」強哥跟馬克走出，制止記者進入警局。

各路手機攝影機紛紛舉起，其他台記者不知道發生什麼事，但梁紫葶人都來了，跟著拍攝與報導就是了。

「聽說警局拘留了王氏父母雙屍案的目擊者，請問是爲什麼？她是嫌疑犯嗎？」梁紫葶不客氣的詢問，「她與食人鬼有什麼關係？還是共犯？」

兩位高頭大馬的警察嚴肅的面對鏡頭，這位記者的消息也太快。

「案件尚在偵察中，恕不對外公開。」馬克強硬的回著，「請不要再拍了！」

「這是連續殺人案中第一次拘留人，是不是有重大突破了？據我們所知，這一起雙屍案的目擊者是個女大學生，她有可能殺人並吃屍體嗎？」梁紫葶絲毫不願放鬆，「這是難得的重大突破，請多少解釋一下該位目擊者是否是共犯？」

「……她不是共犯……偵察不公開！對不起！」馬克轉身就要走。

「既然不是共犯，那爲什麼要拘留關押？」梁紫葶大聲喊著，「還要將其轉押到精神科醫院？」

這一問，可炸開了鍋，其他記者也蜂湧而至！

「醫院？爲什麼？那名目擊者是個年輕女孩，她精神有問題嗎？」

「眞的不是共犯嗎？還是已經知道殺人魔的身分，也是精神不正常的人？」

「如果該名目擊者精神狀況有異，那她的目擊還算數嗎？」

一堆記者追問，強哥拉著馬克躲進了警局裡，但警局的自動門向來防不住記者，記者群立即跟著進入。

於此同時，有聲音從梁紫葶的耳機裡傳出，「紫葶！後門！我看到那個醫生了！」

「走！」梁紫葶脫離了其餘向前湧的記者，竟反方向的奔下階梯，直接朝著警局後門的方向奔去。

他社部分機警的記者亦留意到，決定跟上，現在梁紫葶就是新聞中心，她到哪兒，哪邊就有新聞！

侯幸蓁是在章警官護送下出來的，她才走下樓梯，另一波記者就衝上前刻意攔住她，她嚇得停下腳步，還是章警官一把推著她往前，直嚷著快走快走。

「侯醫生！」梁紫葶及時衝到，擋在了侯幸蓁紫色的房車前，「為什麼目擊者要轉送精神療養院？我們接受妳的心理療程是警方規定的，不是讓你們公器私用的！」

侯幸蓁嚇得花容失色，她煞住步伐後就想往章警官身邊躲，結果追來的記者從另一邊堵上，同事也包圍住後方，一眨眼她就被包圍在中間了！

「梁小姐，妳別這樣……等等等等！」章警官還是熟練得很，「大家先稍安勿躁，醫生很少面對媒體的，別這麼近。」

「這是不是有針對性？找個名目拘留她，想逼出誰？」梁紫葶話中有話，畢竟程元成對闕擎的態度，她也很清楚。

「沒有，別亂說。」章警官看向侯幸蓁，「侯醫生，不然妳簡短的說說？」

這句話的語調夾帶了暗示，梁紫葶聽得非常明白，她今天的目的就是要阻止厲心棠被拘留！她突然接到闕擎的來電，先是受寵若驚，接著聽到這個離奇的消息後，直覺得有問題！

她的確對闞擎有意，但這不是她幫忙的理由，因爲「要把厲心棠移去精神療養院」這件事太過詭異，怎麼想都有問題！電話裡無法說太多，她認爲當務之急是阻止移送，一旦進去，外人的手就伸不進去了！

「依照我專業的診斷，這位目擊者有嚴重的創傷後遺症與妄想症。」侯幸蓁緊張的回應，「她一直在以身試險，試著去追查連續殺人狂的蹤跡，才導致出現在昨晚的命案現場，經過我的診斷與警方的專業判斷，認爲患者必須接受治療，避免再涉入危險當中。」

昨晚厲心棠在命案現場？梁紫葶震驚不已，這兩個早上居然沒提！「二度目擊嗎？是否有見到食人鬼了？」

「並沒有，但是、但是現在對患者說的話都必須保持懷疑態度！」侯幸蓁緩緩的說著，「她的妄想症會導致事實不明確，我們必須再三確認……」

「請問食人鬼又一次放過她嗎？她沒有受傷？」

「她在現場又沒見到眞凶？」

「可以具體描述她的妄想症指的是什麼嗎？」

剛剛在前門的記者們都已經聞風而至，一堆問題問得侯幸蓁難以招架，章警官一步擋在她面前，關於案件，一樣是那句「偵察不公開」，但精神科專業方面就無法敷衍過去了。

只見侯幸蓁面有難色，朝著章警官看去，像是要得一個同意，直到章警官點頭，她才深吸了一口氣。

「目擊者聲稱，凶手不是人。」

傻了嗎？梁紫葶在內心譙著，厲心棠怎麼可以跟醫生說實話？啊！還是她接受催眠，所以就一五一十的全說了？

現場自是一片譁然，而早就聽說「實情」的梁紫葶反而演不下去，不知道該問什麼，她趁機觀察四周，就怕警方聲東擊西，想趁機把厲心棠帶走，話說剛剛那個馬克跟強哥呢？

冷靜，梁紫葶沒忘記自己的主要目的。

「所以是爲了治療嗎？家屬是否同意？還是醫生同意採取強制送醫？」

「因爲她出現在現場，一來有人身安全考量，二來確實干擾了現場跡證，我們現在是爲了她的安全採取強制治療。」章警官代替她回答了，「一次、兩次沒事是幸運，但沒有人能一直幸運的。」

「請問送至哪間精神院所？侯醫生所在的醫院嗎？」梁紫葶打斷了其他記者的追問。

「不是，雖然我是主治醫生，但我服務的醫院目前沒有病房。」侯幸蓁略顯爲難，「醫院由警方協助調度，但我會負責，絕對給患者一個良好的治療空間。」

「程警官調度的嗎？」梁紫葶不客氣的直接提起程元成，「就我所知，程警官對該名目擊者有意見，事實上對我也有意見，我合理懷疑患者是否眞的會得到應有的照料？或是你們打算把目擊者推至一個無法求救之處對她逼供？」

什麼!?其他記者紛紛轉向梁紫葶，怎麼沒聽說警方對記者有異議的？「紫葶，妳說說怎麼回事？」

「想逼供目擊者又是怎麼回事？這背後有警方不可告人的事嗎？」

「我等等一五一十的說！但現在先保障患者安全比較重要吧！不能送去警方安排的醫院，我怕那女孩沒事都變有事了！」梁紫葶正刻意帶風向，大聲疾呼之際，一旁後門的自動門冷不防開了。

「胡說八道！什麼叫沒事會變有事！我們會幹這種事嗎？」程元成氣急敗壞的衝出來，章警官無言的直接嘆氣，一掌拍在自己前額上。

這一瞬間亂七八糟，記者們爭相追問，一會兒對著程元成、一會兒又對著章警官，邊問邊將他們三個包圍在一起，開始問題轟炸；梁紫葶反而撤到一旁看著，程元成趁隙不爽的瞪著她，她倒也迎接這份挑釁。

「侯醫生，既然妳是專業的醫生，應該由妳挑選醫院才是，而不是聽從警方調派。」

「但是警方安排的醫院，我會審核，那些都是專業的醫院，我……」

「如果是連續數年都評等第一，與警方無直接關係的醫院，我想會更單純些吧！」梁紫葶突然提出了建議，「無論她是患者還是目擊者，我都認為她需要被公平對待。」

侯幸蓁蹙起眉，像是被挑戰似的，「她並未受到不公平對待！我從未……」

「不是針對妳，醫生！據我所知，警方傍晚突然到目擊者家並帶走她，緊接著就要轉送醫院，而且未經過同意，且以強制的手段，嚴重違反了患者的意願與人權。」梁紫葶凌厲的連續逼問，「尤其我跟該目擊者交談過，她一切正常，當然我不是專業醫生，但警方這樣的匆促實在不免讓人懷疑。」

「這有什麼好懷疑！她就是個瘋子！把自己投入危險中，她需要治療！」程元成低聲吼著。

章警官倒抽一口氣的轉頭看他，「你能不能不說話！」

只可惜章警官的話語，旋即被記者們吃驚與追問的話語蓋過，警察意思是說目擊者瘋了？連侯幸蓁都不可思議的想解釋，卻被大家提問反駁的音量蓋過了。

「目前沒見到厲心棠，但門口有人在探視外頭。」耳機那邊的同事來訊，「不只我們，其他記者都有人守在外頭，他們應該不敢貿然把她送走。」

「治療也是很重要，但就讓患者去優良的醫院吧，有的是連續數年評等第一，而且政府每年都會檢查一次，每每通過的精神療養院。」梁紫葶邊說，程元成已經瞪大眼睛看了過來。

「不可以！妳想做什麼？」他指向了梁紫葶，「妳爲什麼……妳跟他也是一夥的？」

侯幸蓁低聲問著：「什麼？」章警官也帶著困惑。

但梁紫葶已經得意的揚起笑容，這位程警官EQ眞的很差，隨時都這麼凶、這麼霸氣，禁不起激啊。

「爲什麼不可以？您對首屆一指的平靜精神療養院有意見？誰跟誰是一夥的？您對誰有成見？是不是因爲這樣所以才急著把目擊者送到別的地方？可以合理懷疑警方是有預謀的嗎？枉顧目擊者人權，爲了要達到什麼目的？」

梁紫葶的質問，再度讓現場二度炸鍋。

過度的緊湊、程序的不合理性、指稱目擊者是瘋子等等，都是極爲搏眼球的新聞，記者不可能放過這樣的題材，他們咄咄逼人的詢問，程元成只會回吼「沒有」跟「不知道」；侯幸蓁來不及回答；章警官就是溫溫的表示「沒有的事」、「我們會考慮。」

站在高處的梁紫葶往下方看，其他看守的同事做出手勢暗示有事發生！所以另一組攝影機已經出動，跟拍一位從停車場那邊走出白袍醫生，他們一路走向章警官那邊，吸引了目光。

「我們很樂意接受病患。」醫生溫和的出聲，「我是平靜精神療養院的主治醫生，何醫生。」

程元成本想喊些什麼，這次被章警官阻止了。

他一再在媒體前失控，會給警方造成相當負面的觀感，最後絕對會搞到失焦……「食人鬼」的案子已經夠折騰人了，可別再節外生枝了——而且有一說一，強制將厲心棠送醫，本來就是程元成的獨斷獨行啊！

侯醫生的確提出了妄想症，但並沒有這麼急切啊！

現在麻煩的是，他知道厲心棠說的是眞的！這不是人類所爲，可是其他人不會相信這種「凶手不是人」的說法，他已經盡力的想阻止厲心棠被移送，可是依舊枉然，醫生的診斷加上程元成的強勢，只能先委屈厲小姐了。

結果，現在突然有平靜精神療養院的人到來，章警官多了幾分放心，他暗暗看著光彩自信的梁紫葶，幾乎確定了這位記者不但跟闞擎他們認識，只怕也信了「食人鬼」就是惡鬼的說法了。

兵荒馬亂之後，侯幸蓁好不容易狼狽的上了車，而厲心棠順利的被轉移，由平靜精神療養院的專業人士接走，程元成不情願的被推回警局，他來不及發脾氣，就先打發人手去精神療養院那邊看著！

接著記者散去，以程元成爲首的特殊警察們怒不可遏，直接在警局裡吵起來！

坐在警局對街車子裡的梁紫葶，觀察著記者盡數散去，拿起手機聯繫了闞擎。

「我盡力了，至少厲心棠確定去你家的療養院了。」梁紫葶嘆了一口氣，「我這下可變成警方黑名單了，你們獨家一定要給我。」

「謝了！妳好好查出所有的線索，搞不好比我們快找到獨家——但切記，不要去找食人鬼。」

「我要知道他在哪裡不就好了？你們才不夠意思咧，就在高宗智的命案現場也沒跟我說。」梁紫葶趁機抱怨著。

「厲心棠被強制送醫多半是因爲我，但……妳還是先去釐清每位死者的關係網吧！總有個圓心。」

「在查了，先這樣，我要回去鑽研了。」梁紫葶匆匆掛上電話，急著要回去研究。

凶手如果不是人，那她要怎麼樣才能夠寫出聳動獨家又引人注目的新聞呢？

厲心棠悶悶的縮在病床上，白天還說什麼懂她、支持她，搞半天都是套話！

「哪有醫生這樣的啦！」她不爽的抱怨著，「妄想症？我有妄想症？」

病房外，站著一位護理師，之前她在這兒見過，他是位盲人，但闕擎相當信任，且負責這層樓的護理師。

「事實上，很多眞相都會讓人說是妄想症的。」盲人護理師笑著說，「就像人們寧願相信精神患者是精神分裂或是多重人格，也不能接受他們體內有惡魔。」

「我眞不能出去？」她嘟著嘴。

「暫時不方便，外頭有警察，妳的門沒鎖，可還是不建議妳下樓。」盲人護理師輕聲說道，「今天奔波一天也累了，好好睡吧，妳放心，在這層樓，保證安全。」

這層樓……厲心棠緊張的嚥了口口水，這一層樓住的都是非常「特別」的患者，也就是體內都封印有惡魔的人類。

「應該不會有什麼事吧？難不成警察還能進來想幹嘛？」厲心棠沒在擔心這個，她只對於被困在這裡不太爽，「他會快點把我弄出去吧！阿天呢？他在忙什麼都沒來陪我？」

「快睡吧！」盲人護理師依然是讓她早點休息，想太多無益。

阿天今天幻化成主治醫生去警局接她，這陣子他一直在這兒坐鎮，偶爾醫生、偶爾律師，還有其他的店裡的妖怪，也都會守著這兒。

盲人護理師檢查著走廊兩邊的病房，確認著病房裡的人都安好，走完這長長的走廊後，回頭再三確認；厲心棠的病房在最底間，而他則是在走廊頭，那個隨時可以控制封鎖整條走廊的地方。

老實說，這陣子反而是他最心安的時候，突然出現一些妖怪與魔物的幫忙，可比人類可靠太多了。

這間精神療養院普通的鬼是進不來的，這點他不愁，而厲害點的惡鬼會懼於這兒關押的惡魔，光磁場的魄力就足夠讓他們止步；而他一直怕的，都是人。

像那個一直想要逼闕先生交出精神療養院、移走這些患者的警察、某些官員，他都非常厭惡與畏懼……幸好，闕先生還是交了好朋友啊！

盲人護理師進入自己的房間，將門關上，他的門上有七道栓，雖然麻煩了點，但他從上鎖到下也花不到幾秒鐘，每道門上都有圖騰，門上後這道門就是個強大的結界封印。

闕先生還是很照顧他的，他的房間擁有很好的防範，之前更是找了一對姐弟來加強防護，他非常感激，所以他會爲闕先生守好最重要的患者們，還有那位女孩。

啪，統一熄燈，被沒收手機的厲心棠心慌的看著暗去的病房，她一點都不想睡，也不想這麼早睡！阿天好歹要偷渡平板進來給她啊！爲什麼送她進來後人就跑了？她不滿的鑽進被窩裡，懊悔自己在警局說出「食人鬼」不是人的事，她以爲每個人都跟梁紫葶一樣，可以很快接受。

她想說記者都信了，侯醫生說不定也會信，況且「食人鬼」的作案手法，怎麼看都不是人啊！哼！反正，程元成不是想拿她逼闕擎，就是要她接受催眠，她兩個都不要，絕對不要……

『在哪裡？』

喝！厲心棠顫了身子，跳開眼皮在被窩裡驚醒，眼前櫃子上的時間顯示晚上一點多，她什麼時候睡著的？

但她沒妄動，因爲她感覺到了心急的情緒。

『在哪裡？這裡……這裡不對啊！』

『餓，我餓了！』

『我要吃東西！我現在就想喝血！馬上！』

飢渴、殘虐、心急、恐懼，複雜多樣的情緒交雜在一起，這不像源自一個人。

『不能再往前了！』緊張的感覺傳來，厲心棠甚至覺得她都快聽見聲音啦。

她做了個深呼吸，翻身下床，小心的走到了病房門口，從門上的窗子悄悄往外瞧，她可以看見長長的走廊，還有站在走廊頭的——食人鬼。

就是他！厲心棠不可思議的看著那龐大的身軀、還有那長長的、在空中飛舞的長舌，爲什麼會到這裡來？那個惡鬼果然已經具有相當的力量，連外面滿是符咒跟結界的外牆都進得來。

是來找她的嗎？厲心棠緊張得握緊雙拳，超級濃厚的血腥味，她隔這麼遠都聞得到。

『殺！外點把她殺了！』

『我要吃！她看起來很可口啊！』

她？她？她在店裡有工作喔！不是寄生蟲喔！爲什麼要找她？「百鬼夜行」也沒在放高利貸啊！

突然間，前方走廊兩旁的病房出現動靜，厲心棠嚇得退後數步，看著別間房門下的影子，有人靠近了門！她嚇得趕緊蹲下身。

「什麼骯髒的東西也敢來這裡造次？」

「低級咒術的揉合體？人類就是愚蠢，什麼咒都敢碰。」

「你管他？早晚把自己賠進去！」

「再敢靠近，我就把你撕了！」

每一間房輪流出現咆哮聲，厲心棠揪著衣服再退了好幾步，撞到桌子時還嚇了自己一跳；過一會兒偷偷再往外瞧時，「食人鬼」已經消失了！

接著黑暗中聽見喀喀喀的聲響，遠處有門彷彿開啓……厲心棠衝回床上，把自己悶進被窩裡。

「……沒事了，沒事了！髒東西離開了。」盲人護理師的聲音穩重的傳來，「請大家都回去休息吧，那種東西不敢踏足這兒的。」

「要設防護就設好點，噁心的腐臭味！」

「不挑食的東西，哼！」

足音一路來到她的房門前，她還是窩在被子裡，這裡真的很安全，她突然明白闕擎為什麼安排她在這層樓了……他防的從來就不是那些咄咄逼人的警察，防的居然是鬼！

爲什麼「食人鬼」要找她啊？

第九章 命案再起

警方開始尋找闕擎，雖不到追緝的地步，但是章警官自己不知道能壓多久？因爲高宗智的命案現場中，有殘缺的染血木珠，上面全是他的指紋，這可給了程元成大好機會。

「你不能因爲他過去發生的事，就認定是他幹的！甚至……當年的案件，也不能證明是他做的啊！他明明是倖存者！」章警官蓋上卷宗，萬般無奈。

「他被收養之後，沒有兩年，王家全家上下死於非命！老章！」程元成才覺得章警官不可理喻，「你覺得大過年的，整個家族集體自殺是什麼概念？」

「證據？凶手？我查過了，當時唯一的倖存者就是他，而且警方找到他時，他還被關在衣櫃裡，還是拆了門才救出他的！」

「警方發現他時已經是事發五天後了，他有的是時間清掉跡證，把自己鎖進衣櫃裡！」

「你示範給我看？把自己反鎖進衣櫃？」

「拆門軸啊，完全不破壞鎖，進去後再鎖起來，當年警察只顧著拉他出來，誰注意到螺絲起子在哪兒了？」

「他當年才十一歲！救出來時已經昏迷不醒了！」

「他十一歲前，就已經有幾百個人死在他身邊了！」程元成直指章警官，

「你不客觀！」

章警官冷笑，「彼此彼此。」

「我懶得跟你說，血是高宗智的，木珠跟車門上都是闞擎的指紋，監視器也拍到他靠近車子，他絕對跟這件事有關，就是眞能躲啊！」程元成是很想再搜一次「百鬼夜行」，但那次不知道爲什麼，就是毛毛的。

一旁的警察們也分成了兩派，一派急於要抓到闞擎，另一派章警官的下屬認爲要按照流程，不能把闞擎當作嫌疑犯。

「現場的指紋是他的，怎麼不算嫌疑犯？」馬克出了聲。

「別的不說，你們知道我們有多少同袍死在他手上嗎？」李良凱也冷冷的回應，「我室友至今連屍骨都沒有。」

「要指證人殺人前，要有屍體、要有證據，如果確定是他殺的，爲什麼一直沒抓？就是跟監、跟找他麻煩而已。」強哥非常不以爲然，「沒有證據，就不能證實他有殺人。」

「那個厲小姐的做法也太過了，她有需要到強制送醫嗎？」其他下屬也不滿程元成那票人很久了。

「好了好了，」章警官安撫著下屬，「都別說了！你們是嫌案子不夠忙嗎？

那個……侯醫生那邊的狀況如何？她這幾天也被騷擾得夠嗆的了。」

「有人在那邊輪流擋著，目前還好……但醫生感覺不太適應，太多媒體圍在樓下了。」下屬欲言又止，「好像，是梁小姐故意的。」

「記者……唉！」章警官也無奈，就說了把厲心棠弄進醫院不明智。

凶手就不是人啊！他看了這麼多現場，心知肚明，程元成說的木珠就是佛珠，闕擎應該有跟「食人鬼」當面對上，只是連佛珠都能銷融，那個「食人鬼」麻煩得很……他們只是警察，該怎麼應對那種東西？

這麼多條人命，甚至還沒看到盡頭，他是不是應該……聯繫一下闕擎才對？問題是那小子，究竟躲到哪裡去了？

窄小陰冷的地道裡，濕氣甚重得令人凍得直打哆嗦，厲心棠看牆上滲出的水，強烈的不安讓她往前湊近，抓住了闕擎的大衣。

「做什麼？這裡不會迷路的。」他是這樣說，但也沒揮開她的手。

「這裡好可怕，又這麼暗……不能多幾盞燈嗎？」她縮著身子，手上還得握著手電筒才能前進。

「不需要，沒什麼人會走。」闕擎領著她往前，很快的走到了一扇鐵門前，俐落的打開。

鑽出來後，是熟悉的山林景象，一棵棵銀杏樹在眼前，回頭望去，就是平靜精神療養院！她都沒想過，這棟精神療養院會有密道通往後山，又添了一絲神祕感。

「昨晚我看到食人鬼了！就在病院的走廊上。」她急著說。

「我知道，有人跟我說了。」闕擎拉著她伏低身子，穿過密林，得走一段路下山，「應該是爲妳而來的。」

「我又不是寄生蟲！」她咕噥著，「但他非常的餓，眞的一種很餓很飢渴的狀態，同時卻很急的想找到我……吃掉我。」

「厲鬼屠殺早晚會失控的，更別說那是因爲咒術煉化的東西，硬把不同靈魂集合在一起，再驅使它們……」闕擎冷冷的嘲諷，「有時覺得人們很堅強，總是挑戰不可能的事而促使進步；但有時他們又愚蠢得令人搖頭，自以爲可以掌控世界萬物。」

「一體兩面吧，雅姐也說過，這是人們可愛同時可恨的地方。」厲心棠緊緊牽著闕擎的手，他們在根本沒有道路的山坡間前……滑行，「我想可以百分百確定是咒術，昨晚我那條走廊的患者都在說！」

什麼!?闕擎煞住步伐回首，「妳聽見什麼？」

「說……早晚把自己賠進去！」

闕擎微蹙眉，喃喃重複著那幾個字，繼續拉著厲心棠朝下坡處走去；一台深藍色的房車停在山林小徑邊，兩人均將帽兜拉起蓋住，就是不讓任何監視器拍到他們的樣子，畢竟一個是溜出來的，另一個正在被追查中。

車子是跟「百鬼夜行」借的，拉彌亞只給他一串鑰匙，叫他去後方的停車場試試，哪台亮就開哪台走，結果他才發現「百鬼夜行」有十幾輛車！眞是入境隨俗，明明能閃現或穿牆，大家倒是很守人類規矩。

「我想吃漢堡。」才繫好安全帶，厲心棠說出了第一個心願。

「才兩天，大姐，拉彌亞都有送餐去給妳啊！」闕擎沒好氣的唸著，「別搞得像坐牢幾十年剛出獄一樣。」

「度日如年啊！我莫名其妙爲什麼要被關起來啦！」厲心棠想到就忿忿不平，「還給我開一堆藥！吃藥時那個馬克還說要在旁觀看，煩死了！」

「妳吃了？」闕擎一臉不信的挑眉。

「轉頭我就吐掉了。」哼，這點雕蟲小技哪難得著她！

「我想也是，吃了藥哪能這麼精神奕奕要吃漢堡……警察現在在找我，高宗智命案現場全是我的指紋，我估計再幾天，程元成就會想發布通緝令。」車子上路，闕擎隨手點開新聞，「食人鬼的事必須速戰速決。」

「抓不到的，要抓個鬼嗎？」厲心棠關在裡面兩天，她都想過了。

「不，要抓人，那個在背後主控『食人鬼』的人，得在施咒者無法控制之前下手！」闕擎指指車上螢幕，「瞧，今天的新聞，有人就喜歡往槍口撞。」

「我知道！有個無所事事的啃老族放火燒家人，就因為沒拿到錢！」阿天早上終於拿平板給她了，她都在密切觀察，「『食人鬼』的案子火成這樣，這種人還敢……」

「這個放火仔有工作，他可能不覺得自己是寄生蟲，只是賺五萬想花五十萬而已。」

凶狠的放火燒死家人，目前一人死亡、七人受傷，也算是不幸中的大幸，但凶犯本人毫無悔意，他認為自己今天走到這一步，工作與人生不順，都是家人偏愛哥哥害的，所以他這樣對待家人，天經地義。

她今天看到這則新聞時，還看見凶嫌對著記者說：「我又沒錯，是他們偏心哥哥！」時，彷彿看見了他被「食人鬼」一把拽下手臂，滿足啃食的模樣。

找死。

「他已經被羈押了，食人鬼能進入警局嗎？」厲心棠好奇的問，平時亡者是無法靠近警局的，即使警察只是一般人，有好有壞，但是那個警徽與正氣是亡者輕易不可觸碰的。

「哼，我的精神療養院防備還比警局更強，他都能走到妳那條走廊了。」闕擎睨了她一眼，「今晚，我覺得警局裡勢必有場腥風血雨了。」

「那……是個機會！」厲心棠試探的問，「我可以──」

「我去。」闕擎一抹冷笑，「程元成比較喜歡看見我。」

放下滿牆的人物關係表，梁紫葶還是來到侯幸蓁這兒進行「治療」，她閉門在家兩天，把受害者、倖存者的身分徹底調查，同事們是她的強大後援，大家都能感覺到她在處理什麼大事。

把圖釘釘在軟木塞上，紅線纏繞，看似毫無關係的人們，似乎隱約中有著什麼牽連，但線條再近，卻始終不相連！這就是梁紫葶扼腕的地方，她當然可以無中生有，或是說一些聳動的事，但這不是她的初衷。

她想要的是眞正的新聞。

她的關係圖差那麼臨門幾腳，原本該待在家裡苦思，不過無論如何，都必須要再去看一次醫生，當然是爲了要親訪侯幸蓁。

「現在是您的療程時間，這不是對我的訪問。」侯幸蓁萬般無奈，長嘆了一口氣。

「但我很好奇，我就沒創傷後遺症？我什麼都不記得，不需要治療？」梁紫葶倒沒在客氣，「你們太針對厲心棠了吧！」

「我沒針對她！我是專業的醫生，但是她在警局當著所有人面說：凶手不是個人，是個鬼，妳要我怎麼辦？」侯幸蓁像被問煩了，情緒跟著波動，「我無法掩飾，所有人都聽到了！」

梁紫葶做了個深呼吸，重新看向她，「妳不相信……那個嗎？」

這下換侯幸蓁嚇一跳了！她瞪圓雙眸，一臉不可置信！「妳……連妳也這麼認爲？」

嘖嘖，她可不想被強制治療咧，梁紫葶趕緊搖了搖頭。

「我只是問妳，妳不相信世界上有鬼嗎？」

「我……」侯幸蓁才要回答，當即收了聲，「梁小姐，現在是您的療程時間。」

「唷！反應很快！但妳再精明也很難抵抗記者大軍，我看妳巴不得請假了吧？」梁紫葶這話語裡帶著調侃，「不如妳告訴我，把厲心棠關起來的眞正原因是什麼？」

侯幸蓁困惑的看著她，旋即恍然大悟般的把手邊的資料夾往旁扔下。

「是妳嗎？是妳讓那些記者每天堵著我？煩我？」

「沒有喔！大家只是希望得到最新消息跟答案而已！畢竟這案子很可怕啊，外出怕被殺，可是誰又喜歡宵禁！這什麼年代了是吧！」梁紫葶說得言不由衷，侯幸蓁眞的氣不打一處來。

「妳……妳太過分了！」她氣得都握拳了，「我是醫生，我說出我的判斷，但做決定的不是我！」

「是警察？程警官？」侯幸蓁倒不意外，「但妳既然是醫生，專業判斷是不是該阻止強制送醫這項？」

「我說了，我只做判斷，決定跟行爲不在我……的確是不到強制送醫的地步，但是她追著凶手跑啊，說出來的話又太離譜，警察也是怕她有危險！」侯幸蓁一臉不悅，「我沒有執行力，這鍋我不揹。」

「多離譜？就凶手不是人，是眞的鬼？還是身上有很多個人的亡魂，四隻手一堆頭？」梁紫葶絮絮叨叨的唸著，「比這還瘋的言論滿街都是，就一個厲心棠特別？這個程元成眞的針對性太強，給這種人當警察，冤案還不知道有多少，我應該來做一篇他的人物專訪。」

對面的侯幸蓁卻愣然的望著她，不由得皺起眉，「妳剛說什麼？什麼叫很多個人的靈魂？妳——」

「當作我也妄想症吧！但我沒有要被強制送醫的打算。」梁紫葶拎起皮包起身，「今天就聊到這邊吧，我以後不會再來了！再見！」

侯幸蓁一聽可急了，慌亂的追上，「等等，梁小姐，時間還沒到，我們可以再聊聊的！」

才不要。梁紫葶心知肚明，再聊下鐵定會被認爲是精神不正常的那個，從侯醫生的眼中來看，但凡提及怪力亂神大概都是精神分裂症吧！

那她爲什麼信？她信啊！小檬不就是陰陽眼？公司大樓角落常常都有難以解釋的事情，尤其如果在報導嚴重命案時，社會部的詭異現象更多，誰不是護身符戴著，定時燒香拜拜，告訴死者他們是在爲死者發聲的！

這起連續殺人案的死法太離奇，她這兩天研究後，反而更相信厲心棠所言——下手的不是人。

用常理推斷啦，那樣的命案現場，很難是人爲所及。

一拉開診療室的門，門前就擋著兩位警察，馬克跟李良凱！他們雙手略交疊，一臉嚴肅的盯著她，還刻意擋住她的去路。

梁紫葶懶得廢話，直接繞行，馬克即刻跟上。

「時間還沒到，梁小姐有什麼還沒說的？」

「離我遠一點！我是目擊者，又不是嫌犯，煩不煩啊！」梁紫葶厭惡的唸著，「催眠我都配合過了，少找我麻煩。」

「您與厲心棠之前就有聯繫嗎？」李良凱突然問了，惹得梁紫葶戛然止步。

她不滿的回頭，不客氣的打量著兩位壯碩的警察，抽了嘴角冷笑。

「編號給我，我要投訴你們騷擾。」她勾勾手指，「不要以爲是便衣就能放肆，警徽。」

唉，診療室門口的侯幸蓁放棄勸說，梁紫葶是最麻煩的患者，她如果再插手，是不是等會兒連自家樓下都會被記者包圍？想到就頭疼，所以侯幸蓁選擇默默回到診療室，還是準備爲下一位患者看病比較實際。

馬克依舊天不怕地不怕，主動掏出警徽，梁紫葶飛快的記下編號，她當然知道他不怕，程元成的下屬每個都是這樣，一臉天地正氣都在他家的模樣，其實殺氣個個都比殺人犯還重。

「記者也沒多威風，不要自以爲是。」李良凱語帶警告，「現在是目擊者，下次說不定就是共犯了。」

「那我還能報導自己，也算第一手消息，不虧！」梁紫葶牙尖嘴利的回嘴，得意的昂起下巴，「警察也不必多威風，說不定下次就是受害者了。」

不遠處電梯上樓，門開後兩個女人交談著走出，梁紫葶回首一瞧，微微一怔。

張曉薇跟王安橙，第二位與第五位倖存者！

「橙子小姐！」梁紫葶揚起笑容，她跟著厲心棠叫，「一陣子沒見了！」

王安橙當然認識梁紫葶，因爲父母的命案時她就在報導，現在更是炙手可熱的女主播。

「您叫我什麼？」她有些錯愕。

「橙子，妳是厲心棠的橙子姐姐嘛！」梁紫葶裝熟絡的上前，轉向張曉薇，

「您好，我是梁紫葶，是位記者，也是……目擊者。」

張曉薇明顯有幾分緊張，內向瑟縮的頷了首，「我，我知道妳是誰……您您好。」

「別緊張，我現在沒在工作，我是以目擊者的身分來看醫生的！妳們……也是吧！」梁紫葶完全放軟態度，口吻與身段都不那麼凌厲，「一切都還好嗎？」

王安橙輕笑的點點頭，張曉薇緊緊勾著她的手，但她們現在看上去都比案發時要更加的……容光煥發。

「都很好，日子也是得過下去！我一開始就說了，凶手固然可惡，但也是間接拯救了我。」王安橙毫不避諱，「但是……午夜夢迴，就還是會夢到他們的慘狀……」

她說著，張曉薇跟著倒抽一口氣，「我不想……我不想去想，但是卻會一直做惡夢！」

張曉薇，第二位死者的家屬，她是單親家庭長大的，父親酗酒好賭並有家暴傾向，她高中肄業後就做工作養活自己與父親，一樣是承受著暴力與情緒勒索長大的，已經二十四歲了，依舊過著入不敷出的生活，所有的錢都被父親拿走了。

這樣被養大的孩子根本不懂得反抗，甚至恐懼著父親，即使曾經偷偷把錢藏起來過，但下場卻依舊是被暴打一頓；過去她曾與男友逃離，希望就此斷絕與父親的聯繫，下場是男友被打、人身被威脅，甚至還被父親索取賠償，而她被拖回家被暴打，誰都救不了她，男友也與她分手……誰會要跟她這種人交往？

直到這次，她再度求男友帶她逃離，這次他計畫縝密，先住到男友家，再一起出國……結果，父親眞的沒去找她，找上門的卻是警察，她的父親已經慘死一週以上。

她去認了屍，殘缺的身體讓她嚇得魂不附體，但是……卻從此擺脫了被控制的命運。

難怪得來看心理醫生。

「加油，時間會沖淡一切的。」梁紫葶也只能這樣鼓勵，「這個醫生很溫柔，相信她，也相信自己。」

「嗯，侯醫生一直很好。」張曉薇虛弱的哽咽起來，「如果沒有醫生，我可能早就瘋了！」

相較起來堅強許多的王安橙緊摟著她安慰，「我們都一樣的！妳別擔心，我們相互是後盾……梁小姐妳呢？妳還好嗎？」

「我沒事，因爲我其實沒見到凶手，也沒看到太多……嗯。」命案現場。

其實王安橙也沒看到殘酷的現場，可是還是有後遺症嗎？果然人心太細膩，禁不得一絲傷口。

「厲心棠就沒那麼好過了。」梁紫葶突然提起厲心棠，馬克他們居然上前出聲警告。

「喂！」

王安橙看向警察們，又看見遠處的診療室，「我知道！今天我就也想順便問醫生，爲什麼要說棠棠有妄想症，還讓她強制就醫？這不像是醫生的爲人！」

梁紫葶沒有幫侯幸蓁解釋的義務，只是雙手一攤，一臉我盡力的樣子。

「她當時連我都沒送去強制就醫，爲什麼這次會送那個女孩進去？她就只是目擊者而已，比我看到的還更可怕吧？」張曉薇知道厲心棠，她可是看過王安橙父母被殺的現場啊。

「我不能接受，我等等會問的，那種地方……棠棠怎麼受得了？」王安橙口吻裡有些義憤填膺了。

「好了，我想醫生在等待妳們了，快去吧！」梁紫葶趨前按下了電梯，禮貌的結束這次對話。

馬克跟李良凱用不懷好意的眼神瞪著她，一邊請王安橙她們前往診療室，態度倒是溫柔許多，果然還是看人的啊！進入電梯前，她看見侯幸蓁用慈祥的模樣先帶著張曉薇進去，那女人看上去如同驚弓之鳥，即使壓力消失，她的人生還是有很長的路要走。

「唉！」梁紫葶在電梯裡輕嘆，內心的傷痕，有時一輩子都無法痊癒吧。

走出醫院，一個臉色蒼白的女人與她擦肩而過，看上去憔悴且帶著點空洞，與張曉薇的感覺雷同，身形也削瘦脆弱，即使刻意畫上紅唇，也掩蓋不了那個脆弱感。

需要心理治療的人可真不少，梁紫葶回首多看了眼，希望每個人都能走出內心的陰影吧。

「喂，我梁紫葶。」開車門時，電話響起。

「紫葶！找到了！那個虎口有星芒的男人！」

A區警局拘留室裡，高冷帶著貴族氣息的男人坐在地上，一旁有好幾位混混流氓，但他卻平靜得旁若無人，甚至闔眼休息。

強哥遠遠的望著他，莫名打了個哆嗦，不知道爲什麼，那男人越平靜，他感覺越不舒服。

「長官，把他關起來對嗎？」他忍不住跑去問了章警官。

章警官回頭也遠遠瞥了一眼，「他在案發現場，現場有他的指紋跟錄像，他主動來了卻又不肯說一個字，能怎麼辦？」

「這就奇怪了，他都主動來投……不是，到案說明，爲什麼卻半句不吭呢？」強哥蹙起眉，「我怎麼感覺……他好像是故意的。」

還故意想在拘留室待一晚。

章警官看著就在辦公室裡的程元成，特殊警察相當針對闕擎，他都敢踏入警局，絕對不可能輕易放過他，即使如此，闕擎還是來了！他進來時他眞的傻了！躲了這麼些天，卻主動到案？

「喂！我餓了！我想吃鹽酥雞！」另一間拘留室裡的男人大聲嚷嚷，「還有啤酒！」

程元成的下屬之一，阿虎拿著警棍往鐵柵欄一滑，差點滑到對方的手，「你當度假喔？還房間服務？」

「你們給的便當太難吃了！我現在就想吃鹽酥雞！」男人不滿的吼叫，「否則我出去客訴你們我警告你……」

鏘，警棍使勁往鐵欄杆敲，這次伴隨著男人的哀號聲，看來是打中了。

「對不起喔，不小心的……你記得連這點也一起客訴喔！」阿虎冷笑著轉身，「客訴耶？你他媽以爲我們是服務業啊！」

「哇……嗚！你——」一連串髒話飆出來，男人跪在地上抱著被打到的指頭無能狂怒。

隔壁拘留室裡的闕擎緩緩睜開眼睛，看著暴怒的男人，這傢伙就是放火燒家人的那個啃老族，屬於「食人鬼」的食材範圍，爲了跟他關在一起，他才主動到案，想必是樂壞程警官了。

「你打算做什麼？」冷不防的，程元成就蹲在一欄杆之隔的外頭，問著闕擎。

闕擎頭偏左睨了他一眼，然後再度正首，闔上雙眼，就是不搭理不回話。

「哼，別以爲我眞沒辦法，殺人犯。」程元成起了身，回頭遙望向章警官，「晚上我來值班，這傢伙不親自看著我不放心。」

「沒必要吧！」章警官對他們依舊不解，「晚上的班都排好了，是……小陳吧！有三個人值班，夠了。」

程元成哪可能聽他的話，他轉身跟下屬商量，他們就留兩個人下來看著闕擎。雖然不知道他來做什麼，但多一個人看著總是好的。

時間一過十一點，闕擎就睜開了眼，他還換個位置到角落去，不再靠近欄杆，其他的凶神惡煞原本想調侃他，但不知怎地，一跟他對上眼，就有種毛骨悚然的感覺。

在拘留室裡無趣，又沒手機，警局裡燈光關了幾盞，叫他們沒事就早點休息，即使空間窄小，大家坐著靠牆也就能睡了；唯隔壁那個放火男還在罵罵咧咧，闕擎開始猶豫是不是等「食人鬼」快吃飽了再設法出手？

畢竟，「食人鬼」目前吃掉的人，沒有一個是無辜的。

警局裡進入了安靜，章警官沒有值班，但是因爲程元成與闕擎的留下，他決定在這裡待一晚，到另一間休息室去休息；其餘警員都是各自處理各自的事，偶爾電話、偶爾是交談的聲音，非常的輕聲細語。

呼……當闕擎某次的呼吸吐出白煙時，他立即提高了警覺！

微抬起一隻腳，讓自己不再呈坐姿，扯下身上刻意繫著的護身瓶，裡頭裝了唐家姐弟賣的驅鬼水，專門針對厲鬼，這很貴的，他買了一瓶跟厲心棠分裝成數小瓶，繫上紅繩當護符掛在身上。

天花板的燈開始顫動，桌燈弱了幾度後，慢慢的暗去了。

噠噠，坐在最前頭的警察困惑的用指頭敲了敲桌燈，扳動著開關，然後伏身到桌下檢查電線的同時，他的電腦螢幕呈現劇烈波動的雪花畫面；而在警察後方的程元成因動靜睜開雙眼，他看見了！

坐直身子同時拍拍阿虎，第一時間立即回頭看向闕擎，角落的闕擎緩緩舉起手指，對他比了一個噓。

噓什麼？程元成擰眉，即刻站起，一副凶惡姿態就要靠近了拘留室，闕擎打直手臂張開手指，示意他停下！

這還是有用的，程元成雖不明所以但卻止步，緊綳著身子與闕擎遙遙相對，他們之間僅有三公尺，但看著闕擎異常嚴肅的臉孔，他不禁興起一絲懷疑：這是有事？還是他在搞什麼花樣？

於此同時，闕擎的眼神突然向程元成的右邊上方瞟去，這讓程元成也跟著看向他旁邊的那堵牆，闕擎的左方是牆壁，沒有任何一間拘留室，是實牆，可是現在……

有顆頭從那面牆裡鑽了出來。

程……程……阿虎都嚇傻了，他腿都軟了，緊緊抓住程元成的外套才能撐住身子——那個人在穿牆啊！

紅髮男人穿出了牆，伸長頸子在那兒嗅啊嗅的，全身散發著腐敗的氣味，闞擎早在第一時間就低下頭佯裝沉睡中的人，至於其他的被拘留的犯人們，倒是睡得很熟，鼾聲大作。

闞擎低垂的眼看著「食人鬼」的「雙腳」踏進拘留室，清楚的看見那是一雙手。

來自不同人的手，一雙有年紀且老繭、中指居然還戴著鑲有玉的戒指？另一隻手看起來也是男人的手，一樣具有年紀且蒼老，上頭有著不少斑。

『又有大餐可以吃了嗎？』

『我這次想慢慢的吃，我喜歡他們慘叫時的樣子。』

『味道……好像不是在這裡……』「食人鬼」朝前，再度嗅聞，聞著那放火男的位子。

三句話來自不同人的聲音，但都來自同一個身體，一張張臉從男人的身體冒出來，跟著一條又濕又長的舌頭飢渴般的伸出，勾住了欄杆……但那條舌頭，是從肚子裡伸出來的。

『嗯？』舌頭突然施力，硬把身體朝左踿，『有人。』

「食人鬼」整個身體正面轉向了欄杆外，與程元成等人正式面對面……身上浮滿各種臉龐的男人，腹部那張佈滿利牙的血盆大口，「食人鬼」猙獰扭曲的臉孔瞪著外面。

「哇啊啊——」那個檢查線路的警察一抬起頭，就看見了可怕的景像，放出驚恐的慘叫！

這聲慘叫引起了外頭甚至在他間休息的章警官注意，也驚醒了所有人！

「咦？靠妖！這什麼東西!?」闕擎身邊的大哥跳了起來。

「幹！」所有人紛紛驚恐的往角落縮，髒話不斷。

而今晚的大餐就在隔間的欄杆邊，「食人鬼」的長舌一伸，透過欄杆縫隙，直接纏住了他的頸子。

「呃啊！」放火男與欄杆被勒在一起，「救——救命！」

闕擎趁機跳起，扯下頸間的瓶子，打算朝他肚子那張嘴丟進去時，程元成卻突然醒了似的，竟立即舉槍朝向「食人鬼」。

「放開他！」

「不能開槍！」闕擎大聲喝止！

砰！砰砰——說時遲那時快，程元成已經扣下板機，子彈穿過了「食人鬼」的身體，卻準確打在了躲在角落的其他犯嫌身上！

「哇啊——」一位大哥莫名其妙腹部中槍，鮮血如注。

「食人鬼」倏地轉頭，狂喜般的衝向那男人，雙手直接伸進那一顆子彈造成的小小傷口，活生生撕開了他的肚子！

「哇——哇啊！哇啊啊！」唰——鮮血濺開，噴上了所有人的身子！

慘叫聲淒厲，鬫擎看著「食人鬼」抓起無辜者的內臟就飢渴的吞食，他貼著欄杆，開始試著找尋與「食人鬼」最遠的距離，重新坐下，不看不聽不聞的別開視線。

「食人鬼」塞了滿嘴的內臟，再一伸手，活活拔下慘叫男人的心臟，大口咬下，『這也太好吃了！』

『該走了！外帶啊！』女人尖銳聲音傳來。

接下來不過眨眼間的工夫，「食人鬼」踩住無辜者的身體，扭下了他的頭，卻帶著那具身體離開了。

一屋子幾十個目擊者，親眼看著「食人鬼」憑空消失。

燈光亮了起來，警局裡燈火通明，所有人都呆愣在原地，鬫擎那間拘留室的人嚇得動彈不得，而無辜者的頭顱還在地上滾動著，叩隆叩隆……

「那是什麼!?」程元成終於吼了出聲。

「鬧鬼啊！鬼啊啊啊——」隔壁放火男崩潰的喊著，歇斯底里的護著自己的頸子。

闕擎抓欄杆站起，冷汗濕了後背，他抹去滿臉鮮血，看著放火仔撿回了一條命……不，不是，爲什麼他覺得「食人鬼」一開始就沒有要殺他？

外帶是什麼意思？該走了？

「闕擎！」章警官謹愼的靠近，卻不敢踏足任何有鮮血噴濺的地方。

「不對……不對！他的目標另有其人！」他飛快的轉頭，衝著他們大喊，「打電話給厲心棠！快點！」

紅色的毛線在圖釘上繞三圈，再連上王安橙的照片下的圖釘，再繞三圈後，梁紫葶不得不讓毛線掛在那兒，退後數步，望著她偌大的線索板思索起來。

死者每個都是寄生蟲，家裡都有一個扛著他們人生的可憐人，橙子算是最慘的，媽寶弟還加上一雙父母，結果全被殺了！總之踐踏她生命的人都成了「食人鬼」的手下亡魂……被吃掉了。

而厲心棠所說虎口有星芒刺青的人是找到了，但是卻跟這些死者沒有關連啊！這群受害者唯一有關連的，全繫在放高利貸的傢伙身上，但現在那個人被吃到連骨頭都不剩……她應該要親自走訪那個刺青男的家裡。

一旁的電腦裡跳出浮動視窗，又有訊息進來，她滑回桌邊，讓同事幫忙查警徽號碼，特殊警察果然查不到，但大家有各自的門路。

「馬克，王，本名王于鴻，是王宏達的養子……王宏達？」梁紫葶喃喃唸著這名字，卻覺得異常熟悉，「該死！」

她趕緊調出另一份關於闞擘的檔案：王宏達，正是當年收養闞擘的人，相當有錢，有數不清的房地產，包括那間精神療養院。

但闞擘也是養子……梁紫葶趕緊把馬克的檔案看清楚，原來他是小三……或小六生的孩子，王宏達並沒認可他們母子，但正因如此，他們沒資格參加那一年的過年團圓，可是他媽媽當晚想去求紅包，結果其母親就死在王家滅門血案中。

「程元成手下該不會都是這種人吧？對闞擘有意見的、或是跟王家有關的？畢竟突然跑出一個養子，還繼承了全部遺產……」梁紫葶嘖嘖稱奇，順手把資料發給了厲心棠。

梁紫葶揉著眉心，回到命案上，認眞的想著所有細節，再起身回到線索板前，一個一個看著上頭的人……所謂的倖存者其實多半不在現場，但這些人一死，對他們都是一種解脫……咦？看著牆上一張照片，梁紫葶突然想到了什麼！

不會吧？她抓過手機把線索板拍下，再回到電腦桌邊，飛快的查詢的自己心裡的疑問——這些倖存者，該不會早在之前就認識吧？

不只是王安橙與張曉薇，甚至是——啪！

一屋子燈光驟暗，梁紫葶下意識尖叫出聲，她嚇得回首看著天花板的燈，居然還像炸開似的迸出一秒火花！

梁紫葶僵在椅子上，心底有點發毛。

「嚇死我了！」梁紫葶抓起手機，準備當手電筒去看電箱。

站起身時順手蓋上筆電，眼前的玻璃窗一片漆黑，倒映著她的身影，以及背後那個根本不可能出現的人！

咦!?梁紫葶驚恐的瞪圓雙眼，倏而回身，手機裡的光讓她看見一張滿是利齒的血盆大口——

「你是——哇——」

百鬼夜行
第十章
不該死的人

女孩睡得迷糊，頭用力一點，直接撞上了桌面，還發出咚的聲響！她嚇得直起身子左顧右盼，便利商店櫃檯的大夜也擔憂的望著她，問她頭沒事吧？

她趕緊搖頭說沒事，點了杯咖啡後，再買個熱騰騰的麻辣滷味，重新坐回座位區，看著對街的華廈大門發呆……對面是高宗智的據點，他的團夥都聚集在那兒，高宗智死後他們十分心慌，昨天認屍之後，一群人帶啤酒跟香回到住處，說要替高宗智守靈。

守什麼靈啊，不出意外的話，高宗智的靈體現在就在那個拼湊的「食人鬼」身上了。

闞擎負責接近那個放火仔，而她認爲整個高利貸團夥都該是目標，所以她守著據點，不過抬頭看向濛濛亮的天空，什麼事都沒有，所以這些人不是目標嗎？

吃著麻辣燙一邊看手機，頭條新聞跳了出來：「知名梁姓主播於自家墜樓身亡」。

知名梁……？厲心棠突然愣了住，梁紫葶？厲心棠緊張的開始找尋其他新聞，看有沒有寫得更詳細的報導。

「妳還在這裡？梁紫葶都已經出事了。」冷不防的有個人一屁股坐到她旁邊，「警局昨晚也出事，章警官讓妳快點去梁紫葶那邊看看。」

厲心棠嚇得說不出話來，眨著眼睛看清楚那個人是……啊！程元成手下的其一，但她不知道他叫什麼。

「我……我我……你……」她正飛快的想著藉口。

「妳一來我們就看到了，我們一直負責看著高利貸的團夥，妳就放心吧！」男人催促著她，「快點吃完，去現場看看。」

厲心棠愣愣的喔了聲，「真的是梁紫葶嗎？她住哪兒我不知道。」

男人立刻發了地址給她，然後又縮著身子出去了，厲心棠觀察著他們，原來與跟監闕擎時一樣，一直都在路邊的車子裡……不過車子沒啓動啊！這麼冷的天蹲點，有夠辛苦。

囫圇吞棗的吃完熱食，厲心棠又去買了兩碗點心，跑去送給了程元成的下屬。

「立場不同，不是朋友，但也不代表是敵人。」她硬把食物塞了進去，轉身就去騎共享機車了。

這種天騎機車眞的是要人命！但她之前怕被發現，所以不敢坐計程車啊！凍得手都僵硬後，總算來到某個社區，梁紫葶住在樓高三十五樓的社區大樓，警方封鎖線卻是從社區大門就開始封了。

「進來。」遠遠的，程元成一見到她，居然揮手讓人放行。

哎，哎唷，厲心棠怎麼覺得不太踏實咧，看見她沒在「治療」中，大家都很自然咧！她小心的走到了最多人圍著的中心眼，屍體已經不在了，程元成跟章警官的小隊都在四周記錄。

只是，他們的臉色都不太好，昨晚沒睡好嗎？

「是梁紫葶？」厲心棠搓著手問，「她不可能自殺。」

「還用妳說！」程元成指著中庭一大朵血花，「她少了一條腿，從斷腿面看起來，是被硬撕拽掉的。」

被拽的？厲心棠覺得非常不妙，「她不該是食人鬼的對象！」

「問題是在她家也沒發現她左腿。」程元成領著她往電梯走，「妳上去看就看，發現什麼暫時不要開口。」

這讓厲心棠更困惑了，「我是妄想症的病患，你期待我發現什麼？」

程元成不悅的睨著她，但仍舊清了清喉嚨，「抱歉。」

「什麼？」一定太冷了，所以她聽不清楚。

「我說抱歉！對不起，我誤會妳了。」程元成這歉道得相當不情願，「那小子說妳或許能感受到什麼，所以讓妳上去看看。」

厲心棠認真的吸一口氣，「闕擎……他還好嗎？我無意冒犯，但你這樣子我真的覺得不舒服，昨天是不是發生什麼事了？」

只見程元成抹臉，重嘆口氣，一臉什麼都不想說的樣子，看起來他們那邊昨晚出大事了！

「喂，闕擎沒事吧？」厲心棠急著問。

「沒事沒事！就知道闕擎！妳們這些滿腦子只有戀愛的女人！」程元成帶著不屑的口吻，電梯也抵達了二十一樓。

電梯門一開，厲心棠就打了個寒顫，尖叫聲闖進她腦海裡，聽起來像是梁紫葶的叫聲……走進她家，四處都是鑑識人員在採樣取證拍照，屋子裡沒有想像中凌亂，也沒有之前那種滿室噴血的狀態，但是……

厲心棠站在客廳的落地玻璃往陽台看，陽台上有大灘血跡，且向牆上甩去，上頭亂七八糟，這邊應該就是梁紫葶的摔落點，而那甩動的血跡，恐怕是她的左腿被撕扯下來時噴灑的。

轉頭看向一旁角落的桌子，這邊是最凌亂的地方了，電線亂七八糟，旁邊有片詭異的空白牆。

「她的筆電跟手機呢？」厲心棠指著桌子，那些都是電腦線，「還有這片牆是什麼？沒掛東西？」

「手機、筆電這些全部都不在，完全沒看到，這面牆上原本應該有東西，但被扯下了，還有殘膠。」鑑識人員回答著，「小心地上。」

地上？厲心棠正要往前，卻發現地上有一球紅色毛線，紅線彎彎繞繞的在地上到處都是，還有許多圖釘也散落一地……那是線索圖，梁紫葶一定在做關係圖——但一個嗜血食肉的惡鬼，要筆電跟那張圖做什麼？當配菜不至於吧！

厲心棠雙拳下意識緊握著，小心的在鑑識人員的指引下，來到她的桌前：椅子翻倒在旁，距離桌子很遠，梁紫葶有逃、有躲，終於她被逼到陽台，被推了下去……在掉下去前「食人鬼」沒忘帶走一隻腳當宵夜。

『不能留，對妳很抱歉，妳就不該查的！』

『吃掉就是了，囉唆這麼多！』

『不許吃她！她跟你們不是一類人！』

『心肝這麼好吃，爲什麼之前不能吃？』

『黑心肝的人不能吃！』

『我還餓著！我要喝血吃肉，這種免費的餐有什麼不好！你管的太多了！』

『閉嘴！你們還想不想要肉了？乖乖聽我的話！聽話！』

野獸般的嘶吼聲帶著狂妄與怒氣，在這間屋子裡迴盪，而理智的情感幾在瞬間被淹沒，取而代之的是強大的飢渴！情緒錯綜複雜，恐懼、不解、忿怒、難受、飢餓、殺戮、質疑，一個人不可能同時興起這麼多種情緒。

啊！厲心棠像被什麼擊中一樣的往旁倒去，牆邊的鑑識人員趕緊抵住她，程元成也及時拉住她的手，可別碰到其他證物啊，汙染到就不好了。

她反手握住程元成的袖子，顫巍巍的穩住身子，幽幽的朝他看去。

「對不起……謝謝。」這瞬間她只覺得身子一陣熱，接著冷汗滲出。

「妳還好吧？」程元成留意到她的神情，其實不太好。

「沒事，就是……沒想到一個好好的人，突然間就出事了，而且她不該在獵食範圍內的。」厲心棠接著環顧四周，「我不是敏感體質，也不是陰陽眼，應該讓闕擎來的，說不定他還能見到梁紫葶。」

程元成沒吭聲，萬不得已的前提下，他沒有想放闕擎出來的意思。

「放火仔沒事對吧，死的卻是梁紫葶，昨晚闕擎也在警局裡，這樣應該能證實他的無辜了！」厲心棠質疑。

「這只能證實他與梁紫葶案無關，但不能證明他與高宗智案無關。」程元成回得也是理所當然。

哼！厲心棠扭頭就往屋外走去，他連忙追上。

「他養父的案子都這麼久了，當初也證實他無罪，你現在是欲加之罪，何患無詞！」等電梯時，厲心棠不客氣的說，「你給我的資料我都看過了，要講證據，沒有一項有。」

「他的狀況不能用證據看。先解釋爲什麼每一起命案他都在場？都不知情？都是那個倖存者？」程元成倒也不服氣，「直接證據是沒有，但這巧合已經多到無法說服人了。」

進入電梯後，厲心棠跳過關鑿的話題，就剛剛感受到的簡單說了一次，她眞的大量簡化，因爲其他人不需要知道太多。

「梁紫葶一定是查到了什麼，看能不能找到她調查的資料。」厲心棠簡短說著，「惡鬼復仇都是有理由的，梁紫葶被殺的理由只能是這個：礙事。」

「已經發下去追查了，看能不能追到筆電跟手機訊號……不過，如果那是個……會怕一個梁紫葶？」程元成萬般無奈，「他都能穿牆啊，想來就來，連警察都制不了他……」

咦咦咦！厲心棠吃驚的嘴都張成O字型了！「食人鬼昨晚去過嗎？結果放火仔沒事？」

昨晚去過嗎？程元成想起昨夜的一切，自己身上噴濺的內臟與肉屑，就渾身不舒服，不得不掩面深呼吸！他是見過大風大浪的，血腥慘死的案子不在話下，他震驚的是：那是鬼啊！鬼啊！

「聲東擊西……不，意願不同！」厲心棠喃喃說著，「惡鬼現在只想吃人飲血，但背後的人想的是殺掉寄生蟲、以及避免自己被發現……」

說不定，他們本來就要殺放火仔的，只是那時梁紫葶發現了什麼，才不得不先放下放火仔！

「背後的人？」程元成可沒錯過這句話。

「……嗯！還是要派人守著放火仔，他絕對是最佳食材！」一樓到了，她焦急的往外奔，「我要去看看梁紫葶的遺體，你把闞擎叫過去！」

「那是不可——喂！喂！」程元成看著根本沒在理他、逕直跑遠的厲心棠，他好不容易才抓住闞擎，沒有道理放他出來啊！

手機同時響起，程元成懶得理她的接起，「怎麼了？」

「程警官！那個放火的……出……出事了！」

厲心棠直接奔向章警官，她知道找誰才有用，他們說完兩句話後她又跑了，她想去殯儀館看看梁紫葶的遺體，好歹也上香致意……畢竟是她，才會讓梁紫葶查下去的。

再來，她的資料有可能只放在一台筆電裡嗎？

「百鬼夜行」在殯儀館有人，想看梁紫葶的遺體向來不是難事，但是因爲她現在是重點對象，尚在勘驗當中，所以一般人是不可能看見的。

「全身骨頭粉碎、左腿確定是被撕下的，力道之大，還能扯斷韌帶，其他並沒有任何被啃咬的痕跡。」對方低聲謹慎的跟他們說著細節，「她身上的東西第一時間都被警方取走了，我也來不及拿。」

「那你……有看到什麼嗎？」厲心棠小心翼翼的問，是否有見到梁紫葶的亡魂。

對方搖了搖頭，「一般這時候都還不知道自己已經身故了，可能還在驚恐中。」

梁紫葶身上的東西都被取走，她的確是想來賭運氣的，想要看她身上有沒有另一支手機或隨身碟之類的。

「最近很不安寧，您還是小心點吧！那個食人鬼連一般的鬼都怕，我們現在晚上都不敢値夜班。」殯儀館人員語重心長說，「這裡極陰，就怕他隨時把這兒當免費自助餐。」

「你又不是寄生蟲。」

「梁紫葶也不是啊，那種鬼到最後連亡魂都會吃的，他們只有吃的欲望，塡滿食欲也能增加力量，其實很可怕！」人員邊說邊自我打了個寒顫，「遠離這些事端吧，那不是我們能處理的。」

厲心棠敷衍的點點頭，這個人是「百鬼夜行」救下的，當然跟店裡站同一邊，都把她當大小姐一樣護著顧著；她懂，但她也是要自立自強的，所以也從未理過。

「我想好歹上個香，梁紫葶的父母已經來了吧？」厲心棠邊說，一邊回頭張望，闞擎眞的還沒到。

「都到了！她親友同事們都在，場面也是令人鼻酸。」對方領著她往簡易靈堂去，「我只能幫您到這兒，如果過幾天您還想看她，請再聯繫我。」

「好的，謝謝你。」

他們一路走到為梁紫葶設置的簡易靈堂去時，突然看到另一組人員匆匆忙忙的朝門口去，這位線民自動的問同事發生了什麼事，結果得知又有麻煩的遺體送來了。

「好像又是食人鬼做！這次屍體留了很多部位！」這口吻說得像是去看熱鬧，「法醫都已經跟著趕來了，要立刻驗屍。」

「現在？」線民下意識看了看錶。

「對！白天！媽呀……這下是白天都不能出門了嗎？」他碎碎唸著，急忙的朝外頭奔去。

「你去吧！我知道靈堂設在哪裡。」厲心棠推了他一把。

線民點了點頭，知道厲心棠的意思，他既可以看熱鬧，還能順便告訴她情況……不過就他在這裡做這麼久的經驗值來說，這種詭異的案件在白天出現，還是讓他驚出一身冷汗。

厲心棠於走廊盡頭右轉，就看到一堆人站在走廊上，梁紫葶的親友眾多，跟之前那些受害者相比真的不一樣，尤其很多從業人員都在那兒，悲傷之情瀰漫，哭泣聲此起彼落。

哎呀，她順順心情，還是走了進去，只是一進去，卻訝異的看見了熟人！

「橙子姐姐？」

王安橙驚異得回身，錯愕但開心的朝厲心棠走來，「妳沒事了？我記得妳被……送醫？」

「呃，算沒事了吧，警察讓我出來的！」厲心棠尷尬得不知該怎麼說，總不能說是偷溜出來的吧，「妳也來了！」

「嗯，好歹認識一場，她之前也採訪過我，其實是個很好的人。」王安橙悲傷的看向照片，「好好的怎麼會就自殺了？」

「嗄？她不是自殺吧？誰說自殺了！」厲心棠即刻反駁，「是墜樓。」

「啊抱歉，我失言了，我以爲、就是……嗯。」她難爲情的解釋，「啊，這位是張曉薇，她家人也是『食人鬼』的受害者……」

張曉薇，她知道啊！是第二起命案的受益……倖存者。厲心棠才跟張曉薇頷首打招呼，後面又走上其他人。

「應智，你上香了嗎？」

「嗯，上次梁姐姐來時還帶了箱泡麵給我。」陳應智哭腫了雙眼，他是第一起命案的家屬。

「我們是不是去跟梁紫葶的家人致個意？」一位媽媽樣的女人上前建議，年逾五十，刻薄花心的丈夫是「食人鬼」的第三個食物。

「那棠棠，要不要跟我們一起過去？」王安橙轉頭問向她，順便跟其他人介紹著。

大家都知道厲心棠，因為梁紫葶向警局質詢為何把目擊者強制送醫的過程可是直播啊！網路上討論了兩三天呢！厲心棠乖巧的跟著眾人前去向梁紫葶的親屬致意，現場又是哭成一團，瞭解王安橙等人的身分後，梁紫葶的親人反倒安慰起這些受害者家屬了。

厲心棠揪著雙手，為什麼……為什麼這些受害者的遺屬會湊在一起？

「橙子姐姐，你們……都認識啊？」離開靈堂前，她終於忍不住問了。

瞧瞧張曉薇從頭到尾都緊勾著王安橙的手，怯生生的不敢鬆開一秒，她們絕對不是今天才在這兒認識的。

「嗯……我們其實是之前認識的，但是……」王安橙看著其他人，「我跟劉姐倒是相識很久了。」

劉姐，那是那位媽媽。

「我想，同是天涯淪落人吧！」劉姐笑著說，「難得大家有機會聚在一起，我家就在附近，要不要來，應智？你要打工嗎？」

陳應智用力的搖頭，「不必了！我現在不需要打工給我媽吸毒了！上次劉姐的蛋糕眞好吃，我還想吃！」

「嗳呀，那你眞有口福，我還眞的有烤個蛋糕在冰箱裡！」劉姐回首，「那……棠棠？」

厲心棠壓制住狂跳的心，綻開了甜美的笑容，搖搖頭，「我現在的身分還不行，得去警局報到。」

「咦？不是說放出來了嗎？我們問了侯醫生，她說是因爲警方擔心妳涉險，才把妳拘禁起來的。」王安橙上前來到她身邊，「還說妳有PTSD，妳眞的是因爲我的父母……」

厲心棠抿著嘴不停搖頭，回握了王安橙的手，「沒事的，橙子姐姐，我沒那麼脆弱。」

「還是我們去跟醫生建議，讓她再去跟警方談談？跟我們一樣慢慢治療，強制太過分了！」連張曉薇都這麼說，「我那天看新聞，都覺得難受。」

「謝謝各位，醫生只是專業判斷，最多就是擔心！」厲心棠最後抽回手，只能拍拍王安橙，「有狀況我一定請姐姐幫我。」

「沒問題！」王安橙露出了過去未有的光彩，「現在的我，能幫妳了。」

嗯，她感覺得出來。

厲心棠目送著一眾受害者遺屬離開，拳頭卻捏得死緊，她們認識不是一天兩天！而且並不是因爲家人被害才認識的，感覺更早之前就熟悉了，還去過劉姐家吃蛋糕！那個劉姐的丈夫讓她在外做工搬貨，養一堆情人，甚至還不給她飯吃的羞辱……這些人是什麼時候能去她家吃蛋糕？

這太詭異了！她覺得這當中一定有什麼事，可是她現在想不通……梁紫葶想通了嗎？所以她死了？

「厲心棠。」

身後一個陌生人喚了她的名字，她一回首，即刻出手遮擋住對方想伸進她大衣口袋的手。

「妳幹嘛？」厲心棠反握住她的手腕，在殯儀館裡也能遇扒手，這人不簡單啊！

「我是梁紫葶的同事，我……我知道『食人鬼』不是人。」她說話的聲音每個字都在抖，「我不知道去哪裡找妳，只能在在在、在在這裡等。」

「找我？妳找我……做什麼？」在說這句話的空檔，女人把東西塞進了她掌心裡。

「我是眞的看得到，也眞的怕，就這樣。」她匆匆說完，眞的是逃離這裡的。

厲心棠自然的雙手扠著口袋，那裡面有個迷你的隨身碟，在女人逃離的走廊上，與姍姍來遲的闕擎擦肩而過。

他緩下腳步，回頭看了那背影一眼，這傢伙身上纏了不少啊！一正首瞧見厲心棠，他高昂下巴勾了勾，像是叫她過來的樣子。

「你不去上香嗎？」她跑到他面前，仰角的她清楚的瞧見他耳後有血。

「交情又不到，上什麼香！妳看什麼？」他皺著眉，任厲心棠抹去他耳後的血汙，「喔，沒清到嗎？放火仔剛死了。」

厲心棠瞪圓雙眼，同時看著相關人員推著擔架轉進某條走廊，「大概是那具。」

「我跟他不同間，感覺到殺氣時已經來不及，對方下手很快，『食人鬼』現在比較挑了，不吃頭、不吃四肢，就愛吃內臟。」闕擎邊說，嘴角卻揚起一抹淡淡的笑意，「心肝都吃了。」

「你笑得我毛骨悚然耶……這不可怕嗎？他白天也不怕了！」厲心棠卻害怕得打哆嗦，「他把梁紫葶推下樓時，還撕了她一條腿。」

「噢，那他是眞的餓了！」闕擎跟她一同往外走去，嘴角始終嵌著笑意，這眞的是這些天來最輕鬆的笑容了，「餓了好！吃越多力量越強！」

「喂！你這樣很可怕耶！他正是因爲嗜血過度才不懼日光了，那今天陰天，如果等到連烈日當空都不怕時——」厲心棠突然頓了住，大眼珠轉出了恍然大悟，「我的天哪！」

闕擎露出滿意的笑容，「妳居然懂！」

「操控者已經沒有辦法全然控制那個惡鬼了！」厲心棠揪著心口，「我說實話我更怕這樣，正在失控中並不好啊！」

「不，換個角度想，施術者跟惡鬼逐漸難以分開，那天院裡的惡魔說的就是這個意思：連自己都賠上。」闕擎思考的是這點，「剩下的，就是找到誰在操控那隻鬼了。」

噢，厲心棠的手在口袋裡撥動，「或許這邊有答案喔。」

瞧她一臉自信滿滿的樣子，闕擎唯有困惑，因爲根本不知道有人塞了隨身碟給她。

「妳口袋裡是能有什麼答案？我餓了，我們先去吃東西！」闕擎順手拉起帽兜，「去吃個黑白切吧，我看那傢伙吃內臟吃得我都嘴饞了。」

「噁！你噁不噁啊……我知道這附近有一間下水特別好吃喔！」

嘔——施術者趴在馬桶裡，乾嘔得想把胃裡的東西全吐出來，吐出的都是食物，並沒有那盈滿鼻腔的血腥味。

他連胃酸都吐出來了，根本吃不下飯，只要想起那生吞內臟的口感，就能叫他全身發毛！久未進食又吐得過於乾淨，他走起路還有點腳軟，從冰箱拿出一瓶運動飲料灌下，多少補充一點電解質。

休息一下後，他推開了櫥櫃，櫥櫃後是道暗門，他打開燈後下樓，樓下陰暗潮濕，還瀰漫著死亡的氣息……那種悲傷、絕望、令人窒息的氣味。

每次回到這個地下室，都是不堪回首的過往，總感覺自己已經走出陰影，但事實上只要一下樓，依舊難以呼吸。

地下室裡還有一個隔間，外牆畫了他這輩子都搞不懂的圖案，他不懂意思無所謂，只要能為他所用就好了！地上也有一個相同的圖案，兩個圖騰相連著；他拿起小刀，往自己的手肘內側割出了鮮血，滴在地板的圖騰當中。

唸出背得滾瓜爛熟的咒語，牆上的圖騰每一道線都開始滲血，順著圖案一路流到了地面，新鮮的血液也融進了圖騰裡，然後那張令人厭惡的臉就從地面鑽出來了。

不管多少次，他都覺得這景象不可思議，過去的他，根本不可能相信這種玩意兒！

『開飯了嗎？』在圖騰裡的男人用長舌舔著嘴，飢渴的問。

眞是一張生前死後都令人想吐的臉龐，他退後一大步，怒目瞪視著他們。

「爲什麼隨便殺無辜者？還隨便亂吃？我只是要解決那個記者而已，是誰扯下她的腿的？她腿呢？」

『餓！很餓啊！』食人鬼撫著肚子，『你不讓我們吃飽，我們只能到處吃！』

『而且心肝這麼美味……』說到此，食人鬼還饑渴難耐的嚥了口口水，『爲什麼要留下？』

「那些該死的人都是黑心肝，那是象徵，絕不能吃那些人的心與肝……不！你們不能去吃無辜者！」

『那你得餵飽我們啊——』食人鬼猛地直起身子，高大得幾乎要穿透地下室的天花板，衝著施咒者咆哮。

腐敗的惡臭混雜著血腥味衝出，施咒者緊皺著眉屏息後退，他也已經意識到，現在這個「食人鬼」，已經壯大到不是一開始那個任他控制的靈體了。

甚至，昨晚他們突然殺死在拘留室的陌生人時，他都能感受到生吞內臟與血肉的口感與氣味了！每一動作、殺人、扭斷記者的腿，都像是他親手所爲。

「不許再亂吃……」他咬牙威脅，「否則我可以讓你們永遠餓肚子。」

『啊啊——』悲鳴聲傳來，食人鬼刻意誇張的驚恐尖叫，下一秒卻揚起不懷好意的笑容，『你不喜歡嗎？』

咦？施咒者嚇到了。

『不好吃嗎？嘿嘿，你應該也嚐得到喔！哈哈哈！』男女老少的聲音同時狂笑起來，『我們知道的！你也喜歡，畢竟你是我們，我們也是你啊！』

「……閉嘴！都給我閉嘴——」施咒者氣急敗壞伸腳往地上的圖騰一滑，像是把土蓋住了圖案似的，「我才是主宰者，沒有我，你們什麼都不是！」

唰——「食人鬼」被地心吸走般，瞬間消失，但狂笑聲卻彷彿還留在這惡臭的地下室，餘音繞樑令他難受得掩起雙耳。

他才是主宰者！沒有他就沒有「食人鬼」，沒有他召喚，他們就不可能出來！還敢跟他談吃沒吃飽？

沒有他，誰來去解決世界上更多活生生「食人鬼」呢！

百鬼夜行
第十一章
抽絲剝繭

基本上章警官那間警局也就兩間拘留室，兩間全部都被鮮血染滿，鑑識人員疲於奔命，已經到了請求其他區支援的地步；畢竟這一屋子噴濺的血肉太多，要收集證物與拍照就是個體力活。

厲心棠呆站在封鎖線外，看著警局裡的慘況，眉頭始終緊鎖。

「這很扯耶，這裡是警局！平常不管什麼鬼都不敢靠近的！」她轉過身碎碎唸著，「太邪了！而且他吃掉不是食材的人了！」

「失控中不意外，算算他已經吃掉多少人了。」闕擎催促她，「喂，妳過來幫忙看，別在那邊晃！」

「超噁的！你昨天也被噴到嗎？」邊說，她打了個哆嗦。

闕擎毫不客氣的指著身邊的阿虎，還有依然坐在斜四十五度角盯著他的程元成。

「他們最慘，正面內臟攻擊，噗嚓！」他人在側面最多就是一堆血。

程元成扯著嘴角，眞沒想到那個他抓進去的闕擎，今天不但趁亂大搖大擺的離開，吃飽喝足後又走回來，要他們調資料給他們看。

下屬們個個不滿的瞪著他們，但又無能爲力，因爲闕擎一回來就交代了高宗智死亡那天的事，他承認佛珠是他掛的，車門是他開的，但是他什麼都沒看見就被「食人鬼」嚇逃了。

因爲現在連程元成都看過「食人鬼」的模樣了，自然也就不會再懷疑他的話。

「你可以再按快一點沒關係，我看得見。」厲心棠來到阿虎身邊，看著螢幕上出現的一張張照片。

關於那個虎口有星芒的人，梁紫葶查到了！她查到的是一個範疇，因爲紅髮也挺醒目的，至少知道是混哪邊的！但眞的親眼見過「食人鬼」的是厲心棠，她來瞧最準確！昨晚闕擎也「有幸」目睹那隻手，兩人一起看比較快。

更重要的是，他們是來觀察這裡的人。

「那位馬克呢？」闕擎不經意的問著，「一臉橫肉，每次看我都像看世仇似的。」

「你關心他做什麼？」程元成懷疑，心裡嘀咕著他們的確是世仇啊，只是闕擎不知道馬克身分罷了。

「看那個怨恨的眼神習慣了，一次沒看，渾身不舒服。」他嘲諷般的說道。

說曹操，曹操就到，馬克白著一張臉從外走進來，一臉不適的深呼吸，同事上前關心，他直擺手說沒事。

「我可能吃壞肚子了，抱歉。」他緊閉起雙眼時，神情相當痛苦。

「你跟李良凱一起去吃的嗎？他今天直接請假了。」阿虎回頭擔心的問，畢竟馬克可是他們裡面最壯的。

馬克點了點頭，「他比我更嚴重啊！沒事吧他？」

「吊個點滴再休息一下就好了！」其他同事拍拍他，「先回去休息吧，有兄弟在。」

馬克擰眉，一正首就看見正前方遠處的闕擎，他帶著淺笑朝他頷首，在他眼中，那像是勝利者的笑容，盈滿了諷刺！

「不需要！」他嘴裡說著，撐著身子才走兩步……但突地掩嘴，轉身又衝了出去。

嗯哼。闕擎看在眼裡，不動聲色的繼續望著螢幕裡的照片；程元成扎人的視線也沒消止，儘管目擊到世界上有鬼這件事讓他的三觀盡毀，可是卻沒有摧毀他找他麻煩的意思。

他怎麼就不會聯想：在他身邊的許多事，也可能是厲鬼所爲呢？

他身邊的阿虎倒是比一般人鎮定許多，見識過昨天那場面後，反應比程元成還要冷靜，他也驚嚇、也錯愕，但沒有到那種心神不寧的狀況！程元成可就多少有點了，因爲他只要一看到現場，就會深呼吸。

「停！」厲心棠突然喊出了聲，「放大一下。」

阿虎將畫面放大、並切換到該男子的其他照片，果然在手部看見清晰的刺青。

「怎麼樣？找到了嗎？」程元成終於起了身。

闕擎點頭，他可是記憶猶新啊！那就是昨天「踏」過他面前的那隻手！厲心棠很快記下對方的姓名與資料，有點遠，但比N區近得太多了。

闕擎與厲心棠同時起身，程元成卻一個箭步上前，攔下了闕擎。

「該交代的我都交代了，警官還有什麼事嗎？」他一派閒散，從容不迫。

「你的嫌疑還未洗脫，別忘了，還有我們同袍的下落……」程元成此言一出，後面的一眾下屬即刻殺氣騰騰。

闕擎卻一臉無辜模樣，就說了句，「什麼同袍？我平時就是個奉公守法的國民，怎麼會知道警察們的事？問我也太奇怪。」

「你少在那邊——」程元成威脅恫嚇，此時值班的警員走了進來。

「欸，又怎麼了？程警官，別爲難我們啊，沒證據你別揪著他們不放吧。」

剛轉來的警察很是無奈，他不知道其中糾紛，可是章警官有交代啊，別讓程元成的小隊越線。

「我的建議，隨時保持警戒，增加夜巡，我對接下來的治安可不樂觀。」闕擎用手背挑釁般的刻意拍拍程元成的胸，「你知道的，神出、鬼沒。」

程元成打了個寒顫，眉心都要皺出海溝的看著闕擎推開他往外走，他當然無能爲力，現在的闕擎什麼罪名都沒有，不能任意的拘留他……尤其現在還在別人的地盤上。

不急。

就算他看到了難以理解的事，見到「食人鬼」的殺戮，但圍繞在那小子身邊的多起命案，總不可能都是「鬼」幹的吧？

「知道了其中一個靈體是誰就好辦了，而且這傢伙就是食人鬼的主要模樣，紅色頭髮的男人。」闕擎一邊往警局外走，一邊思考，「你們家確定不出手？」

「我們自己來吧！他強大，我們就削弱他的強度！任何魍魎鬼魅都有弱點，我要找一個比他更快的削弱方式。」這可是厲心棠的範疇了，她對各種鬼瞭若指掌啊！「我們得找外援。」

「唐家那兩個失聯中。」

「哎唷！還有別的外援嘛！」

鬮孳的建議簡直像個詛咒，從那晚開始，首都及A、B兩區，開始瘋狂出現駭人凶案，又是在監視器都沒拍到的情況下，就算有拍到也都畫面錯誤！有多人慘遭開腹死亡，只是其中會有一位遺體最破碎的，而那位剛好正是寄生蟲。

但現在連帶著會出現其他遇害者，連警方都抓不著頭緒了，這一週死亡人數破十，事情已經到不是宵禁就能解決的情況了，甚至連關在家裡都會出事，結果這跟在不在家根本無關啊！

晚上九點，馬路上安靜得宛若深夜，男人載著孩子騎共享機車回家，他緊張得手心冒汗，就怕遇到了變態凶手「食人鬼」，然而這左顧右盼，反而讓他更加不專心，機車都搖搖晃晃的。

一個閃神，幾秒前路上還無人的斑馬線，突然冒出了人影！

「哇！」他緊急煞車，對方倒在他的輪前，孩子抓緊他的衣服，跟著尖叫，「對不起對不起！」

男人趕緊下車，穩住車子，往前輪一瞧……剛剛倒在地上的人卻不見了。

咦？他驚恐回首，看著坐在後座呆望著他的孩子，還有他背後那不知從何冒出的黑影——「不可以！」

男人撲上前，但有個東西卻突然從某方飛了出來，正中那龐大黑影！砸上的瞬間男人看見那黑影縮了一下，他往前移動，男人才看見是一個體型非常大的……人？

那蓬頭亂髮的傢伙染著紅色的頭髮，正撫著自己的左臉，看上去很痛苦的樣子，咬牙正首，遮擋住的臉是張腐爛的臉龐！

「哇啊啊啊！」男人嚇得大喊，衝上前抱起孩子就跑。

「食人鬼」沒有追，他嗅聞著，滿意的笑了笑，旋即衝向剛剛扔他東西的人追了過去！不遠處那個在安全島灌木叢裡的身影嚇到，趕緊溜之大吉，疾速的往前衝。

「這裡！」另一線道，一雙強而有力的手攔住了父親，「別叫，我們是幫你的，繼續往反方向跑，那個便利商店招牌看見了嗎？隔壁有警察會接應你！快去！」

「……謝，謝謝……」父親來不及反應，跟著陌生人指的方向就是跑。

男子確定父親進入安全範圍後，趕緊跨上停在旁邊的機車，後座的女人正在舒展筋骨，蓄勢待發。

「好了！我們快跟上吧！」女人餘音未落，油門一催，直接往「食人鬼」的方向追去。

「食人鬼」他根本不需要跑，但他現在非常享受追捕獵物的感覺，扔在他身上的玩意兒絕對是那種袪邪的東西，而前方的身影正沒命奔跑著……「食人鬼」狂喜，瞬間消失。

女人正在狂奔，突然沒感覺到壓力的回頭，赫然發現她身後沒有東西追上，「咦？」

她緩下腳步看著後頭寬廣的道路，她以為那個惡鬼會追上來——噠，一滴水滴過她的身側，落在柏油路面上，女子沒敢回頭，可下一秒濕黏的舌就掃上了她的後頸。

「哇呀！噁心！」她尖叫著蹲下身體，突然往左甩出自己的身子，再度如箭矢奔般衝出。

『嗯？』這下換「食人鬼」錯愣了，『搞什麼？我餓了！要吃！』

『快點！鮮美的內臟啊！』

全身上下的靈體已經覺得擁擠，大家咆哮擠壓著，飢餓難耐，對血肉的渴望成為他們唯一的想法。

餓、很餓，不管吃多少都不會飽，吃動物也無濟於事，就是要人類那熱騰騰的鮮血、內臟與肉，而且，他們越恐懼，越美味！

現在眼前就有一個活色生香的肉啊！

「食人鬼」絲毫不費吹灰之力的又猛然出現在女子身前，但他的長舌都還沒捲動，女子卻又已經閃過他，繼續往前狂奔了。

『咦？』「食人鬼」咬牙切齒，怒目再度追上。

女子不必回頭都知道後方有殺氣，她頭髮裡藏著的耳機正告訴她指引：「前面路口！」

還沒來得及反應，長舌瞬間捲住了女子的雙腳！

「哇！」女子整個人趴跌在地，趕緊轉身，就看見「食人鬼」撲向她，肚子裡那張嘴就要咬下。

女子雙手交叉身前阻擋，她兩隻手上掛滿了各種宗教的神像與驅魔法器，「食人鬼」當即向後彈起，但捲在她腳上的舌卻沒有放鬆過。

「跑得沒我快，還想吃我！」女子趁機坐起，就往「食人鬼」的舌上扔出了剛剛那種腐蝕性液體。

『嘎啊啊——』「食人鬼」的長舌倏而鬆開，痛得連連後退。

下一秒「食人鬼」突然看向右方，黑暗中走出來一位男性，然後有一個開始助跑並朝他奔來的女人——只見男人紮穩馬步，雙手交疊掌心向上，女人一躍跳上他的手掌，男人再使勁一托，便把那女人托得又高又遠。

朝他而至。

嘿，「食人鬼」欣喜若狂，他伸出雙手，他要一口吞下她！

「趴下來當狗一分鐘！」那托著女人的男子說了沒頭沒腦的話，但「食人鬼」瞬間雙手自動趴在地上，雙膝一跪，轉眼就成趴姿了。

說時遲那時快，那飛來的女人雙手握刀，一刀就從「食人鬼」的後背，穿透了他腹部那張嘴。

而她手上那把刀，密密麻麻刻著沒人看得懂的文字，而且還是把三刃刀。

『啊啊——啊啊！』「食人鬼」痛苦的哀號著，但聲音不像是從紅髮男人的喉間而出，更多是肚子的那張嘴……

「標記！」女人使勁拔回刀，卻一滴血都沒有，男子衝上前將她拖離，「我們只有一分鐘！馮千靜！走了！」

「厲心棠能這樣就解決他嗎？」

「不管了，我們只能幫到這裡！」

跑得飛也似的女子躍起，朝左邊奔離，一雙男女二度跳上機車，揚長而去……而趴在地上的「食人鬼」正感受著錐心刺骨的痛，無盡的忿怒，他必須更強，他要吃多的人，變得更強大！

厲心棠！

城市裡有一週的風平浪靜，彷彿「食人鬼」停止殺戮，「百鬼夜行」開始接到來電詢問，夜店是否營業？大家都悶壞了！

「才一週，眞不能忍。」厲心棠掛上電話，在小辦公室裡閒得發慌，「人好像都很容易忘記！」

「那是因爲『食人鬼』沒咬他兩口吧。」坐在一旁的闕擎，很悠哉的翻看書，旁邊還有下午茶。

「被咬到還活得下來嗎？」她沒好氣的說著，趴在桌上盯著自己手機，「小靜姐那一刀應該給了重擊了，好歹得休養一番或是……吃更多的人。但吃更多的人，施咒者必須要放他們出來才行，沒那麼容易。」她歪了頭，「你說施咒者跟

『食人鬼』融合幾成了？」

「已經分不開了吧！按照殺戮的數字跟時間，已經來不及了！」他瞄向她，「妳比我懂那種東西，還問？」

「雪女才懂，我只是憑基本常識，到現在我們也不知道那是哪國的咒術，不過……那種能操控亡靈的咒術，的確早晚會融合，正是所謂附靈術。」厲心棠眼神黯去，只怕施咒者自己都完全不曉得吧？

施咒者至少是殺了四個人，施咒將這四人靈體拼湊起來，供她驅使，而在操控「食人鬼」時，施咒者的靈魂也會在其身上，才好控制……但久而久之，靈魂會越來越難分你我，難以剝離。

「咒術一般都不會附使用後遺症說明書的。」闕擎冷冷笑著，「我以前遇過的也差不多，殺敵一千、自損八百都願意。」

「因爲執著。」厲心棠倒是很理解這種道理，「無論如何就是既然恨到要下咒，自損八百又算得了什麼！」

多少人願意以命當咒，就是這個道理，他們不在乎自我與他人，只想達成目的、讓對方痛苦、或生不如死。

簡訊傳來，厲心棠瞥了眼，「那紅髮男人還是沒找到，他的地盤範圍都沒下落。」

就是「食人鬼」本體，染紅髮的男人，照片裡的他是很囂張的，用髮蠟將頭髮塑造得又硬又帥，而死亡後的他一頭亂髮，只是還維持著紅色罷了。

他的確就是那種混混，而且還挺囂張的，正是個寄生蟲，他們順著找去他的老家，結果他竟然已失蹤許久，下落不明，而他失蹤的時間，遠比「食人鬼」第一起案件早了許多。

厲心棠幽幽看向一旁的牆面，上面貼滿了人名與照片，還有圖釘與紅線，他們已經重塑了梁紫葶消失的那面牆，她有把資料同步備份到雲端的習慣，同事錄下來，交給了她。

她看到的依然是連結不起來的訊息，可是，她卻早已發現梁紫葶沒見到的地方。

手機再度傳來訊息，她懶洋洋的瞥去，瞬間抱著手機跳了起來！闕擎見狀，也即刻繃緊神經。

「喂？我是厲心棠！對啊……」她壓下激動，「很無聊，現在沒事做哩……嗯嗯，梁紫葶的喪禮喔，我應該可以！大家都會去嗎？嗯嗯！」

闕擎屏氣凝神，聽著厲心棠一問一答。

「吃飯嗎？好啊！」她緊張的看向他，「那就葬禮之後大家見見吧！好，明天見喔，橙子姐姐。」

切斷電話，她正長吁了口氣。

握著手機的手微微發顫，她有點不安的瞄向闕擎，「明天。」

「嗯。」

但這時，不知何時就站在門口的身影卻冷著一張臉，「明天什麼？我不會讓妳出門的。」

「媽呀……拉彌亞……」厲心棠在嘴邊碎唸著，低頭避開了拉彌亞的眼神。

拉彌亞渾身散發著肅殺之氣，不愧是赫赫有名的拉彌亞，闕擎現在就夾在她們中間，連逃都不知道能逃到哪邊，而他左手邊的厲心棠眼看著都想鑽到桌下去了。

「你不能處理嗎？」拉彌亞果然矛頭即刻指向闕擎，「非得讓她涉險？」

「呃，我如果有這麼厲害，那我當初就不需要『百鬼夜行』的幫忙，讓我把一切纏上的鬼引到這裡來了！」闕擎慢條斯理的說，「拉彌亞，妳冷靜點，我知道妳是關心，但是——她是妳看著長大的，這個性還要我說嗎？」

「我倒覺得以前的棠棠乖巧聽話，認識你之後——一切都變了。」

哎哎哎，這不公平吧！厲心棠的長大與表現，怎麼可以推到他身上？他眞看不出來，離巢期對拉彌亞影響這麼大，她明明是那、個拉彌亞耶！

「我要喊冤囉！我倒覺得她一直都有自己的想法，只是你們一直限制她，至少在我認識她之前，她就已經在那間便利商店打工了不是嗎！這便是她想出看世界的原因。」

「我們從未制止她看世界，我們對她一直——」

「但她沒上過學，沒有團體生活……我是說跟人，人類，也沒有同儕朋友。」闕擎打斷了拉彌亞，「用我們人類的話來說，你們這整間店的妖魔鬼怪，都是控制狂父母。」

如雷的掌聲頓時響起，坐在一旁的厲心棠用那雙閃閃發光的眼睛看著闕擎，他說出了她的心底話！她想要上學、她想要同學、她想要朋友，想要跟大家一起討論哪個男生、討論流行的事物，不是永遠待在這間店裡！

大家很愛她沒錯，鬼也不會傷害她，但她想要接觸不同的世界，還有人！

「我不想明說是不想讓你們難過，但是拉彌亞，我是人！」厲心棠立即接話，「我被鬼養大沒錯，但我還是人，我想接觸屬於我的世界，可是這不代表捨棄你們好嗎？」

拉彌亞身後那紮起的長馬尾曾幾何時已經變成蛇尾，在原地咻咻咻——闕擎看了心頭一驚，深怕等等一蛇尾打來，他會變肉餅。

「但妳在涉險……」拉彌亞咬著牙。

「食人鬼這個太超過了，連白天都有人可能被吃掉，難道我真的要躲在店裡一輩子不出門嗎？」厲心棠站了起身，抬頭挺胸面對拉彌亞，「拉彌亞，我是你們帶大的，對我要有信心啊！我沒有靈力，但我腦子裡有比任何人都知道更多的常識！」

貫通天地人妖鬼各界的傳說、族類，優點、弱點，甚至是這次的「食人鬼」，她都能比一般人多知道一二！

知己知彼，較之於平常人，這就是她的優勢。

「知識有什麼用，能力才是最重要的，他一口咬掉妳的頭時，妳再多知識也沒用！」拉彌亞咆哮出聲。

「所以我們有防護啊！那些對付你們的東西我不帶來店裡是怕傷到你們，但還是有效的，而且——」她右手一指，「我還有他啊！」

喂，喂喂喂！這不公平！闕擎倒抽一口氣，無緣無故幹嘛又扯他！

「我是……經驗值？唉……」闕擎一聲長嘆，「別吵了，誰都勸不了誰！拉彌亞，她至少還有你們老大給的護身戒吧！命懸一線時，戒指會護住她的！」

闕擎善意提醒，厲心棠同時舉起手展示那枚蕾絲戒，但拉彌亞認為厲心棠連受傷都不應該，再說了……口口聲聲說不要干涉厲心棠的老大，什麼時候會收回那戒指的力量也不一定。

當初大家都很疼的另一個女孩，老大就這樣放她回歸人類世界，甚至還洗掉她所有記憶了啊！善變的他們，莫名其妙的原則，都只是讓她更加難受而已。

「我得走了。」厲心棠抓起包包跟手機，「闕擎，按計畫喔！」

「嗯。」他點點頭，看著女孩從桌子另一邊繞出去，有一股衝動想叫她小心，但拉彌亞的存在讓他不敢出聲。

「棠棠，」巨蛇蛇尾果然擋住了門口，不讓她外出，「今天只要我在，我就不會讓妳踏——」

咻！比眨眼還快，拉彌亞倏地消失在他們面前。

咦！闕擎都愣住了，他手裡的杯子晃都沒晃，拉彌亞人呢？

「呃……拉彌亞？」厲心棠試探性的往天花板看去，「哈囉？那我要走囉！」

她試著踏出一步，再一步，都無人阻止，看起來真的不在囉！

「妳小心點。」闕擎終於得以說出口，「雖然我覺得我們應該交換工作，但有的事妳勝任不了。」

「不會有事的！要相信啊！」厲心棠劃上自信的微笑，「而且我有後援啊！」

嗯哼，謎之自信咧！闕擎忍不住翻了白眼，好啦，有總比沒有好。

只見厲心棠匆匆奔出門外，沒兩步人又折了回來，小腦袋瓜兒出現在門口，其實挺可愛的。

「晚上……一起吃飯？」她露出個甜甜的笑。

故作鎮靜的傢伙！闕擎沒道破，而是欣然同意，「好，結束後一起吃飯。」

「耶！」厲心棠露出燦爛的笑容，愉快的離開。

這是她第一次向闕擎提出「約會」邀請，而且他同意了耶！壓呼！爲了這一頓飯，她絕對不能漏氣！勢必要牽制住那個愛吃人肉的惡鬼！

闕擎放下杯子，他也該走了，只是一直沒看見有人進來，讓他幾分遲疑。

「我也該走了喔，有人有話要說嗎？」他隻身站在空無一人的房間裡，不管哪面牆都沒有出現任何人或任何聲音，「很好，在這裡待久了，只怕我也變神經病。」

聳了聳肩，他後腳也離開房間。

那深藍色的房間，厲心棠剛剛坐著的椅子上，此時緩緩浮現出一個美麗的女人倩影，她托著腮，最終也只能嘆口氣，「拉彌亞鐵定恨死我了。」

「那不是人類能應付的惡鬼了。」門口突然出現德古拉的身影，「就算具靈力的人，只怕也得犧牲好幾條命才能壓制封印。」

雅姐嫣然一笑，其實還有個簡單的方法啊……

「別演了，阿天！你學得了德古拉的外貌，他的魅力你學不來。」雅姐向天空彈指，「收拾一下！」

餘音未落，桌上的杯盤紛紛浮起，朝著天花板而去，門口的阿天又成了細小眼睛的模樣，看著杯盤沒入天花板後消失，他卻一臉若有所思。

「棠棠會死的啊！」

「哇啊啊啊——一怪物啊！怪物！」

慘叫聲響徹雲霄，人都還沒到就已經聽見某棟樓發出的驚恐叫聲，附近所有住戶嚇得紛紛關窗，大家都躲在家中瑟瑟顫抖，這麼悽厲，是發生了什麼事!?

兄弟被瞬間撕成兩半，鮮血噴濺得到處都是，一群日常凶神惡煞的大男人們，此時都嚇得屁滾尿流！剛阿昌說想吃泡麵，就到廚房去煮，錢仔準備叫他多煮兩碗，卻親眼看見從天花板倒吊下來的……鬼，穿過排油煙機降到阿昌面前。

他叫阿昌快跑，其他客廳的弟兄們不知道發生什麼事，只見有人衝出，神桌上的神像蠟燭全部倒下，硬生生鑽出了不該出現的紅髮男人……以及他身上那無數個攢動的臉龐！

接著，那鬼抓起了阿昌的腳踝，將他撕成了兩半。

「幹！你你你不是蠹火嗎？」麥仔認出了紅髮男人，「他是吳老大那邊的人，專賣粉的啊！」

「食人鬼」正陶醉的吃著飯，忽然聽見了熟悉的名字而停下，蠹火？

「他這樣子還是人嗎？」錢仔看著眼前的男人，身上萬頭攢動，肚子上的大嘴也正在啃著阿昌的大腿。

「他就是個人渣！死了是不奇怪……」麥仔簡直不敢相信，「但你是……難道你是食人鬼？」

擁有陰陽眼的麥仔，似乎在「食人鬼」身上看到了什麼，狠狠的打了個寒顫。

「快走啊！快跑！」他下一秒哭喊著大叫，掙扎著要爬起往門口衝。

但是，「食人鬼」更快，一把抓住了他，大手罩在他頭上，輕而易舉的將整顆頭拔了下來。

『你們，才是食人鬼吧？』「食人鬼」說著，把頭顱朝肚子裡那張嘴送進去。

這幾幕嚇得錢仔屁滾尿流，他們在「食人鬼」食用麥仔之際，已經紛紛逃離，但「食人鬼」不急不徐，他一邊撕咬著肉，一邊轉身往陽台走去。

『眞餓，怎麼吃都吃不飽！』

『那傢伙限制我們的行動啊，這怎麼辦？』

『生前常吃不飽了，現在愛吃多少就吃多少，我可不想再被人家管。』

身上的靈體們你一言我一語的，緊接著「食人鬼」往上一躍，剛巧看著逃出屋子的錢仔等人，咧開嘴直接跳下了樓。

輕巧得幾無重量，「食人鬼」落上一樓，才準備往前追，卻突然瞟見一旁的不速之客。

「總算來了！嗨！」厲心棠舉手打招呼，「比我想得慢一點。」

「食人鬼」斂了神色，睨著她卻沒說話。

「我很努力的讓這個團夥上新聞，就怕你沒注意到他們繼續暴力討債那些受害者家屬……還是其實你也在找我？」厲心棠手裡握著一把刀，死死握緊，就怕自己抖得太嚴重被看出來。

冷靜啊，厲心棠！他只是比上次見面變得大隻、更醜、也更殘暴而已。

『早就聞到妳的味道了……』「食人鬼」二話不說，驟然上前，直接撲向了厲心棠！

穩住！厲心棠告訴自己，不能閃、不能躲，一定要讓他衝過來，才知道她設的結界有沒有作用啊！

磅——「食人鬼」果然被一堵看不見的牆擋住，重重撞上後彈開，但他很快的爬起，然後往路面下鑽去，消失得無影無蹤！

媽呀！厲心棠動搖了！他該不會跟馬路上的地縛靈一樣，冒出來抓住她的腳吧！她趕緊退後數步，離開原本站的地方，果然下一秒「食人鬼」就竄出來了！

「這不公平啊！你應該要直接過來的！」她拖著沉重的刀子衝出了自己設的結界外。

而「食人鬼」才狂喜的要追上，卻又發現自己在結界中，磅的——二度撞上，怒火中燒的他再一次鑽地離開。

厲心棠手上的大刀在柏油路上拖行，這把刀有夠重的，爲什麼唐家小哥會覺得她能舉動這把刀，還叫她拿刀砍「食人鬼」呢？她連舉起來都有問題了，還揮刀？

『在妳後面！』

正在退後的厲心棠突然聽見後方戲謔的聲音，嚇得失聲尖叫，一轉頭果然就看見了近在眼前的「食人鬼」，不！跟她身高一樣的是他肚子的那張嘴！

「哇啊！」她兩光的跌坐在地，「等等等等！不要殺我啊！我又不是寄生蟲！」

「食人鬼」腹部的嘴張得很大，眼看著就要吞下她，卻眞的頓了一下。

她昂起頭，一雙眼居然淚眼汪汪的，「而且，爲什麼要找我？你認識我嗎？爲什麼要殺我？」

血盆大口裡，有一雙眼睛。

厲心棠瞧見了，施咒者絕對有靈魂是在「食人鬼」身上，全裸的「食人鬼」全身上下都是被吃掉的靈體，唯一看不見的，就是肚子這張嘴，那張……是施咒者眞正的嘴。

是他想殺掉那些寄生蟲的心。

『對不起。』

聲音不是來自上方，而是那張血盆大口。

現在！厲心棠舉刀，就要朝那張嘴裡捅進去，舉……舉……舉不起來啊！

『啊啊——』利齒大口一陣尖叫，「食人鬼」雙手就攫住了厲心棠！

可說時遲那時快，一道影子真的是從天而降，就卡在厲心棠與「食人鬼」中間，硬生生的將「食人鬼」給推飛開五公尺遠。

厲心棠依舊還跌坐在原地，看著這英雄般出場的小眼睛男，腦袋一片空白。

男人環顧四周，眉頭緊蹙，怒火油然而生的回頭看向厲心棠，「闕擎呢？」

第十二章 反制

「食人鬼」重重摔落地後，數個靈魂齊聲哀鳴，他們困惑看著眼前突然出現的傢伙，不明所以。

「阿天？阿天！」厲心棠跳了起來，「誰准你過來！百鬼夜行的員工不許插手人界事務，這是鐵則！」

「爲什麼闕擎不在!?妳一個人怎麼能對付這種惡鬼，妳只是普通人類！」阿天根本沒在聽她說話，生氣咆哮，「拉彌亞被雅姐封起來了，德古拉他們眞的袖手旁觀，我怎麼可能讓妳涉險！」

「我沒那麼傻！不管怎樣，你不能插手！」厲心棠比他更氣急敗壞，「都幾千歲的人了，你不懂規矩嗎？不懂叔叔跟雅姐的個性嗎？不能違規就是不能！」

哼！阿天根本不理，正首看著滿是邪氣的「食人鬼」，眞難得，再下去都能晉升成初階魔物了。

「這種傢伙，我對付起來還綽綽有餘。」阿天打量著「食人鬼」，卻發現他漸漸轉而透明，「想逃？」

他才要上前，後方的厲心棠即刻衝上前還抱住他，「我不要失去你！」

阿天震顫，瞪大了眼睛，「妳在說什麼啊，棠棠……」

「你會被趕出百鬼夜行的，說不定叔叔還會封住你！」厲心棠改採哀兵政策，「從小到大你都陪我玩，我有一瓶養樂多你也就會有，所以你不能扔下我！」

「我不是扔下妳！我是在保護妳！妳不可能對付快成魔的東西！」阿天扳開她的手，「就一下下，給我一分鐘。」

天哪！夠了！厲心棠鬆開手，扳過了阿天的肩膀，認眞的看著他。

「天邪鬼！我命令你離開這裡！回到『百鬼夜行』裡去。」她一字一字凌厲的說著，「進店簽的約要嚴正看待，我是你們養大的孩子，說話算話是多重要的事，別讓我他媽的瞧不起你！你今天只要出手，我就討厭你一輩子！一輩子都不想看到你!!」

討厭你討厭你討厭你討厭你——這幾個字在阿天腦子裡循環，這是他活幾萬年來，最害怕的一句話！

「阿天！我不跟你玩了！我討厭你！」

「我最討厭阿天了！」

「不……不是，棠棠！妳別生氣，我……」阿天氣勢一秒全無，難受到心梗的看著厲心棠。

「回店裡，我給你買一個月的養樂多。」厲心棠捧著他的臉，「這是命令……」突然她壓低了聲音，「我們沒那麼笨，我們有辦法的。」

一滴水滑下阿天的眼眶，他委屈的點點頭，走時跟來時一樣，一陣風一眨眼的事。

然後，又剩下她跟「食人鬼」面對面了。

半透明的「食人鬼」驟然消失，下一秒閃現在距離她五公尺處，再消失——

厲心棠轉身就跑，這次她扔下了那把刀。

她哪跑得過「食人鬼」，他再度現身在她面前，厲心棠只差一寸就要主動撞進那張大大的大嘴裡……因爲有個跑得飛快的人，及時由後拉住了她。

厲心棠回頭，一時嚇得說不出話。

「閃開！」一陣大喝，一個穿著緊身衣的女人向這兒跑了過來。

她彎身輕易的拾起地上的大刀，而拉住厲心棠的女人直接抓著她的手，把她拋出去……眞的是拋出去的！喂！

厲心棠舉不起的大刀，在緊身衣女人的手上輕盈得很，她直接朝「食人鬼」那兒刺去，「食人鬼」毫不畏懼，甚至伸出手打算刺穿女人的身體……如果，他的身後沒有天外飛來的符字佛鍊纏住他的手的話。

『唔……啊啊……這種東西也想對付我？』話是這樣說，但符字鍊確實在

「食人鬼」雙腕上燒出了痕跡。

於此同時，女人將刀子刺進了「食人鬼」的身體裡。

「肚子，刺進那張嘴——」厲心棠喊著，但已經來不及，女人是朝心窩刺去的。

她人好端端的被早在一旁等著接他的男人接住，但剛剛這一甩眞的天旋地轉的……要不要這麼粗暴啊，芃姐姐！

「食人鬼」大吼一聲，雙手一抬，迫使拉著符字鍊的人鬆手，就怕慢一步他就被舉高吃掉了！雙手掛著佛鍊的「食人鬼」看著胸口的刀子，先是驚恐，接著發出了訕笑。

『哈哈哈……哈哈這什麼東西……』「食人鬼」輕鬆的把刀拔出來，那柄刀非常奇怪，刀刃上長滿了尖刺，活像是刀子版的狼牙棒，『你以爲我有心嗎？』

「食人鬼」居然直接撕開胸膛，讓女人看著他胸膛裡的空白！

誰管他有沒有心啊！女人給了個輕蔑的眼神，這是鬼，她又不蠢！她只顧著看著被「食人鬼」扔下的刀子，剛剛插進「食人鬼」靈體的小尖刺，已經全部不見了。

汪聿芃跑過來趕緊抄起被扔下的刀子，跑回厲心棠身邊，喜出望外的檢查著。

「小尖刺都進入靈體了。」她開心的望著這把刀，「這刀哪裡買的啊？好讚的感覺。」

呃……厲心棠忙不迭的把刀先拿回來，她老覺得給芃姐姐拿著會有危險。

「聽說是魔界的刀子，上頭的東西，應該會開始貫穿所有亡者，讓他們痛苦難當，然後……」

「然後他會被釘住，就算他再如何邪惡，一時半會也掙不開的！畢竟那些刺依舊會釘著地面。」

前幾天，唐家小哥打電話給她，說他在「百鬼夜行」門外，遞了這把刀給她。他簡短的解釋他姐姐身體不舒服，無法協助解決這件事，痛失這麼大訂單他們當然很懊悔，可是心有餘而力不足，只能出借一把武器。

厲心棠沒多問，問了使用方式後直接收下，那把刀是魔界的東西，上頭有烙印，但唐家大姐那份能力也不屬於人類，一定是發生很嚴重的事情，那個姐姐才會到下不了床的地步。

『啊……啊啊——好痛好痛！』阿嬤慘叫聲開始傳來，那刀上的銀刺果然開始在「食人鬼」身上遊走了。

『這什麼……快走！快走！』另一個女人尖叫著。

「食人鬼」全身開始扭曲掙扎，但他卻逃不掉，那些尖刺驀地穿透他的身體，伸長般的朝地上釘去，一根接著一根，「食人鬼」狼狽得呈現趴姿，被牢牢釘在地上。

即使如此，他們也無法眞的解決掉這個戾氣甚重的惡鬼，他的確已經超出了一般人能淨化的程度了。

「有夠臭！都是腐敗味……而且很凶狠啊。」女人走了過來，「我可以再拿刀多捅他幾下嗎？」

「小靜姐，這最多就是讓他釘得多根而已，無法解決他的。」厲心棠卻把刀遞給她，「不過妳可以多捅幾刀沒關係，我也希望他越虛弱越好。」

從前幾天的標記開始，就是他們的準備，如此能清楚的知道「食人鬼」的位置，還能削弱他的力量。

「小靜！」毛穎德攔住了她，「妳別去，萬一他突然掙脫，吃了妳怎麼辦？」

「他都不能動了吧！我去把這尖刺全部捅進他身體裡我比較安心。」她深吸了一口氣後，屏住呼吸的再度往前。

看著女人帥氣的朝「食人鬼」後背捅刀，厲心棠有點羨慕，小靜姐拿那把刀好輕鬆喔！

「這麼厲害的刀只能讓他變弱啊……」汪聿芃歪了頭，「我們捅穿他的頭顱看看如何？」

「有點噁心！」童胤恒搓搓她的頭，不要再想那些亂七八糟的。

「削弱很重要啊，不然毛大哥那個二十四小時只能用一次的肉咖言靈若失效了怎麼辦？」厲心棠誠懇的轉向毛穎德，「不能說能力不及的言靈，我們可沒失敗的本錢啊！」

毛穎德嘴角，「我這肉咖言靈，可救過不少人哩……廢話少說，那個闕擎呢？」

厲心棠看著腕上的錶，是啊，闕擎呢？

半小時前。

「坐坐，都不要客氣！」劉姐從冰箱裡抱出一大個蛋糕，「來吃甜點囉！」

「哇！」客廳熱鬧非凡，許多人剛吃飽正聊天著，下午茶又來了！

劉姐的家寬敞舒適，宛若貴婦的她，很難想像數個月前，她是個憔悴的幫傭！家中財產都被丈夫吸乾，買下無法負擔的豪宅，再讓她出去工作養家，而他則與小三小四逍遙快活。

「橙子，棠棠呢？」劉姐關切的問道，其餘人正在廚房幫忙泡茶。

「棠棠電話打不通，但她傳簡訊確定會趕上下午茶的！」王安橙先端一托盤而出。

「她早上沒去梁紫葶的告別式，有什麼急事嗎？」惠惠也好奇的問，「當初梁紫葶爲她爭取權利的事，我以爲她們很熟耶！」

惠惠是第五位死者的妹妹，那個啃奶奶的混帳。

王安橙皺起眉，她也不太清楚，過去在網路上跟棠棠很熟，但是家裡出事後，忙到沒辦法像過去那樣密切聯繫了。

「但我知道她不是那樣的人，一定是發生了什麼事。」

「那沒關係，等等先切一塊留給她！」劉姐大方的說著，並動手先爲厲心棠切了一塊。

「哎。」張曉薇坐了下來，看著一屋子的溫馨，「這一切跟夢一樣，想都沒想過，我能有這麼悠哉的時刻。」

王安橙聞言，主動上前抱住了她，一屋子人都安靜下來，他們懂，比誰都懂。

「警察先生，你們坐啊，不要老離我們這麼遠，很彆扭的。」陳應智吆喝著，客廳的兩個警官很是猶豫。

此時電鈴響起，王安橙興奮的轉身，「一定是棠棠！我去開！」

她趕緊跑到門邊，一開門卻愣住了……這個男人她見過，那端正的五官與神祕氣質，很少人會忘記，他是棠棠暗戀的人，她給她看過照片！

「王小姐，您好。」闕擎微微一笑。

「你……」她朝他身後望去，「棠棠呢？」

「喔，她去買個東西，讓我先上來。」闕擎手裡還拿著一盒禮物，「我可以先進去嗎？」

王安橙面有難色，今天的聚會只有特定人士參加，厲心棠沒問題，可是這個男士……她回頭才想找人問，闕擎卻不客氣的閃身走入。

劉姐家玄關寬敞，往右邊的拱門通過後才會進到客廳，裡面的人正談笑風生，吆喝著大家坐下來吃蛋糕。

「這個給醫生……警官你坐這裡好了！」

「這樣給醫生壓力太大了！馬克警官，你坐我旁邊好了！」

哦，大家都在嗎？闞擎掐緊盒子。

「喂！先生！等等——」王安橙嚇了一跳，「你不能這樣硬闖！」她的呼喚聲引起裡頭的注意，闞擎才剛進來，立即就與起身的馬克及李良凱遙遙相對了。

「你來幹嘛？」馬克挪開椅子，即刻朝他走來。長桌上背對他的人也都錯愕回頭，多數是沒見過他的，王安橙由後追上，「他突然就進來了，我沒辦法……」

「這位是？」劉姐拿著蛋糕刀不解。

「棠棠的……朋友。」王安橙有點不知道他們的關係，「他說棠棠在樓下，他就這樣進來了。」

張曉薇下意識的躲到一旁去，對於這樣強勢的場面她還是會怕，其餘人則是一臉困惑，也不安的紛紛看向馬克，有種這時有警察在真是太好的氛圍。

劉姐後面的房門打開，走出一臉困惑的侯幸蓁，「怎麼了嗎？啊……闞先生？」

「這麼熱鬧，大家都在……梁紫葶也算值得了，這麼多人送她。」闞擎朝馬克頷首示意，「我倒沒想到兩位也在這裡，大家都很熟？」

「警官們是爲了我！」侯幸蓁趕緊出聲，「我被纏得有點累，而且因爲曝光也收到威脅信，他們是保護我的……也保護大家吧。」

「不知道殺人犯會不會打算針對他們，我們本來就有分開看顧。」李良凱冷冷的看著他，「倒是你，你來做什麼？葬禮上也沒看見你。」

「我跟梁紫葶不熟，沒必要去做樣子，但我感謝她的奉獻跟犧牲。」他揚揚手上的盒子，「我是來幫厲心棠送禮的，薄禮一份。」

「棠棠不是在樓下嗎？」王安橙不滿的上前，「她怎麼了？爲什麼不來？她不是那樣的人！」

「她來不了。」闕擎幽幽的看向王安橙，「妳不知道怎麼回事嗎？」

王安橙一怔，「我……我爲什麼會知道？」

「她出事了嗎——啊！」惠惠驚恐的掩面，「食人鬼也找上她了？」

現場瞬間瀰漫一片恐懼，馬克趕緊安撫大家！闕擎倒是從容把盒子擺在桌上，那是個沒有包裝、只有一條緞帶繫著的盒子，看上去簡單，但在警官眼裡，被闕擎拿著，就是可怕的東西。

「很久以前，有個人跟在座的各位一樣，有意識以來就被家人控制並壓榨人生，而且是全家上下，沒有一個人疼愛他。」闕擎自顧自的開口，「家中只看重哥哥，唯一的寶貝，從祖父母到父母都溺愛，其餘的孩子都是多餘的，必須勤快、做事，讓自己有價值。」

王安橙悄悄倒抽了一口氣，雙肩微微顫抖，而躲到角落的張曉薇更是直接掩起雙耳，她不想再聽這種事了！

「你來這邊講故事的啊？」馬克不客氣的打斷他。

闕擎只是靜靜看了他一眼，舉起右手示意稍安勿躁，繼續他的故事。

「這家庭有個妹妹，必須任勞任怨、受盡冷眼與暴力，甚至違法當童工賺錢，才能吃飯，否則一天一餐還是剩菜，根本吃不飽！直到成年後，她終於可以正式打工，結果一拿到薪水，就被哥哥搶走了，家裡也沒人爲她做主，認爲她賺錢給哥哥是正確的。」闕擎頓了一頓，緩慢的環顧四周，一個一個對上他們的眼睛，「這能喝嗎？」

他突然指向眼前的杯子，問向劉姐。

「啊，可、可以。」劉姐點點頭，剛倒的茶，很多人都還沒動。

「喂，小子，你——」馬克上前就想打斷。

「聽他說吧！」劉姐居然出聲，「他講這個一定有什麼用意的，說不定我們可以幫助那個跟我們同病相憐的人啊！」

「對，就讓他說吧！」陳應智也悶悶的開口。

闕擎喝了口茶，表示謝意後，繼續他的故事。

「妹妹賺錢提供哥哥生活費，天經地義，事實上他們根本不想讓女孩唸書的，但她實在太優秀了，不但不必學費，還能擁有獎學金，衝著這筆錢，她父母願意讓她繼續唸書！女孩也知道，唯有讀書才是翻轉人生的辦法，她必須變優秀、賺大錢、脫離這個家——直到她被哥哥拖進地下室後，這個想法也沒變過。」

現場有人開始發抖，他們都知道地下室裡發生了什麼事，也知道不會有人救那個女孩。

「即使女孩向家人求救，他們也不相信兒子會對自己的妹妹做出令人髮指的事情，女孩求救無門，甚至反過來被哥哥以不雅照威脅，讓她對他的熟人出賣身體。」闕擎將帶來的盒子挪到身前，開始拆開緞帶，「受盡寵愛的哥哥沒有成材，反而成爲毫無同理心的街頭混混，無惡不作，而妹妹的優秀卻也沒讓她脫離那個地獄，因爲哥哥握有她的把柄。」

馬克把手擱在後腰的槍上，出聲警告，「你別動喔！那盒子裡是什麼？」

「禮物。」闕擎舉著雙手，盡可能用慢動作的打開盒子，「你介意的話可以湊近一點看的，我又不是殺人狂，我能做什麼？」

馬克眞的趨前，李良凱甚至拔了槍，現場頓時一陣驚叫！

「爲什麼拔槍!?」惠惠失控的尖叫著，「啊啊——啊啊啊——」

「放下！放下槍！你們在做什麼？這裡沒有犯人！」侯幸蓁喝令警察們放下槍，著急的衝到惠惠身邊，「沒事的！我們都在，妳的威脅已經不在了，那是警察啊！是警察！」

女孩崩潰的慘叫聲不絕於耳，馬克擰眉，只好回頭讓李良凱放下槍，他們嚇到這些身心受創的人們了！連他都不得不把手移開槍。

再正首時，發現闕擎已經趁剛剛的空檔，把盒子打開了。

一陣混亂後，惠惠哭著埋進侯幸蓁的懷裡，嚇得魂不附體，侯幸蓁瞪著馬克他們，責備他們爲什麼要這麼做！

「闕先生，故事可以改天再講嗎？這裡每個人都受過創傷，禁不起你在傷口上灑鹽的！」

「我知道他們都是醫生的患者，妳有仁心，但這並不是他們的故事啊，我在說的是一個需要拯救的人。」闕擎指指盒子，勾手叫馬克看清楚，裡面不是什麼危險物品。

馬克趨前看了看，沒有鬆口氣的意思，但至少不再緊繃。

「你……報警啊！告訴警察、告訴醫生，讓醫生幫她，讓警察去抓那個爛哥哥！」陳應智提出天真的建議。

「能這麼簡單，我還需要來求幫忙嗎？要想想，妹妹非常優秀，賺了許多錢，她的家人搖身一變成爲吸血蟲，每個人都大手大腳的花錢，從妹妹身上挖錢養他們，甚至即使妹妹表面風光無限，哥哥一通電話，她還是得去出賣身體，因爲她過去的黑歷史，所有不堪入目的照片與影片，都在哥哥手上。」闕擎嘆口氣，「她越成功，就越擺脫不了家人糾纏、大筆揮霍、哥哥的凌辱與賤踏，還有吸毒更是個無底洞，再會賺，她也無法應付這種開銷，最不堪忍受的，是家人對她的賤踏。」

「但那是能處理的，我們可以立刻捉捕哥哥，阻止私密照外流！」李良凱義正詞嚴。

「笑話！他沒朋友嗎？說不定每個人都有備份，哥哥一被抓，立刻就散播到網路上。」王安橙嗤之以鼻，「只要一上傳到網路上，就永遠來不及了。」

「是的，王小姐說得沒錯，所以只剩一個辦法。」闕擎一邊說，一邊從盒子裡拿出東西，「就是讓壓、榨、她、的、人、消、失。」

東西一樣一樣拿出來，都是不起眼的物品、老花眼鏡還有戒指？不懂意義何在。

就在旁邊的劉姐困惑，「這是什麼？」

「那女孩的家人，一個哥哥、還有父親、祖母與母親，一共四個人，也就是食人鬼那四隻手的由來。」闕擎說著令全場錯愕的事，「我知道大部分人都沒看過食人鬼，請兩位警官做證，雖然你們也沒見到，但總該相信長官的話，『食人鬼』就是個鬼，由四個亡者組成的。」

「咦？」現場果然炸開了，所有人都不可思議——鬼？

王安橙得拉張椅子坐下，就怕自己站不穩，「這說起來挺合理的，我爸媽的死狀，的確不該說是人幹的。」

「鬼？你是說好兄弟嗎？怎麼會有這種事？」陳應智完全驚愕。

「我不知道來源，但女孩得到了一種咒術，殺人獻祭後，將這四個人硬結合成一個靈體，然後可以操控他們……例如，吃掉你們的親人情人？」

所有人瞬間倒抽一口氣，而馬克與李良凱交換眼神，他們悄悄的移動著腳步，手慢慢的擱在槍上。

「你是說，有人下什麼咒術，操控鬼……吃掉跟她爸媽一樣的人？」劉姐嘶了一口口水，「或吃掉像我丈夫一樣的人？」

「是，很好用吧，在座各位雖然陰影仍在，但生活上應該被拯救了吧！」闕擎微微一笑，緩緩轉過了身，「因為她發現，做再多的心理治療，都不如把罪惡源頭拔除來得乾脆，是吧？」

他對著侯幸蓁。

侯幸蓁依然抱著那個環抱住她的女孩，此時全屋的視線紛紛轉向了她，她沒有任何反抗，表情平靜的終於也對上了闕擎的視線。

「妳家人的遺物我們已經找到了，老家已經沒有人，鄰居朋友都以為他們出國了，失蹤了好一陣子！但食人鬼本體是妳那個哥哥，綽號叫蠢火，紅色頭髮，右手虎口藍色刺青的星芒，中間還有一把刀。」闕擎拿起第一張照片，就是那個刺青圖，「刺青店的客戶存檔照。」

抱著侯幸蓁的女孩呆住了，她僵硬的放下手，不明所以看向侯幸蓁。

「所有的死者，都跟妳的病患有關，我們已經查證了，這裡所有的人都跟妳有連結，全是妳的患者。」闕擎朝馬克看了眼，「梁紫葶查到的，醫生就是圓心，所以我感謝她，可惜她也因此死於非命。」

「不要動！侯醫生！」李良凱不知何時已經走到了側邊，舉槍對準了侯幸蓁。

侯幸蓁喉頭緊窒，她沒有太大的舉動，而是舉起雙手。

「我眞的早該除掉你們……我是在做好事！你看不出來嗎？這裡每個人都獲得重生了！」她眞的很平靜，「陰影可以隨時間沖淡，但那些食人鬼不死，他們就一日出不了地獄！」

「食人鬼？」陳應智不懂這名詞。

「梁紫葶是個草包！什麼寄生蟲？那些我們無法選擇的親人、擺脫不掉的情人、活活靠啃噬我們的人生而活的混帳，他們才是眞正的食人鬼！」侯幸蓁振振有詞，「我的食人鬼吃掉他們只是眨眼間的事，但他們吃我們是難以磨滅的痛苦，永無止境的啃蝕！」

對……對……在場人無不爲之動容，就是這樣！他們的人生，都被自己的親人或愛人吃掉了！

「他們比鬼更可怕！」張曉薇哭喊出聲，「他們毀了我的人生啊啊啊！」

「我也是！」惠惠跳起，張開雙臂擋在侯幸蓁面前，「我不許你們傷害醫生，是醫生救了我們！」

王安橙喘不上氣，她知道醫生犯了罪，但是……她眞的被拯救了。

「那個什麼鬼的？是眞的嗎？」她不解的問，「妳殺了……」

「我不是比你們有勇氣，我只是被逼到了極致……當我哥逼我賣淫時，他們還會羞辱我，『知名精神科醫生又怎樣，還不是個賤貨』時我就忍無可忍……我變成這樣，不是他們害的嗎？」侯幸蓁終於激動起來，「用我的錢還糟塌我，憑什麼我要被這樣羞辱！」

所以她殺了他們，這麼相親相愛的家人，就組合在一起，永遠不分開吧。

「我不知道……但是我眞的被救……」王安橙哭了起來，「我爸媽跟弟弟死時，我好高興啊！」

「是醫生幫了我們！」張曉薇也鼓起勇氣的試著起身，「你們不能抓她！」

電光石火間，那個弱小的男孩居然撲向了李良凱，而且是直接將他撲倒，幸好李良凱還沒開保險，否則就怕槍走火傷到了誰！而王安橙沒有站起也是爲了這瞬間，她衝向馬克，推倒的同時，張曉薇上來搶走了他的槍。

闕擎冷靜的站在原地，一動不動，這場混亂倒是他始料未及的——這群長期被欺壓的人，現在竟然這麼有勇氣了？

「別這樣……你們別犯法！放下槍！」侯幸蓁趕緊大喝，「好不容易獲得新生，不能犯罪！」

拿著槍的張曉薇跟陳應智都錯愕，「可是……」

「放下！」侯幸蓁再次喝令，「這不是我做這些事的目的，我是要救你們！」

舉著槍的張曉薇與男孩都在發抖，由於槍都有上保險，所以兩名警官見狀都飛快上前奪回槍枝，接著就是恐懼的籠罩，幾乎所有人都嚇得蹲下身子，雙手高舉。

「別這樣！他們都不是有意的，只是想保護我……」侯幸蓁轉而勸說警官們，「他們不會傷害人的，你們知道！」

「但妳會。」闕擎冷不防的打斷她，「有一隻殘暴的鬼在妳的操控下，可以任意吃人……妳一個意念，就能讓食人鬼出現，吃了馬克警官！」

「噫！」這話嚇得惠惠又瑟瑟顫抖，鬼啊鬼啊，那個把她男友剖開吃掉的「食人鬼」啊！

侯幸蓁忿怒的回頭瞪著他，「我殺的是食人鬼！不是無辜的人！」

「是嗎？」馬克槍口調轉，再度轉向侯幸蓁，「最近有好多起無辜者受害，他們都不是寄生蟲……妳口中的食人鬼！」

「我去尋找妳哥時，我也順便去看了另一個人家，全家悲慘的在辦喪事，兩個孩子，最大的才八歲，母親有糖尿病需要洗腎，妻子是殘障人士，家裡都靠他一個人賺錢養家，但他們很知足，也快樂。」闕擎用輕蔑的眼神看著侯幸蓁，

「那天他義氣跟兄弟一起打群架，被關進警局，因爲不想花錢交保，決定在拘留所待上兩天，反正遲早會放他出去……但他錯了，他沒來得及出去，因爲在妳想殺放火仔那晚，挖出了這位父親的心肝，吃掉了。」

馬克旋即意會到，闕擎說的正是那晚與他同一間的無辜者。

侯幸蓁斂緊下顎，忍不住發顫，她當然知道那晚誤殺了無辜者，但那是因爲、因爲……

「梁紫葶也是無辜者，後面還有好幾起對吧，警官，雖然中間有妳所謂的『食人鬼』，但爲了拯救某些人，卻拉拼命活著的人陪葬，這就是妳所謂的救贖嗎？」闕擎低低笑了起來，「很抱歉，我難以苟同！」

「那是意外！」侯幸蓁激動的回身看著他，「我沒有要傷害無辜者，從頭到尾，我想要對付的只有那些活的食人鬼！」

「爲什麼會有意外？不、不是……」李良凱理智上依舊難以接受，「到底爲什麼會有鬼這種事？眞的是妳操控的？」

一旁的劉姐始終憂心忡忡，「侯醫生啊……可是，可是不管什麼咒術，施咒都不是好事啊！我記得只要是詛咒，都不會有好下場的！」

「劉姐不愧是長輩，正是如此。」闕擎朝劉姐微笑，「我想侯醫生也是最近才開始意會到吧？我可以明確的告訴妳，食人鬼即將失控，妳將不可能控制住他們。」

「那是不可能的！那本書上寫得很清楚，他們跟我是綁在一起的！只有我、創造出他們的我可以控制他們！」侯幸蓁其實也不明白，爲什麼她的混帳家人可以違背她的意願？

連死後都可以違抗她？可惡至極！

「對，但他們是亡靈，本體還是四個妳的垃圾家人，不是沒有思想的機器人，妳只能讓他們去吃誰，但無法百分之百掌控他們其他時間的行動——例如在他們撕開無辜者的腹腔時，妳根本措手不及吧？」

就算喊阻止，也敵不過那幾秒鐘的殺戮。

侯幸蓁無法辯駁，事實就是如此，所以她一再的品嚐那令人作嘔的生肉鮮血，幾乎要讓她崩潰。

但是，她不會停止的。

侯幸蓁咬牙抬首，抹去了流下的淚水，堅定的看著眼前的槍口與警察，然後旋了腳跟，看向闕擎。

「這是個法治國家，我跟凶案沒有關係，我都有不在場證明，現場也沒有證據證明是我殺的。」她一字一字清晰的說，「鬼怪之說，只是你的妄想之詞，你是想起了十一歲的事嗎？那個除夕夜？」

什麼!?闕擎過長的黑色前髮也難掩震驚的雙眸，這醫生知道他的事!?

「雖然是被收養的，但你一直戰戰兢兢，畢竟那是個有錢的大家庭，許多人視你爲眼中釘，對你可能的繼承權虎視眈眈，所以你一直擔心受怕！」侯幸蓁瞥向了馬克，「甚至連情婦的孩子，都不能接受毫無血緣關係的你，成爲養子吧！」

好傢伙！這個醫生知道這麼多事！

馬克也瞠目結舌的望著侯幸蓁，但是她卻突然抬手，比了個1，做出指引的方向，指向了闕擎……然後，馬克的身體不受控制的，真的指向了闕擎。

「馬克？」李良凱不明所以，侯幸蓁卻只是一彈指。

「休息吧。」

磅！李良凱一秒闔上雙眼，雙腿一軟的倒地，在驚叫聲中，傳來了如雷的鼾聲！

催眠！闕擎這才想到，這女人曾幾何時，早已經對所有人先出手，以備不時之需了嗎？

「動不了也不能說話了吧？」侯幸蓁依舊如往日般輕聲細語，「你說的夠多了。」

她自若的朝著闕擎走來，還帶著點自負的笑容，刻意貼近他……然後探身往他身後的桌上拿起第二個東西：老花眼鏡，哼，那老太婆的東西，殺她那天不知道甩到哪邊去，看來闕擎跟厲心棠眞的去過她老家了。

「我只專注在厲心棠身上，沒算到你……我不想傷害她，才刻意將她強制送醫治療，可是……唉。」她拿起桌上的四個物品，都是她垃圾家人的遺物，「解決完梁紫葶後我本來想料理她，但就是找不到，非常神奇……你那間精神療養院也不是什麼好地方，鬼連踏都不敢踏入。」

闕擎瞟向遠方的鐘，約定的時間快到了，可是現在的情況卻……她究竟是什麼時候爲他催眠的？

「侯醫生？」劉姐戰戰兢兢的站起，畢竟現下侯幸蓁已經掌控全局。

「都起來吧，沒事了。」她溫柔的再轉過身，對著眾人宣布似的，「我不會停止的，活的食人鬼比眞正的食人鬼更殘忍，他們無所不在，長期腐蝕著跟我們一樣的受害者，我想要解救大家……」

惠惠用力喊著，「我支持妳！是醫生救了我！否則我現在怎麼可能在這裡喝咖啡！」

「我也……那些人本來就該死。」張曉薇難得說話如此有力，「那些指責妳的人，根本就是那些垃圾的共犯！他們在指責妳救了我們嗎？」

曉薇？王安橙眼神流露出惶恐，她望著那個如驚弓之鳥的女人，但現在說出來的話卻無比堅定，可是……這樣眞的是對的嗎？

而且事情的邏輯不是這樣連的吧？殺人是殺人、救人是救人，兩碼子啊！

百鬼夜行
第十三章
活的食人鬼

用鬼殺人這件事是很離奇沒錯，但她的弟弟跟父母都因此被解決了，她說一百次都不膩：她就是非常高興……可是原本以爲只是一個變態殺人犯，現在卻是醫生刻意爲之，她總覺得哪裡不對。

她是被解救了，也由衷感謝醫生，但這樣不能代表醫生就是對的。

醫生正在扮演上帝，不能因爲她救了這些人的人生，就無視於她殺人的犯行。

弟弟當初意外身故時，她就在網上發文，她不認爲這是對的；那時的想法，至今依舊沒有改變……可是，她能說嗎？

「我只是害怕！侯醫生！我想支持妳，可是那種詛咒會反噬妳的！」劉姐擔心上前，一把抱住了侯幸蓁，「這個男人剛剛說了，妳會無法控制那個東西！」

對！王安橙有點緊張，她揪著雙手，那個「食人鬼」已經殺了無辜者不是嗎？難道爲了救人，不只殺惡人可以，無辜者也能成爲必要的犧牲？眼尾餘光看見同樣掙扎的陳應智，他們有著一樣的矛盾與猶豫。

「我不怕被反噬，我只怕有更多跟我們一樣求助無門的人！只有我們懂，什麼叫活生生的地獄！」她反抱住劉姐，「我會盡最大的力量控制，所以我要加快腳步，救更多人，直到我辦不到爲止。」

闕擎在心中冷笑，她辦不到的時候？那時就來不及了！

「侯醫生！」惠惠哭著上前，淅瀝嘩啦，「妳爲什麼這麼偉大！」

張曉薇也抹著淚往前走，順便朝王安橙伸出了手……所有目光投來，侯幸蓁看向了這邊。

她敢拒絕嗎？王安橙在心裡暗忖，看看兩位警官的模樣、闕擎無法動彈的困境，說不定他們每個人早就被催眠了，醫生可以隨時啓動、解決掉他們！

王安橙顫抖著手搭上去，擠出笑容走向侯幸蓁，在經過陳應智時，朝他使了眼色！男孩沒有猶豫，也趕緊跟上。

「是醫生救了我，我沒什麼好說的。」王安橙也抹去淚水，「不過……醫生妳眞的好厲害，居然能讓這位闕先生無法動彈！」

「小小催眠而已，不然我也沒辦法解決掉我家那四個食人鬼。」侯幸蓁回眸，看著闕擎有點憐惜之情，「我不是針對你，眞的，是你跟厲心棠眞的知道太多了！」

她拍拍劉姐，接著讓所有人回家，剩下的交給她。

「咦？這樣好嗎？不會有事？」

「放心。」侯幸蓁肯定的說，接著把家人的遺物放回盒子裡，「但這個我需要有人幫我處理……」

「我來！」王安橙突然自告奮勇，「我會分開處理，要完全毀屍滅跡嗎？」

侯幸蓁望著王安橙點點頭，橙子一向很可靠。

王安橙接過盒子後，煞有其事的重新綁起緞帶，「一路都有監視器，我希望它長得像一般的禮物。」她這麼解釋著。

其他人陸續的穿上外套要離開，躺在地上的李良凱依舊鼾聲大作，馬克跟雕像一樣動也不動，但是保險已開，槍口仍舊對準闕擎，闕擎則背靠著長桌，也跟雕像般僵著。

王安橙細心的繫著緞帶，緊張的想著有什麼辦法能幫闕擎一把……她總覺得，一旦侯幸蓁改了想法，說不定她會是下一個奴役他們人生的人——她才不要……咦！她突地往闕擎一看，她剛聽到什麼？

「橙子？好了嗎？」侯幸蓁這時走來，嚇得她差點滑掉盒子。

「好了，好了……」王安橙眞的心臟都要跳出來了，拎過外套，拿著禮盒與大家一起離開了劉姐家。

人人依依不捨，眼裡感激涕零的乘坐電梯離開，然後侯幸蓁回到宅邸裡，劉姐披上大衣，她也不能在家。

「我會通知妳的！去逛逛超市吧，很快的。」侯幸蓁溫柔的說，她對患者眞的都非常和藹可親。

「小心點。」劉姐抓過皮包，「晚上我煮妳愛吃的。」

「好！」侯幸蓁笑著，關上了門。

呼，她站在玄關調整思緒，重新走回客廳，「馬克警官，請押著闕擎跟我來。」

至於地上那個睡著的，就任他睡吧。

她走進了剛剛步出的房間，闕擎跟著她往裡走，才發現原來侯幸蓁在這邊住了一陣子了吧……救了富太太，就光明正大的住在這裡嗎？

偌大的衣櫃門是開著，衣櫃門的內側，畫了一個複雜且沒看過的圖騰，但在闕擎眼裡，那可是個邪氣破表的東西！誰會用這種施咒啊！無知眞是可怕！

「他們早就出去了，找高宗智那些混帳，還有厲心棠……她總算出來了？」侯幸蓁狐疑的望著他，「她到底是住在哪裡？爲什麼會聞不到她？」

他還不能說話對吧？闕擎別開了眼神。

侯幸蓁捲起袖子，手臂上是密密麻麻的傷口，只見她從衣櫃裡拿起刀子，那把刀子也不是普通物品，侯幸蓁一握住，就黑血涔涔滲出，只是她看不見而已！

她用那把刀劃開自己的皮膚，黑色的液體跟著傷口鑽進她體內，而她的鮮血則滴進了圖騰裡。

「找到了！還有空煮東西吃？」她闔著雙眼，似乎已經與「食人鬼」連結上了，「吃掉他們！」

「啊……啊啊——好痛好痛！這什麼……快走！快走！」

聽著侯幸蓁片面的話語，闕擎就能知道她找到厲心棠了，肉咖言靈者與馮千靜都來了……還有另外的外援，現在就等魔界的刀刺入「食人鬼」體內了！看到這咒術，不得不佩服唐家姐弟眞有兩把刷子，他們是不是早知道「食人鬼」的驅動咒是魔界符文啊？這種知識該去哪裡學？圖書館借得到嗎？

「呀——」接著侯幸蓁突然一陣慘叫，咚的跪地，雙手撐著地面，像是難以動彈。

成功了嗎？眞可靠！他吁了口氣，突然倏地蹲下身子以防馬克開槍，發現他仍在催眠中後，移開他的手，好讓他指向牆壁。

悠哉悠哉的走到咒陣的另一頭蹲下身，隔著圖騰好跟侯幸蓁面對面。

「這下麻煩了吧？」他嘆口氣，「妳現在無法召回食人鬼，也沒辦法完全脫勾……當然妳比鬼自由點，但是意識卻不能輕易移開。」

侯幸蓁不可思議的看著闕擎，這個人爲什麼能動？

「你不是應該被我催眠了嗎？你不能擅自移動跟說話的！」她的催眠術精湛，從沒有出錯過！

「妳是什麼時候對我進行催眠的？其實也不重要，我跟一般人不一樣，這種程度的催眠無效的。」闕擎指著自己的眼睛，「妳現在當場看著我的眼睛進行催眠，保證也沒有用。」

她已經試過了！在闕擎一蹲下來時，她便凝視著他嘗試催眠，根本毫無作用！

「把他的催眠解開吧！」他指指馬克。

「放開我！」

「解開，我就考慮。」到這時了還談判啊？怎麼每個人都一樣，不先看看自己有多少本錢？

侯幸蓁深吸一口氣，吃力的舉起右手，朝著衣櫃門敲了兩聲：叩叩。

「馬克警官，吃飯了！」

馬克顫了一下身子，瞬間驚醒般的看著自己眼前的牆，還有舉著的槍，呆然的環顧四周後，看見了蹲在左後方的闕擎與侯幸蓁。

「去叫醒李良凱吧，你們被催眠了……一樣的方式嗎？」闕擎又問。

「彈響指兩下，叫他起床。」侯幸蓁的右手像被什麼力量控制似的，又撐回地面。

「侯醫生！妳怎麼可以——」馬克是真的氣急敗壞，但首先出去叫醒同伴。

闕擎看著手腕的錶，他跟厲心棠對過時的，要在對的時間做對的事。

「放開我……你知道我在救人的！」侯幸蓁咬牙切齒，「我才救了這幾個，你知道還有多少人在等待我的幫助嗎？」

「妳知道那個洗腎的母親、殘障的太太跟兩個襁褓中的孩子，再也等不回來父親嗎？還有一個剛考上大學的女學生，上週則是要去求婚的男人，還有……」

「那是意外！那是……必要的犧牲！」侯幸蓁並不想聽，「他們越來越殘暴，我只能盡力的控制，我已經把傷亡降到最低了！」

闕擎搖了搖頭，「錯誤答案啊，醫生！妳的悲天憫人，只對相同遭遇的人，卻不在乎其他人！」

「你不懂！你什麼都不懂！」侯幸蓁歇斯底里的吼了起來，「妳沒生活在地獄裡的你，怎麼知道我們的痛！」

闕擎的眼神，突然變得深沉，他緩緩起了身，居高臨下般的睥睨著侯幸蓁。

「妳怎麼知道，我沒生活在地獄裡呢？」

咦？侯幸蓁打了個寒顫，她突然想起了闞擎被收養後的那個除夕夜。

馬克帶著被喚醒的李良凱進來了，他們現在知道自己被催眠，但催眠時的對話並不清楚，總之現在嫌犯就在這裡，必須帶回去。

「動不了，她現在跟『食人鬼』相連，把她帶走的話，『食人鬼』就會失控，你們擔不起。」闞擎轉頭看向馬克，「原來你也是王家的孩子。」

馬克聽到這件事，臉色不變，忿忿的瞪著他。

「你呢？對我也是殺氣騰騰的？有什麼仇嗎？」闞擎無奈的問著李良凱。

「我最要好的兄弟派去跟監你，莫名其妙死於火燒車！那根本不可能！」李良凱手裡緊緊握著槍，如果可以的話，如果可以——

「火燒車啊……」闞擎聳了聳肩，「太多組來跟監我了，我是真不記得……啊，我不喜歡人家跟著我！」

「你這混帳——」李良凱擎起槍，馬克趕緊攔下。

「不可以！還有很多謎團沒解，多少兄弟的死，王家當年的滅門血案，還有後來的古明中學、中部地區的黑道，以及……」馬克簡直如數家珍，把他到這個國家後的經歷差不多都說了一遍。

「別數了！時間差不多了，我得先把『食人鬼』解決掉。」闕擎請馬克暫停數數兒，繞過咒陣來到侯幸蓁身邊，再度蹲下來，扳過了她的下巴。

「你要幹嘛？放開她！」馬克喝令，「你們兩個都得跟我們回警局！」

「又關我的事了？」闕擎一邊看著秒針，一邊抱怨。

「你在高宗智案的嫌疑並未洗清……事實上我們不會讓你洗清的。」難得有指紋又有監視畫面，不可能輕易放過他。

喔，闕擎聽出來了，看來程元成打算捨棄事實，跟他槓到底了。

倒數十秒。

遠在城市另一角的巷道內，所有人看著咆哮掙扎、一堆亡靈掙扎著凸出、幾乎要暴衝的「食人鬼」，都不太想靠近。

「毛大哥，你也不必站太遠，就安全、安全距離就好。」厲心棠是這麼說，但好怕「食人鬼」會突然掙扎銀刺枷鎖殺過來喔。

「妳都抖成這樣了還鼓勵我，眞難爲妳了！」毛穎德深呼吸，「只要這傢伙眞的夠弱，我這個言靈應該能成功。」

厲心棠也正看著錶，在心裡覆誦著等等要說的話——但她突然啪的握住了他的手。

「改一下吧。」說著，厲心棠踮起腳尖，附耳在他耳畔。

「咦？真的假的？完全相反耶！」毛穎德瞠目結舌。

「快點！時間到了——」

時間到了。

闕擎箝著侯幸蓁下巴的手用力了點，她吃疼的喊痛，「你弄痛我了！放開！闕擎，如果沒有任何無辜者傷亡的話，你會認同我的對吧？那我保證以後不會有任何一個無辜者犧牲的話……」

正激動的侯幸蓁聲音突然微弱了，她望著闕擎的眼神失了焦，也不再掙扎或是反抗……

闕擎鬆開了手，站起身轉向馬克，他手裡的槍直指著闕擎大喝，「把手舉起來！轉過……」

轉過……喊到一半的馬克，手突然垂了下來，眼神空洞的看著遙遠的地方，這讓一旁的李良凱傻了。

「學長？學長你是怎麼了？」他轉向闕擎，「你對學長做了……什……」李良凱也垂下了手。

闕擎朝旁跨一步，走回馬克面前，「你不是想知道除夕那晚發生什麼事嗎？等等你就會知道了……李良凱警官嗎？抱歉，真的不是針對你！我只是……針對所有想要找我麻煩的人，Sorry！」

他理理大衣，從容不迫的開門走出侯幸蓁的小房間，甚至一路走向了大門口；而此時背後傳來驚恐且淒厲的慘叫聲，且是三個人的叫聲此起彼落。

「是你們逼我的！走開啊啊啊——不要碰我！」房裡的侯幸蓁抓過剛剛那把刀，瘋狂的揮舞著，然後開始一刀一刀往自己身上捅！

「對不起！媽！我應該跟妳去的！我不應該賭氣的！」馬克哭得泣不成聲，緩緩舉起手裡的槍口，抵住了自己的頭。

「這是什麼東西啊！學長！救我！你快看——他衝過來了！學長！」

砰——砰——

電梯門關上的瞬間，響亮的槍聲從劉姐屋裡傳了出來。

「忘了回答侯幸蓁啊……」他看著電梯的反光，思索著她最後的問題，「說穿了，根本不關我的事，也無所謂支持或反對了吧！」

電梯直抵地下停車場，一台車亮起車燈，響起兩聲喇叭！他愉悅的走了過去，在車頭就朝駕駛頷首道謝，她果然聽見了他的低語：「停車場等我。」

「謝謝妳了！王小姐！」

「食人鬼」一邊怒喊著住手，卻一邊折斷了將他釘在地上的銀刺，一刀一刀往身上捅，他自個兒用尖刺刨出那一個一個亡靈的畫面，讓所有在場的人看了都瞠目結舌，馮千靜嫌噁心的轉身不想看，眼不見爲淨。

不停的切割自己，一直到消失爲止。

「你剛說了什麼啊，學長？」童胤恒作嘔的上前。

「我……」毛穎德看向厲心棠，「**讓施咒者跟祭品完全相連**。」

「什麼？不是說要把他們切開，終結咒術嗎？」馮千靜詫異的轉頭過來問了。

「我怕不夠力，要是反而讓施咒者死亡，食人鬼自由就不好了。」厲心棠平淡的說著，「對不起，因爲您的言靈只有二十四小時一次，我們不能有失誤。」

「也，也還好……但現在他消失了，就代表沒事了嗎？」毛穎德看著一地的銀刺，平靜得讓人不安。

「沒事了。」厲心棠幽幽說著，望著一地尖刺若有所思——施咒者跟「食人鬼」，都解決了。

「眞噁心死了，一堆腐爛的東西從他腸子裡流出來，幸好現在都不在了，但我老覺得還嗅得到。」馮千靜嫌惡的說道，揮舞著大刀，「那刀子跟地上那堆尖刺怎麼——」

餘音未落，地上那堆銀刺居然咻咻咻地飛回刀上，瞬間成爲剛拿到時的模樣！一眾人呆呆的看著情況，不要緊的，都看見有惡鬼會自殘了，這種刀子復原的事也沒什麼了吧！

「不過……施咒者死了對吧？」汪聿芃看著毫無痕跡的地面，「她死了，『食人鬼』才會消失的對吧？」

厲心棠不做正面回答，淺淺一笑。

她剛剛感受到「食人鬼」……或是施咒者的吶喊了，她痛苦但也狠毒，心酸卻也殘忍，她已經見過太多這樣可憐的人了，他們都因爲悲慘的過往，然後走向更毒辣的道路，一點都不輸給當初殘害他們的人。

的確這世上便是如此，走正道不一定能獲得正義，尤其被傷害的人往往有一輩子都無法治癒的傷，加害者卻不痛不癢逍遙自在；可是，這些理由都不能讓

「受害者」的屠戮變成正確的、理所當然的。

她知道施咒者的不甘心，她不認爲自己有錯，甚至已經認爲自己在拯救世人，這是叔叔常對她說的「人類之狂妄」。在與侯幸蓁諮商時，她曾片刻感受到那份同仇敵愾，這就是讓她誤判形勢，以爲侯幸蓁是跟她同一陣線的主因……也不能說不是同一陣線，但她已經走偏了。

剛剛她也感受到「食人鬼」的貪念，他們嗜血如命，生前死後都有填不滿的欲望。

還有……一個更可怕的東西。

「無所謂了，我就是受不了爲了這傢伙宵禁，莫名其妙的悶死我了。」馮千靜把刀扔還給厲心棠，「我要回去休息了，累死！」

厲心棠接住了刀子，然後又重到拿不動了。

「有需要我們的地方再找我們！」毛穎德客氣的說。

「那我也要回家了！」汪聿芃打了個呵欠，「終於可以去逛夜市了！喔耶！」

童胤恒笑笑，但有點不忍的看了眼剛剛「食人鬼」存在的地方……施咒者是誰厲心棠沒說，但以那種方式自殘，還挺可怕的……正常人會這樣自殺嗎？

警笛聲忽地由遠而近，看來剛剛的狀況還是有人報警的嘛！

手機震動，厲心棠喜出望外的拿起，原本以爲是闕擎，卻突然失望的垮下臉，「喂，章警官……」

「厲心棠！快走！程元成帶人去抓妳跟闕擎了！」

「……嗄？」厲心棠以爲幻聽。

「闕擎依然被視爲高宗智案的嫌犯，而妳是關係人，而且逃離精神療養院，還可以順便對精神療養院問責！」章警官焦急的說，「的確合理，但他就是能先抓妳再說，妳懂嗎！」

厲心棠聞言，立刻邁開腳步，跟其他人說了情況，聽著警車來的方向，先溜爲妙啊！童胤恒有開車，一行人擠上了車，毛穎德跟馮千靜是騎重機來的，由後跟上。

「爲什麼無緣無故要抓你們啊？證據不足啊！」童胤恒不明所以！

「那也是要等證據調查出來才知道！因爲高宗智車內都有闕擎的指紋！」厲心棠大概明白這一點，「那抓我又是爲什麼？我又不是犯人，溜出醫院也要被當通緝犯？」

「可能是因爲妳認識闕擎，找不到闕擎就找妳的概念吧！」童胤恒搖了搖頭，「闕擎呢？他人在哪裡？」

「他沒手機！」提到這點她就來氣，「我連要跟他說現況都沒辦——」

再次有人來電，是陌生電話，她相當遲疑，但現在不敢錯漏一通，「喂？」

「妳在哪裡？安全嗎？」

闕擎！是闕擎！厲心棠激動的指著電話，用眼睛告訴前座的兩個人！

「問他現在去哪裡～怎麼辦？」童胤恒趕緊提醒，這女孩一激動起來啥都忘了。

「程元成要抓我們！食人鬼應該一解決，警車就殺來了，還是章警官通知我跑的！」

「我也是，我在橙子車上……但不能拖累她！我可不想被抓到！」

「那……回店裡！只要回店裡就可以了！」

「有十公里，我怕來不及，而且程元成一定派人守在外面。」畢竟他們能回去的地方，只有「百鬼夜行」了。

啪！一旁的車窗突然被拍打，汪聿芃趕緊降下車窗，與房車並行的機車大喊：

「警車越來越近了！要想辦法躲！」

汪聿芃茫然的朝窗外望，突然回身抓住了駕駛，「去地鐵！到J13站會合！

越快越好！」

「聽見了！我也在附近！J13！」闕擎已經聽見呼喊聲，旋即掛上電話。

童胤恒踩下油門，直衝J13站，重機也先行一步飆去！警車的聲音一直都聽得見，厲心棠心急如焚，手心冒汗，這情況他們果然回不去「百鬼夜行」。

「爲什麼……」她不平的咬著唇，「這些人比鬼還要麻煩！明明知道是鬼，明明知道不是闕擎，還硬要找碴，還有……對！」

精神療養院！厲心棠趕緊傳訊息給店裡群組，精神療養院那邊一定會有人去找麻煩，要小心應對！

車子很快飆到地鐵站，闕擎已經在外頭等她了！

這站閘門月台都在一樓，只要衝進去搭上車就好了，此時正巧列車進站，想是汪聿芃在早前就看見列車即將到站，才叫他們到地鐵站會合的！

「我沒帶卡！」厲心棠衝向閘門時，急著要去買票。

「大姐！逃亡啊買什麼票！」毛穎德一把拖住她，舉起來就要她越過閘門。

闕擎已經跳過了閘門，厲心棠踉蹌的跟上，馮千靜跟著帥氣俐落的跨越，都沒聽見毛穎德在後方阻止！「喂！你們沒事的別進去啊！」

結果根本沒人聽，大家都沒買票的一一跨越，童胤恒還禮貌的跟站務人員說等等補，但站務人員面無表情的陰沉，讓他有點錯愕。

列車即將駛離，闕擎先衝進車廂，眼看著門要關上，他伸長了手，就要拉厲心棠上去。

電光石火間，突然有人由後環抱住厲心棠，將她硬生生拖了向後！

咦？他們明明指尖就快碰到了……月台外層的門卻關上了！

「厲心棠！」闕擎大喊著，怎麼回事？

「你自己找個安全的地方下車！」緊抱著厲心棠朝後拖的汪聿芃高喊著。

「放開我啊！」厲心棠掙扎著，卻一直被往後拖離。

「這台車她不能上！」毛穎德也朝著他賣力大喊，然後揮著手，同時拉著女友也往閘門拖。

厲心棠一時回不了神，她回頭看著死死圈住她的汪聿芃，忍不住歇斯底里，

「爲什麼？芃姐姐！爲什麼？」

「那不是妳能上的車！快點，我們要立即離開！」汪聿芃二話不說，拖著厲心棠往閘門上推，「跳過去，快點！」

也被男友拉到閘口邊的馮千靜這才反應過來，「可惡！我都沒注意到！夏天！你給我——」

「聽不到了！快走！我們要在列車完全離站前出去！」毛穎德也催她躍出閘門，「這裡是如月車站！再不走我們都出不去了！」

如月……如月車站？厲心棠腦袋一片空白，她眞的是被推著翻過了閘門，又連滾帶爬的翻出了車站電動門的。

她這時終於意識到空氣不一樣，車站長得跟日常都不同，剛剛那輛列車也並非平常在搭的車子，還有……雖然逃亡心切，但是她沒有忽略到整個車站裡，迴盪著龐大的悲傷與渴望。

『我要回家！我要回家！』

「如月車站，是那個……都市傳說？」總算反應過來的厲心棠顫抖著問，抓住了汪聿芃的上衣，「那個有去無回的車站？」

「嗯……可以這麼說，大部分有去無回。」汪聿芃用力的點頭。

「那爲什麼不阻止他？可以先拉他下來啊！」厲心棠腦子都快炸了，「那不是我們能觸及的世界，那是另一個空間、另一種世界、另一個法則！」

「我也是快到車子邊才發現的，是汪聿芃反應快！」童胤恒老實的說，「剛剛眞的太趕了！」

「是嗎？我一進站就發現了啊！我以爲……」汪聿芃是發現那是如月列車，才讓闕擎上車的！」毛穎德倒是一臉錯愕，「所以是巧合？」

「那你爲什麼不告訴我？我上車去揍一頓再下來也夠時間吧！」一旁的馮千靜也氣急敗壞。

啊？厲心棠看著小靜姐的激動，有點不明所以。

「我的確看見如月列車在軌道上，才叫你們趕到這站的，我想只要飆夠快就能趕上！只要闕擎上了車，那些警察就追不到他了。」汪聿芃一邊說，還一邊露出得意的笑容。

聽聽，警笛聲無敵近，就到眼前了呢！

「但他也回不來了啊！」厲心棠激動的喊著，「這還不如讓他進警局，也不至於這樣！」

「爲什麼回不來？」毛穎德倒是一臉困惑，「他只要選在安全的地方出站就好了吧！」

汪聿芃回首，開心的綻開笑顏，「學長果然知道！」

馮千靜不耐煩的看著他們兩個，童胤恒也困惑的皺眉，聽不懂啊！

「……能回來？」厲心棠只聽到這個重點，於此同時，警車已經陸續抵達了車站，包圍住他們。

「我以為你們都知道啊！那時在莊園裡對付吸血鬼時我就看到了，在屋頂上時，他舉手投足都掉出滿滿的黑曜石啊！」

黑曜石，是毛穎德才看得見的東西，而那東西只存在於都市傳說，以前只要他看見哪兒有一片片的黑色發亮小石子，就代表有「都市傳說」的出現。

「黑曜石？那不是代表都市傳說嗎？學長後來不是都看不見了——咦？」童胤恒突然詫異的往車站裡看，那——

「所以那時在國外，我才嚇一跳啊……」毛穎德擰著眉，亦若有所思。

厲心棠聽著這對話，正努力的消化著，自四面八方而來的警車全數停下，將他們團團包圍，程元成焦急的下了車！

「別亂動啊你們！那個……人呢？闕擎呢？」

闕擎呢？

汪聿芃朝厲心棠眨了眼，話藏在嘴裡低聲說著，一邊舉起雙手：

「放心啦！他就是都市傳說嘛！」

尾聲

高速急駛的車子讓闞擎感到詭異，他站在門邊尚來不及搞清楚剛剛發生的事，一回頭去只見滿車廂毫無生氣的人……以及他們腐朽的靈魂。

不知道是生是死，他看著他們像鬼非鬼？但也絕對不是人。

喀啦，車廂間的列車通道門開啓，列車長信步而來！

闞擎掏錢準備補票，看著列車長，他又覺得非常的不適，這個一樣，不知道是什麼生物。不是人，也不是鬼！

「您好。」列車長來到他面前，燦爛的綻開笑顏，「歡迎搭乘，如月列車！」

後記

又一次新年快樂囉！

您看這本書時應該正值農曆年喔，可愛的兔子來報到！依舊是美好的二〇二三年，書展即將恢復正常，沒問題的話我們2月5日書展場見喔！

一轉眼百鬼夜行系列已經第十集了，這次寫的「食人鬼」是比較特殊的鬼，其實並沒有眞正的「食人鬼」這種妖怪或是鬼，因爲如同故事裡說的，很多鬼都會吃人啊，食人吸血的都是常態，最多可以找到一種「食屍鬼」，但我筆下的「食人鬼」比較喜歡吃新鮮的活物啦！

但是，「活的食人鬼」卻充斥在我們身邊喔！

舉凡啃老族、寄生族，全都是靠著吸食他人人生在過活的人，新聞會報出來的都是出了命案的，沒報出來的更多！那種在家裡賴著不出去工作，使用父母儲蓄與退休金過日子，不高興還會打父母的「孝子們」；或是讓情人出去賺錢、用另一半的名字開公司、開票、借錢，一旦債台高築拍拍屁股走人，債務跟牢飯都給另一半去負責的；也有賴在兄弟姊妹身上的，毒或賭，各種理由不勝枚舉。

這些「活的食人鬼」，才是最可怕的！世界上如果真的有「食人鬼」，被咬被吃掉就一刹那的事，但如果你有親朋好友是「活的食人鬼」，那就是一生擺脫不掉的折磨。

於法不合，但不得不說，那些被欺壓啃食的人們，心中多少都期待著那些啃噬他們人生的混帳，有一天可以消失吧？

唉，沒想到連「食人」，人都比鬼可怕太多了！

我知道，我懂，你們一定還在爲本書結局震撼中，嘿嘿，可以猜猜喔，聰明的人應該已經知道「他是什麼」了，只是不知道未來有沒有篇幅能寫寫他的童年啊～

這個月連出了兩本，還有一本《詭軼紀事陸・禁忌撿紅包》，算是應景物啦！祝大家兔年行大運，心想事成，最最最重要的是身體健康喔！

最後，感謝購買本書的您，購書才是對作者最實質且直接的支持，沒有您們的購書，作者便無法繼續書寫，萬分感謝、銘感五內！謝謝！

新年快樂，兔年一路發。

笭菁恭賀

境外之城 146

百鬼夜行卷10：食人鬼

作　　者／笭菁
企畫選書人／張世國
責 任 編 輯／張世國
發　行　人／何飛鵬
副 總 編 輯／王雪莉
業 務 經 理／李振東
行 銷 企 劃／陳姿億
資深版權專員／許儀盈
版權行政暨數位業務專員／陳玉鈴
法 律 顧 問／元禾法律事務所　王子文律師
出版／奇幻基地出版
城邦文化事業股份有限公司
台北市 104 民生東路二段 141 號 8 樓
電話：(02)25007008　傳眞：(02)25027676
網址：www.ffoundation.com.tw
e-mail：ffoundation@cite.com.tw
發行／英屬蓋曼群島商家庭傳媒股份有限公司城邦分公司
台北市 104 民生東路二段 141 號11 樓
書虫客服服務專線：(02)25007718・(02)25007719
24 小時傳眞服務：(02)25170999・(02)25001991
服務時間：週一至週五09:30-12:00・13:30-17:00
郵撥帳號：19863813　戶名：書虫股份有限公司
讀者服務信箱 E-mail：service@readingclub.com.tw
歡迎光臨城邦讀書花園 網址：www.cite.com.tw
香港發行所／城邦（香港）出版集團有限公司
香港灣仔駱克道 193 號東超商業中心 1 樓
電話：(852) 2508-6231 傳眞：(852) 2578-9337
馬新發行所／城邦（馬新）出版集團
【Cite (M) Sdn Bhd】
41, Jalan Radin Anum, Bandar Baru Sri Petaling,
57000 Kuala Lumpur, Malaysia.
電話：(603) 90563833　傳眞：(603) 90576622
E-mail：services@cite.my

封面插畫／Blaze Wu
封面版型設計／Snow Vega
排　　版／邵麗如
印　　刷／高典印刷有限公司
■2023 年1月16日初版一刷
■2023 年6月14日初版3.5刷

售價／360元

國家圖書館出版品預行編目資料

百鬼夜行卷 10：食人鬼 / 笭菁著　一初版一台北市：奇幻基地出版；
家庭傳媒城邦分公司發行；2023.1
面：　公分 .--（境外之城：146）
ISBN 978-626-7210-09-3 (平裝)

863.57　　111020109

ISBN　978-626-7210-09-3

Printed in Taiwan.

※ 本故事內容純屬虛構，如有雷同，純屬巧合。

書號：1H0146　　書名：百鬼夜行卷10：食人鬼

請於此處用膠水黏貼

讀者回函卡

謝謝您購買我們出版的書籍！請費心填寫此回函卡，我們將不定期寄上城邦集團最新的出版訊息。亦可掃描 QR CODE，填寫電子版回函卡

姓名：________________

性別：☐男 ☐女

生日：西元________年________月________日

地址：________________

聯絡電話：________________ 傳真：________________

E-mail：________________

職業：☐ 1. 學生 ☐ 2. 軍公教 ☐ 3. 服務 ☐ 4. 金融 ☐ 5. 製造 ☐ 6. 資訊

☐ 7. 傳播 ☐ 8. 自由業 ☐ 9. 農漁牧 ☐ 10. 家管 ☐ 11. 退休

☐ 12. 其他________________

您從何種方式得知本書消息？

☐ 1. 書店 ☐ 2. 網路 ☐ 3. 報紙 ☐ 4. 雜誌 ☐ 5. 廣播 ☐ 6. 電視

☐ 7. 親友推薦 ☐ 8. 其他________________

您通常以何種方式購書？

☐ 1. 書店 ☐ 2. 網路 ☐ 3. 傳真訂購 ☐ 4. 郵局劃撥 ☐ 5. 其他________

您喜歡閱讀哪些類別的書籍？

☐ 1. 財經商業 ☐ 2. 自然科學 ☐ 3. 歷史 ☐ 4. 法律 ☐ 5. 文學

☐ 6. 休閒旅遊 ☐ 7. 小說 ☐ 8. 人物傳記 ☐ 9. 生活、勵志

☐ 10. 其他________________

請於此處用膠水黏貼